首席风云 ②

林笛儿 著

湖南文艺出版社
HUNAN LITERATURE AND ART PUBLISHING HOUSE

图书在版编目（CIP）数据

首席风云. 2 / 林笛儿著. -- 长沙 : 湖南文艺出版社, 2020.8
ISBN 978-7-5404-9728-6

Ⅰ. ①首… Ⅱ. ①林… Ⅲ. ①长篇小说－中国－当代 Ⅳ. ①I247.5

中国版本图书馆CIP数据核字(2020)第112809号

首席风云2
SHOUXI FENGYUN2

作　　者：林笛儿
出 版 人：曾赛丰
责任编辑：李　阔
监　　制：邓　理
策划编辑：朴海铃
封面设计：罗静颖
版式设计：廖　琴
出版发行：湖南文艺出版社
（长沙市雨花区东二环一段508号 邮编：410014）
网　　址：www.hnwy.net
印　　刷：湖南天闻新华印务有限公司
经　　销：新华书店
开　　本：145mm×210mm 1/32
字　　数：280千字
印　　张：9.5
版　　次：2020年8月第1版
印　　次：2020年8月第1次印刷
书　　号：ISBN 978-7-5404-9728-6
定　　价：36.80元

有些爱，

也许从未说出口，

才愈加珍贵。

——《这个杀手不太冷》

目录

contents

第一章

深蓝的大海

●● ○

许维哲在国内的第一次采访，凯尔考虑再三，还是给了陶月。陶月私下里给人感觉一般，但上了节目还挺专业。重要的是，她背后的制作团队非常优秀，这也是她的节目收视率一直保持良好的关键。首场演出是成功的，现在再来一个高品质的访谈，加上许维哲在国外攒下的声誉，这样的话，许维哲在国内的发展差不多就定位在古典音乐圈的一线演奏家上。

出于尊重，凯尔还是把这个决定和周晖说了下。周晖这回一反之前的强势，笑眯眯地摆摆手：“哎哟，这事你和维哲决定就好，我哪懂这些。”她不是嘴上客套，她是真的不过问。她在华城有个朋友，经常一大早就过来接她，一块儿出去逛逛街、吃吃饭，或是开着车去山里纳凉喝茶。许维哲看她过得这般充实，建议道：“妈，我们在华城买套公寓吧！日后我大部分时间在国内，总不能一直住酒店。”周晖回道：“华城有什么好，要买到南方买去，那边气候比华城好多了。”许维哲说道：“去了南方，想见你的朋友就难了！”周晖哼了声：“见他还不容易，我要是在南方买房，他必然屁颠屁颠地把家也搬过去。”

许维哲只听过孟母为了孟子有个好的学习环境，三次迁居，还没听说过有为了朋友跟着搬家的。许维哲想见见这位朋友，周晖不耐烦道：“有啥好见的，你的时间多宝贵，可不能浪费在无关紧要的人身上。”说完，周晖又出门了。穿了件亚麻的无袖连衣裙，头发在脑后盘了个髻，脸上架着墨镜。从背后看，她的身材曼妙，不时有路人朝她投过来几眼。她今天要去游泳，没让朋友来接，自己打车过去。

许维哲换了衣服，也出门去电视台。

陶月知道他日程紧，一接到凯尔的电话，便安排他的访谈录制。电视台里大概都听说了他今天要过来，他刚出电梯，过道上便站满了人，有人过来和他握手，有人请他签名，还有人远远地朝他挥手。平时应该观众坐的地方，今天电视台就走了下后门，都留给自家员工了。

导演乐呵呵地向许维哲解释：“他们可不是不专业，而是像你这样的钢琴家，在咱们国内有如国宝，咱们都为之骄傲。”

许维哲谦虚道：“真是不敢当，我会更加努力的。”

工作人员过来给许维哲别耳麦，陶月走了过来，一身浅粉的职业套装，脖子上随意地系了根宛若彩虹的丝巾。

“许先生，访谈的提纲我发给你经纪人了，没问题吧？”

“没有。”许维哲低头摸了摸耳麦，很小巧。

“不知道许先生看过我的节目没有，在访谈过程中，我有时候会神经质发作，问一些提纲外的话题，你到时可不能扔下我，起身就走哦！”

面对陶月一脸恶作剧的娇媚，许维哲仍然彬彬有礼道：“陶小姐不必担心，想问什么就问吧，我有问必答。”

“那我们就这样说定了。”陶月朝舞台做了个请的手势，“许先生，请！”

访谈节目现场的布置通常就是两张对坐的沙发，中间会放个花架，有时也会摆张茶几。陶月的访谈选择的是花架，不过上面摆的不是花，而是一盆君子兰。她说：“青青子衿，悠悠我心。我觉得这盆君子兰和许先生很配。”

“陶小姐实在是太周到了。”许维哲在沙发上坐下。

一切就绪，陶月和许维哲对坐，导演打板，录制开始。陶月面对观众，说道：“当我和许维哲先生确定了访谈时间时，导演就开始张罗着给咱们演播室添架钢琴，说难得请到许先生做嘉宾，怎么也得请他现场演奏一曲。我拦住了他，我说咱们这演播室太简陋，摆架钢琴也没有音乐厅的效果，就别浪费人家许先生的琴声了。想听许先生的演奏，买票去看他的音乐会。许先生有在华城开独奏音乐会的计划吧？”

许维哲微微一笑：“有，不仅有音乐会，接下来我还准备开几节大师课，收几个学生。”

陶月夸张地捂着嘴巴：“导演，这不是广告插入吧？”

导演大笑地接话：“这样的广告，可以再来几次。”

陶月愤愤不平道：“导演你真是区别对待，上次有个嘉宾在节目里替朋友宣传了下新书，你就硬生生把那段给掐了，浪费了我很多表情。哦，哦，对了，今天我们的嘉宾叫许维哲，一个明明可以靠脸吃饭却靠才华闻名于世的钢琴家，所以可以不走寻常路。我为什么没有一上来就向观众介绍？”陶月指着许维哲问观众。

许维哲不自然地将手握成拳，放在唇边轻咳了两声：“大概是等我来个自我介绍了。”他站起身，朝下面鞠了一躬，“大家晚上好，我是许维哲。”

“冤枉啊，我不是欺负人，是我觉得根本不需要介绍。大剧院的一曲《拉赫玛尼诺夫第三钢琴协奏曲》之后，还有谁不认识许维哲先生呢？”

整个演播室的人都笑了，现场的气氛立刻轻松了许多。

陶月今天稍微调整了下访谈模式，她并没有按部就班地跟着提纲来，提问很跳跃、很俏皮。当她问到许维哲在英国读书的情况时，墙上的大屏幕上出现了许维哲那时候的照片和一些小视频。她感慨道：“许先生那时候真是好青涩啊，不过，已经有了帅哥的雏形。你们有女教授吗，会不会对你很特别？比如我，如果嘉宾特帅，我就会特别对待。爱美之心，人皆有之。”

又是笑声一片。

求学生涯的话题结束后，她又聊起了钢琴大赛、国外的一些音乐节和许维哲合作过的一些乐团。这中间，大屏幕上播放的是一些音乐电影里的演出片段。

“你们演出时真的是这样吗？你们私下相处也和普通人一样，喝酒、八卦、聊漂亮女人？”她像个好奇宝宝，一惊一乍。

许维哲彻底放松下来了，话也多了起来。

陶月端起面前的茶杯喝了口水，朝导演看了一眼，貌似不解道：“许先生，我有个发现，在你人生的许多重要场合，陪伴在你身边的都是你母亲。很冒昧地问一下，你父亲难道不赞成你学音乐？”

站在摄像机后面的凯尔脸立刻就绷紧了，录制前，陶月讲的“神经质发作”原来不是开玩笑，她的目的是想要一个独家爆料。

许维哲连眉头都没皱一下，这让陶月有点失望。

“我不清楚他赞不赞成。”

“你们不住在一起？”

“我从未见过他。”

演播室里瞬间像一场飓风掠过，一片死寂。

“你的意思是？”

“我是遗腹子。”

“天！”陶月双手捂胸，这个答案太出乎她的意料了，“我们看你的户籍资料上，父亲那一栏是空白，以为……”

“这并不是一件开心的事，当然不会时时挂在嘴边。”窗户纸骤然捅破，斜风细雨涌进来，许维哲的语气有点发沉。

“是，很抱歉让你回忆起这么沉痛的往事。”

“我还好，因为没有得到，谈不上失去，而我的母亲则不同。”

“你的母亲非常伟大。”

“她是很不容易，不过，现在一切都好起来了，以后，会越来越好。”许维哲说得极慢，像是在尽力调整自己的情绪。

不知是煽情，还是陶月真的被打动了，她的眼里闪烁着泪花，她感叹道：“许先生，你不仅在专业上很优秀，还很励志，在古典音乐界，你是当之无愧的真正的偶像，不，是榜样担当。‘偶像’这个词用在你身上，太肤浅了。”

“陶小姐的要求真不高。”许维哲淡淡地弯了弯嘴角。

长长的过道上撒满了灯光，许维哲踩着灯光，走进了电梯。凯尔朝头顶上看了一眼，暗示他里面有摄像头。许维哲的表情没有丝毫的变化，只在上车后，把安全带扣好，手指按着眉头捏了几下，看上去像是有点不舒服。

一路上，他什么也没和凯尔说，他已经习惯一个人默默整理心底的复杂情绪。当这期节目播出之后，媒体会如何大做文章，他可以想象得出来。也许他的关注度又会高一些，但这种卖惨的感觉很不好受。他不想这样，可是很多事由不得他。对于所谓的名人隐私，大众向来保持着旺盛的好奇心。生活有时就是这般无奈，名人也只能妥协。

出名是要付出代价的，真理啊！许维哲淡漠的目光注视着虚空，鼻子里几乎无声地哼笑了一声。

很多次，当他一个人坐着发呆时，脑子里会蓦地闪过一些画面，很模糊，他抓不住也看不清。他曾想尝试下催眠，据说催眠可以把记忆深处的东西挖掘出来。后来，他放弃了这个想法，因为他不知道挖掘出来的东西会给他带来什么。周晖有句话常挂在嘴边：现在这一切来之不易，你得珍惜。

过去的日子确实有些艰难。孤儿寡母，学的还是贵得要命的音乐。有次去上课的路上，街边有人在卖烤红薯，香气直往他鼻子里钻，他馋得直咽口水。他巴巴儿地看着周晖说："你给我买一个吧，小的就行。"周晖说："不行，钱得留着给你交学费。"他说："那我们不要学琴了，这样就能想吃什么买什么。"周晖挥手就给了他一巴掌，把鼻血都打出来了。

"我告诉你，你来到这个世界上，就只有音乐这一条路，你别打别的主意。"他记得周晖当时的神色因为愤怒而有点狰狞。

在许维哲很小的时候，周晖身边有过一位美国男人。那个男人将他们带到旧金山，让他们住在干净明亮的别墅里，给他找好的钢琴老师，还和周晖在教堂举行了婚礼。他问周晖："那是爸爸吗？"周晖把他拉到镜子前，对他说："你的头发是黑色，他的是银色，你说他是不是你爸爸？"他仰着头，懵懂地问道："那我爸爸呢？""死了，你一生下来他就死了。"这句话他不是很相信，可他不敢再问。过了很久，周晖又说了一句："他在你一岁的时候死，和在三岁的时候死，有什么区别？他为你做过什么？你要记住，给你吃给你穿、让你学音乐的人是我。"

周晖和那个美国男人的婚姻只维持了两年，之后周晖带着他又回到中国，为了方便他学琴，他们没有回老家，而是在城市里租了套房子。周晖没有出去工作，生活虽然清贫，但还过得去。她所有的精力都放在他的学业上。他十五岁的时候，拿到了全国钢琴大赛少年组比赛第一名。周晖向伦敦皇家音乐学院申请奖学金，通过后他们就去了英国。直到他开始职业演出，他们的生活才算有所改善。周晖说得没错，得珍惜。至于过去，就将它放在旧时光里，任它变黄还是变淡。

酒店的前台服务员叫住许维哲，递给他一个大大的果篮。不是水果店里卖的那种包装很美，其实里面很应付的果篮，而是一只实打实的果篮，里面的水果像是一个个特地挑出来的，不仅大个儿、颜色正，还一看就非常新鲜。

“有位姓柳的先生送过来的，他说他在医院和你见过面，是你的乐迷。”前台服务员说道。

许维哲纳闷地看向凯尔，凯尔小声道：“那天去医院看江闽雨先生，和他的朋友聊了几句，他就姓柳。”

许维哲恍然大悟，哦，是那个大光头，对，他是蛮热情的。许维哲只当这是乐迷的心意，并没有放在心上，把果篮给了凯尔，看了看时间，急匆匆地进了房间。“你还要出去？”凯尔站在门口问道。

许维哲边解纽扣边答：“嗯，去酒吧喝杯酒。不要皱眉头，不是什么不良酒吧，琥珀也在那儿。”

“可是……你和虞亚小姐约好今晚一块儿看电影的。”看着许维哲在衣柜前仔细地挑着出门的衣服，凯尔真不想提醒他。

许维哲动作一顿，转过头：“啊，我给忘了。什么片子？”

“艾玛·沃特森主演的《美女与野兽》。”

许维哲莞尔：“她看了九遍的电影。虞亚真是个矛盾综合体，一边沉迷于这种王子公主般的童话故事，一边又喜欢非常刺激的运动，蹦极呀，攀岩呀，她还学击剑呢！我大概是老了，根本跟不上她的节奏。她该和她的同龄人玩，找我玩多无趣啊！”

比他年长十多岁的凯尔无言以对：你和虞亚小姐好像差不多大吧！

许维哲脱下身上质地精良的衬衫，换了件墨绿色的T恤。

“这样好了，你帮我给虞亚打个电话，就说电视台那边录制晚了，我赶不过去。下次我遇到大卫·葛瑞特，帮她要张签名CD，算是我给她的赔礼。上次我听她说，她看了葛瑞特演的《魔鬼小提琴家帕格尼尼》就迷上他了。”

凯尔有点头痛，这是许维哲第二次放虞亚鸽子，那位从小受到娇宠的大小姐怕是要大发雷霆了。让凯尔意外的是，电话打过去，虞亚非常善解人意：“录制节目要紧，电影什么时间都可以看。我们下次再约好了！谢谢凯尔先生。”

虞亚挂了电话，她没有告诉凯尔，此时她就在酒店外面，半个小时前，她看见许维哲进了酒店。别人想对你说谎，戳穿了，难堪的不是别人，而是你。

又过了十分钟，许维哲出来了，上了一辆出租车。

虞亚发动车子跟了上去。出租车的方向像是去商业圈，那儿有好几家特色酒吧！没过多久，出租车靠边停车，许维哲下了车。

虞亚看着前方霓虹灯闪烁下的“华城之恋”四个字，脸瞬间阴得像暴风雨即将到来的天空。

忽然之间，心里面长了棵树，季节都变得不一样了。明明是夏季，酷热难耐，心中却是一片春暖花开。

这像是另一种恐惧症，和演出恐惧症不同，很惊恐，却又隐秘地欢喜着，矛盾得让人坐卧不宁、无所适从。

只要和盛骅待在一块儿，琥珀就像满脸长满了疙瘩，希望他看到关心一下，又希望他不要看到，发现她好丑。她不敢和他对视，也不能自如、从容地和他说话，一开口，便脸红心跳。她整夜失眠，第二天起来精神却很亢奋。她长吁短叹，但好像没有什么伤心的事发生。她一遍遍地听埃尔加的《爱的致意》，听着听着，就流下了眼泪。

裘逸轻拧着眉头，目光朝琥珀瞟过去，椅子上有钉子吗？整个晚上都在动来动去，也不看红杉林的演出，捧着个手机一直在刷。他小心地瞟了眼屏幕，琥珀看的是几年前Snow的一个旧新闻，最上面是向晚和盛骅的合影。向晚比盛骅矮半个头，手里捧着一束花，身子微微地侧向盛骅，笑靥如花。盛骅神情平和，却能感觉到他对向晚的珍视。

“唉，真是可惜，他们竟然分了。”裘逸撇了撇嘴。

琥珀讶异地抬起头看着裘逸。

“不可惜吗，两个人哪方面都很般配！”

“他们在一起过吗？”琥珀又看了下两人的合影，如果两个人在一起，那么盛骅的手应该搭在向晚的肩或腰，他没有，他们之间还有一点距离呢！

裘逸歪着头，琢磨了下：“应该一起过吧，日久生情。”

“那只是你的猜测，不是真的。”她就坚决不相信。她演出的时候，也有固定的钢伴，她就没对人家日久生情。她直接忽视了钢伴的年纪和怀特先生差不多大。

裘逸的表情像在看一个笨拙地说中国笑话的外国人，明明是个玩笑，她却说得一脸严肃，让人觉得非常奇异。哦，忘了，琥珀本来就是外国人。

“你干吗那样看着我，我说错了吗？”

“没有！”裘逸可不想惹恼琥珀小姐，她可是盛骅看重的人，每天都要问几遍她干了什么、说了什么、心情看上去怎么样啊！

今晚酒吧的气氛没有上一次那么热烈，是另一种画风。不少人特地为红杉林而来，他们静静地坐在桌边，听着音乐，喝着酒，偶尔低声交谈一两句。很轻松、很愉悦的周末。

天气预报说今晚会有雷阵雨，雨还没有来，非常闷热。

琥珀的目光从手机上移开，看了一眼吧台。今晚盛骅也来了，他认识的人真多，打了一圈招呼，留在吧台和老板说话。他真是无时无刻不在炫耀他修长的十指，此刻，他托着腮，指甲修剪得很干净，指尖轮廓清晰。说话时，食指无意识地打着节拍。琥珀感觉那节拍像打在自己的心上，暗合着她的心跳声。

“发什么呆呢？”身边的椅子被拉开，有人坐了下来。

琥珀一脸难以置信地看着许维哲：“这么巧？”

许维哲看了眼台上的红杉林，把目光收了回来。

“确实是个美丽的意外。”他看着琥珀面前的柠檬水，打趣道，“你来酒吧不点酒，老板都没把你赶出去？”

“大概是看我们红杉林给他带来不少客人，只得咬牙忍了吧！”琥珀端起面前的水杯，调皮地一笑。

我们红杉林？她忘了吗，她是琥珀，是一个耀眼的个体，怎么能这样低到尘埃，将自己与这个不入流的三重奏凑在一起？许维哲垂下眼帘，掩饰住眼底的一丝不适。他没有疏忽一边的裘逸：“晚上好，裘少。”

裘逸当然认识许维哲，但他记得酒会上虞亚和许维哲熟稔的样子，就不愿往前凑，不然还不知道那个大小姐又要脑补出什么剧情呢！他淡淡地朝许维哲点了下头，并没有好奇许维哲怎么会认识他。他是裘氏集团的大少爷，认识他是应该的。

“你和谁一块儿过来的？”琥珀抬起头朝许维哲的身后看了看。

“一个朋友，在门口接了个电话，说有急事，走了。我本来也想走的，一抬头看见了你。你和他们一起来的？”许维哲又抬眼看了看台上的红杉林。

“还不错吧？”

“嗯！”在酒吧演出足够了，不过从酒吧到音乐厅，可是一段不短的距离，“碧玉挺好长的，是不是？”

琥珀一下支吾了起来：“好像……是！”

许维哲瞪大眼睛：“这才几天，你不会把它给养死了吧？”

那倒没有，因为她根本没养着。她心里面其实是有牵挂碧玉的，第二天一下楼就去看。奇怪了，碧玉竟然不见了。她问了很多人，都说没看到。热心的拉美帅哥还帮她四处找了找，最后断定那盆碧玉是被偷了。她无法理解谁会偷一盆不值钱的碧玉，琴园里随便一株花，都比碧玉名贵。拉美帅哥很富哲学性地告诉她：各花入各眼，情有独钟呗！

许维哲气乐了：“我就没指望你能养多久，罢了，过两天我再给你买一盆。”

“不要了，我忙，顾不上养它的。”主要是家里已经有一盆，她就差每天写养花日记了，甭提多小心。

许维哲了解她，没有再坚持。

“我昨天给你发了腕表那边拍摄内容的邮件，你有仔细看吗？”

“我没收到啊！”她没有习惯看邮箱，一般的工作邮件都是发给怀特先生的。

许维哲托着额头沉默了半晌，认命地拿过她的手机。

“别动我的手机！”琥珀慌忙抢了过去。

“小声点！”许维哲是很低调地进来的，没有引起别人的注意。琥珀这一声，隔壁几桌的客人纷纷看了过来。这一看，有人认出了许维哲。一个人认出，一桌人就全知道了，然后，整个酒吧的目光都全聚到了这边。这一异常，把聊天的盛骅和老板也惊动了。

老板激动得直搓手：“我们华城之恋已经这么有名了吗？连许维哲都慕名而来了。”

盛骅摇晃着酒杯中的冰块，慢慢地喝着。夏天，白葡萄酒里放点冰块，口感清凉爽快。

“我去打个招呼。”他说。

老板从吧台里面走出来，跟在他身后，小声请教：“盛教授，你说我待会儿请许先生演奏一曲，会不会太冒昧？”

“你可以请，他可以拒绝。”

“是这个道理。”老板悄悄握了下拳，自己给自己鼓劲。

看到盛骅朝这边走来，许维哲连忙站起。这儿是酒吧，不是什么正式场合，两人没有握手，只相互点了下头。许维哲坐在琥珀的右侧，裘逸把自己的椅子让给盛骅，这样，盛骅便坐在琥珀的左侧了，一抬臂，蹭着了琥珀的手。

不好，又发病了，身子僵硬，掌心冒汗，口干舌燥，呼吸都紊乱了。要不要假装去洗手间缓一缓？不然她会死在这儿的。琥珀正想起身，就听到老板向许维哲提出了请求。

许维哲并没有给老板难堪，脸上挂着温和的微笑：“我是有这个心也没这个胆啊！在盛教授面前弹琴，那就是我班门弄斧了。”

老板嘿嘿笑了两声，看向盛骅：“盛教授，你倒是说句话啊！”

说话间，外面“轰隆”一声惊雷，紧接着一道闪电掠过，大雨“哗哗”地落下来。盛骅语带戏谑，却不只是开玩笑：“看，这是天意，人不留人天留人。既然都走不了了，许先生不妨来一曲吧！至于我，你直接当我不存在好了。”

许维哲倒也干脆：“盛教授这样一说，我好像不能推却老板的美意了。行，一曲就一曲，不过，就当我抛砖引玉，盛教授可否也给我一个聆听你现场演奏的机会？当年，你和向晚小姐世界巡演时经过西班牙，我恰巧也在，可惜买不到票，只能在音乐厅外站了站。我有一次遇到向晚小姐，也和她说起这事，她说那种时光已经不再有了，很惋惜的样子。”

琥珀握着手机的指头倏然一紧，微湿的空气涌进她的鼻腔，酸酸的，凉凉的。不可否认，不管向晚和盛骅是不是在一起过，即使他们分开了，向晚在他的人生里都留下了浓墨重彩的一笔，这是时光抹不去的。

盛骅的目光在许维哲的脸上停留了片刻，随即嘴一抿，点了下头："如你所愿！"

许维哲猝不及防，脸上的笑容一僵，他答应了？

琥珀也是一愣。虽然两个人很平和，可是他们都是中国古典音乐界很有影响力的人物，如果他们在同一时间同一地点弹琴的话，就不免会被放在一起比较，这不亚于是一场斗琴！斗，就要分上下。人家说文无第一，武无第二，音乐也是如此。全世界是有各种各样的大赛，但那是指定的同一作曲家的作品，有可比性。难道让他们也弹同一作曲家的作品，或者像《海上钢琴家》里那样，三个回合，六支曲子，比炫技，比速度？幼不幼稚啊！琥珀没忍住斜了许维哲一眼，真不知他搭错了哪根筋，不想弹，直接拒绝好了，还绑上盛骅一起上船。

许维哲朝她笑了一下，还在别人看不到的角度挤了下眼，好像在说：放心吧！

得知两位钢琴家要为大家现场演奏，整个酒吧都沸腾了。红杉林连忙让出舞台，老板当时装潢的时候，在钢琴上方就装了盏聚光灯，平时不开，这会儿连忙打开了。

许维哲优雅地走到钢琴边，在第一个音符出来的时候，琥珀的脸色变了。

李斯特的《鬼火》！李斯特那个变态，写了十二首超技练习曲，《鬼火》是第五首，也是最难的一首，就连长着一双如蒲扇一样大手的拉赫玛尼诺夫，都表示对它望而生畏。它有着高难的双音技术，虽然单调，却有着刁钻的技术考验，还要弹得轻灵有趣，需要演奏者具有极高的演奏技术。

许维哲的速度太快了，只见琴键上无数手影翻飞，就像一列高铁在快速飞驰，乐曲达到高潮并戛然而止，整个酒吧鸦雀无声。

许久之后，才有掌声响起，稀稀落落的，不是弹得不好，而是大家还没彻底回神，不知道此时鼓掌合不合适。

“献丑了。”许维哲走到盛骅面前说道。

看着盛骅向钢琴走去，很多人都不约而同露出同情的神色，输定了吧！

盛骅坐下之后，没有立刻开始，而是闭上了眼睛，像是在沉淀。

他抬起双臂，指尖缓缓落下。

众人瞬间愕然。

《F大调奏鸣曲》，作曲：莫扎特。

如果说许维哲的鬼火是一列飞速的高铁，那盛骅弹奏的《F大调奏鸣曲》就是一个热闹的大广场。喜剧的开场、街头的小调、小丑的调侃、嘹亮的号角、灵巧的走句，以及突如其来的阴郁心情……都在盛骅的手指下一幕幕地出现了。

音乐犹如莫扎特的母语，无论什么风格，什么流派，他都随心所欲，信手拈来。只是动听是动听，流畅是流畅，明朗是明朗，和刚才那首《鬼火》比，就显得没有什么冲击力，不那么震撼了。原以为是一场硝烟弥漫的恶斗，却没响一枪一炮，连个水花都没溅起就结束了。这就像一个小孩和一个武士决斗，赢得一点都不酣畅淋漓，众人的脸上不由得露出失望的神色。

要不是沙楠他们仨把手掌都拍红了，盛骅差一点在一片寂静中走回座位。

许维哲的嘴角不由自主地抖动，他张了张嘴，还是把在心口堵了好一会儿的话说了出来："施纳贝尔曾经说，莫扎特的音乐，对孩童太容易，对音乐家太困难。可能是因为大师成名太早，作品里总带有一丝稚气。其实不然，不同的年纪，弹奏莫扎特就会有不同的感受。今天听了盛教授的演奏我才醒悟，莫扎特的音乐不仅仅是优雅瑰丽，其中还贯穿着深刻而扣人心弦的内涵。谢谢你给我上了这一堂课。"

什么情况，很多人都蒙了，难道这首弹得比刚才那首好？

盛骅的黑眸静谧如一片深潭："你是一位出色的演奏家，不必如此贬低自己。"

雷阵雨来得急也去得快，雨刚住，许维哲便告辞了。

"我和你一起走。"琥珀跟着站起身来。走了两步，她突地一折身，走到盛骅面前，压着音量说道，"你、你不该这样，你一点都不尊重他。"

盛骅饶有兴味："心疼了？"

琥珀的视线突然静止不动，眼中一片岑寂："你真的很过分。"说完，她一阵风似的追许维哲去了。

裘逸有些不明所以地眨巴着眼睛问盛骅："琥珀小姐在生气吗，她到底是哪一边的？"

"嗯，生气了，还气得不轻。"盛骅笑得意有所指。

琥珀气的那个人可不是他，而是许维哲。他的得失心太重，这是有多想赢啊，在这样的场合里演奏《鬼火》。他真的把这里当成战场，把他当成他的对手不成？这首曲子通常是音乐会里的高级曲目，仿佛钢琴演奏艺术的象牙塔尖，即使在这个钢琴大师如过江之鲫的年代，也很少有演奏家敢于挑战。

许维哲想挑战是他的事，盛骅却无意也不屑于迎战，因为他还没有资格成为他的对手。他说想听盛骅的现场演奏，盛骅就演奏给他，这是礼尚往来。莫扎特的曲子很弱吗？连贝多芬都非常仰慕莫扎特，在很多方面直接继承和发扬了莫扎特的音乐艺术。李斯特，一个靠炫技挑战人类极限的家伙，靠墙站去吧！

斗琴，是演奏家之间了解对方技术的一种交流方式，炫技可以体现音乐绚烂的一面，但不应该成为最终目的，不然音乐的价值和意义何在？音乐应该是美好且令人心旷神怡的，很多人喜欢看《海上钢琴师》里面斗琴的桥段，他们却忘了影片里面有几句经典独白："钢琴键盘有始亦有终，你确切地知道八十八个键就在那儿，错不了。它们并不是无限的，而你，才是无限的。你能在键盘上表现的音乐才是无限的。"

音乐，就该如浩瀚的大海，它不能带给你好运，但可以让你的心胸更加宽阔，视野越来越高远。

盛骅心道，琥珀怎会不明白这些呢？可是许维哲是她的朋友，虽然他极力保持着风度，却还是被她认为这是羞辱了人家。不被公平对待的对决，就是一种羞辱。琥珀不能在这个时候指责许维哲，只能迁怒于他。他可没有一点愧疚感，只是心里面有那么丝丝缕缕的酸，终是亲疏有别啊！

老板给盛骅倒上一杯酒，叹息今晚两人演奏的气氛炒得不够热，没有达到他想达到的效果。

"盛教授，你觉得许维哲是个什么样的人？我是指琴技之外。"在商业圈盘下这么大个店面，做的是有乐队现场演奏的够档次的酒吧，老板可不是等闲之辈，他揶揄地问盛骅。

盛骅没有说话，只是默然地看着门外。又是一声惊雷倏地在黑暗中响起，闪电如游龙般掠过，刚歇了一会儿的雨又下了起来，一阵紧似一阵，天空像裂了个口子，倾盆一样向下倒着，很快，门外就挂起了一道雨帘。

第二章 镂刻的往昔

●● ○

“年轻气盛。”房楷用四个字就把许维哲给评价了。

房楷这人会享受、有品位，无论什么时候都是衣冠楚楚、谈吐不俗，谁知道就这么个人，喜欢的酒不是法国、意大利什么著名酒庄出产的红酒，而是日本生产的一种梅子酒。口味清淡，梅香扑鼻，极受女性喜爱。他在家里囤了很多瓶，每次喝的时候，还会炸点花生米当下酒菜。

今天的花生米火候没掌握好，表皮炸得有点糊。房楷也不嫌弃，一口酒就一粒花生米，表情很是满足。

盛骅对酒不挑剔，应酬的场合，喝什么酒无所谓。但这种梅子酒，他是真喝不来。他朝房楷摇了摇手，谢绝了房楷干杯的邀请。

什么时候是个头啊？他在心里面无声地叹息。这梅子酒和花生米其实是谌言喜欢的组合，房楷以前经常嘲笑这组合土爆了。谌言离开后，当房楷在深夜里想她想得不行时，就会喝一杯梅子酒，吃几粒花生米。渐渐地，他就迷恋上这组合了。

房楷捏起一粒花生米往嘴里一扔，嚼得“咯吱咯吱”响。

“许维哲这次和维乐的合作，是我第一次看他的现场。他的技术算是过硬，平时练琴一定非常刻苦，但是缺少一种至关重要的东西——灵魂。他这次要求更改曲目，非常聪明。如果他弹奏的不是让人目不暇接的拉三，而是肖邦，现场的感觉不会那么好。他的速度很快，动作也很优雅，表面的东西处理得非常优美，却弹不出曲子背后的东西。他可以浪漫，却无法激情，他会表达痛苦，却体现不出沧桑与绝望。我看了些乐评，几乎是遍地赞歌。要我说，他现在的实力，配不上这些乐评，他还需要磨炼。”

盛骅轻轻摩挲着酒杯的杯沿，沉默不语。像房楷这样评价中肯的音乐人应该还有几个，但大家都选择了缄默、旁观。不是怕得罪谁，而是国内像许维哲这样的钢琴家太少了，古典音乐界太需要这样一个标杆型的人物。你说了，许维哲听不进去，乐迷们听不进去，那些不惜以举家之力送孩子学琴的父母听不进去，他们只会觉得你是羡慕、嫉妒、恨。谁都没兴趣成为全民公敌吧!

“说来说去，还是咱们国内古典音乐人才太少了。”房楷眉头微微拧了拧，朝盛骅投去一个谴责的瞪视，“要是当初Snow不解散，你回国发展，大家的眼界也就不会像现在这么窄了，那才是超一流的演奏。喂，你老实交代，你和向晚之间到底出了什么解决不了的问题，才让你下决心解散组合的？为了咱们国家音乐教育事业这样的话，骗骗别人行，可骗不了我。很多演奏家都在音乐学院担任客座教授，这并不耽误演奏，琥珀不就是吗？”

盛骅侧仰着头，淡淡笑道：“我喜欢现在的生活。”

真有事啊。房楷深吸了口气：“不会是你求爱不成恼羞成怒吧？”

“挺有趣的！”柔和的灯光，勾勒出盛骅英俊的轮廓，以及眼底浮现出来的一缕讽刺。

房楷又给自己倒满了酒：“你不愿意说就不说，谁还没有点小秘密。对了，送你个礼物。”他从裤袋里拿出个U盘扔了过去，“江老师的两次排练都在里面，还好录下来了。”

盛骅平静地凝视着手中的U盘，唇角缓缓抿紧。片刻后，他问道：“我现在能看看吗？”

房楷看了看他，走过去拿走U盘，插进电视旁边的插孔里，然后打开电视，调到视频界面。画面晃动了一下，江闽雨的身影出现了。盛骅的喉咙里突然一哽，呼吸堵在气管里，指尖不由得僵硬。

“这是第二天第一次排练，第二次上台时就……后面的我掐掉了。”房楷说道。

盛骅“哦”一声，看着江闽雨在台上和梅耶拥抱。第二天第一次排练盛骅也在那儿，江老师依然状态很佳，但他不太满意，他对盛骅说，他要休息下，再来一次。他离开的时候，老师坐在观众席上喝着一瓶矿泉水。回来时，老师已躺在血泊中。

“老师他有几个小习惯，早晨要喝一杯热牛奶，还要加点盐粒，说那样可以一整天都有精神。音乐会的中场休息时间，喜欢喝一瓶斐泉的水。他不是追赶什么时尚，他是喜欢那种水的口感，还有他觉得斐泉的态度好，严格保证水源和环境的干净、卫生和安全。他说演出时可不能出一点问题，任何细节都要谨慎。这水是贵，但能保障肚子不出问题……”

“等等，你说斐泉？”房楷凑到屏幕前，看着江闽雨手里斐泉特有的方形瓶。

"你不知道斐泉？"

"我知道。这水是他自己带来的吗？"

盛骅不解："不是你们大剧院提供的吗？"

房楷的表情一点点凝重起来："大剧院日常是会给演奏家和工作人员无偿提供瓶装水，但那只是在超市里买的普通矿泉水。"

无风吹来的室内，盛骅的呼吸陡然紧促："你往前回放，江老师是从哪里拿的水？"

房楷快速地按下回放键，画面回到江闽雨第一次排练结束，他微笑谢幕，回到候场区。当他再次出现时，是从舞台一侧的楼梯走向观众席，这时他的手里正拿着一瓶斐泉。

"你们的水是放在候场区吗？"盛骅已经无法安稳地坐在沙发上，他也走到了屏幕前。

"是的。"房楷的脸不自觉地一沉，"但是不对。"

"哪里不对？"

房楷像是极力在压抑着情绪，半晌之后说出来的一句话听着像有千斤重："你知道谌言当初是怎么离开我的吗？"

"不会是因为一瓶水吧？"盛骅预感到有什么事要发生了，不，是已经发生过了。这件事很周密、很复杂，就像一个精心布置的局，神不知鬼不觉地就让人陷入了局中。

房楷垂着的手握成了拳，他扭头走向沙发，一屁股坐了下去。他很想来根烟，但是盛骅不抽烟，也极其讨厌吸二手烟，他只得给自己倒了杯酒，一仰头喝干了。那些早已属于往事，需要满满的气力，不然无法回首。

大幕徐徐拉开，房楷仿佛看到比现在还年轻稍许的自己身着燕尾服，手执指挥棒，站在聚光灯下。他不是一个严肃的指挥，表演前，总会朝乐团鼓励地挤下眼睛。

指挥棒轻轻地点三下，就像在数着倒计时：三、二、一，开始！

指挥不好做，要和演出商、赞助商们应酬，要关注到乐团的每个团员的表现，要考虑票房，要安排曲目，压力非常大。他担忧地对谌言说："我会不会没到五十就谢顶了啊？"谌言不以为意道："谢顶就谢顶呗，我又不会嫌弃你。"

她还是嫌弃他了。

"那时我还在担任乐团的指挥，差不多和许维哲现在一个待遇，什么年轻有为、后生可畏、鹏程万里，什么赞语都不要钱地往我身上贴，这是事业。我在爱情上也得意，遇到了谌言，爱上她，她刚好也爱我。我求婚成功，见了家长，婚礼的日期也定了，我觉得天下最幸运、最幸福的人非我莫属。有一次，去外地演出。你知道的，舞台上的灯光很强烈，哪怕是冬天，站在灯光下，也像烤一样。指挥一场音乐会下来，里面的衣服几乎湿透了。我通常是一下来就换衣服，然后喝一杯温开水。那天，我的助理也像往常一样帮我把水准备好，温度也适宜，我喝完，就去参加庆祝酒会。那种酒会，不会提供烈性酒，我的酒量还可以，几杯下去一点感觉没有。我好像就喝了两杯，谌言来电话了，问我哪天有时间，她要和摄影师预约拍婚纱照。接完电话，我直接回酒店了。洗澡的时候，头就开始晕沉沉的，视线模糊不清。我没等头发干就睡了，醒来的时候，我身边躺着一个陌生的女子。其实也不算很陌生，她是我乐迷俱乐部里的一个活跃分子，我见过她两面，有时会在微博上和她互动一下，过年过节也会发个祝福什么的。没错，我们俩都是一丝不挂，鼻息间是成年男女都明白的那种气味。很明显发生了不该发生的事，可是我一点印象都没有。她告诉我，是我给她打电话让她过来的。我看了下她的手机，昨天深夜确实有我的一个来电。她看我如遭雷劈的样子，反过来安慰我，说她就当做了个美梦，让我不要把这事放在心上，她也不会对任何人说这事。我愧疚地送她去了高铁站。她为了看我的音乐会，特地坐高铁过来的。”

房楷低下了头，双手插在头发间，连着深吸了几口气。再次回想起那一夜，他仍然觉着匪夷所思。那些电视里的狗血情节，怎么就在自己身上发生了呢?

“她走后，我一个人在车上坐了很久。冷静之后，我意识到自己可能是被别人算计了。不说那两杯酒对我没影响，就是我喝醉了，也不会酒后胡来。谌言常说我一醉就变得很高冷，谁喊都不理睬，直接上床睡觉，不像有的人，又是唱歌，又是乱语，还有号哭的，像疯了一样。如果排除了酒醉，那还有什么能让我在失忆迷糊的状态下干出失控的事呢? ”

“下药? ”盛骅脱口说出两个字。

房楷挤出一丝苦涩的笑：“我托了当地的朋友，帮我找了个熟悉的医生，为我检测了下血液。医生说我的血液里是残留着一点迷药的成分，幸好没过四十八小时，不然就查不出来。这种药有很多种，无色无味，对人伤害不大，遇液体就溶解。我吃的这种，带有催情的效果，药效来得慢，但药力猛，身体不受控制，会产生幻觉，事后记忆模糊。我是十点以后药效上来的，那么下药的时间差不多是我演出后。演出后我只碰了两种液体，一种是更衣室里的温开水，一种是酒会上的酒。酒会上的酒是随机拿，没办法下药，因为别人不确定我会拿哪一杯。那么就只有温开水了。指挥是有独立更衣室的，除了我的助理出出进进，别人很少进来。助理从我刚做指挥就跟着我了，好几年了，不会是他。事情到了这儿，几乎就走进了死胡同。更衣室里没有摄像头，演出的时候，人员很杂，谁也没注意到谁进过我的更衣室。我喝的杯子，助理已经洗过，什么指纹也抹干净了。报警，好像有点小题大做，在别人眼里，我没什么损失啊，反而把事闹大，对我的声誉很不好。但我当时有一点想不明白，下药的人的目的是什么? ”

“你就没想过那个女生有问题？”盛骅问道。

房楷沉重地点了下头：“当然有想过，但电话确实是我主动打给她的，酒店的工作人员也证明她是独自一个人。我想大概是药效发作时，我想给谌言打电话，误拨了她的号码。”

“这么巧？”无数的事实证明，所谓的巧合都是蓄谋已久。

“事情过去两个月了，我的生活还和以前一样，除了感觉有点对不起谌言，但我不是故意的，也就没有太多的罪恶感，我想那估计是谁的一个恶作剧。时间一长，那件事就自动从我记忆里删除了。我还是太天真了。”说到这儿，房楷捏了下眉心，自嘲地勾了勾嘴角，“人家说出来混总要还的，真是不假。后来有一天的傍晚，那个女子给我发了条信息，没有文字，就一张怀孕化验单，算日期，也就是那段时间。我当时眼前就一黑，整个人都傻了。我问她什么意思，她说她想留下这个孩子，她觉得我是父亲，这件事应该让我知道，但她不要求我负责。这是她不要求我就不负责的事吗？我全神贯注地和她来来往往地发着信息，没注意谌言什么时候站在了我的身后，所有信息的内容她都看到了。谌言悲哀地对我说，我出轨一次，她可以原谅我，但是现在有了孩子，她再豁达，再大度，也无法忽视孩子的存在。她是爱我，可是她不知道该怎么面对这个孩子。当晚，她就搬了出去，一周后，她给我寄来了离婚协议书，然后出国，从我的生活里走了个干干净净。我找到那个女子，恳求她不要留下这个孩子，我可以给予她丰厚的补偿，因为我们之间没有感情。没有感情的结晶，是不会被上苍祝福的。她对我破口大骂，说她要告诉媒体，我是个卑鄙无耻没有人性的家伙。我以为她是一时的气话，没想到第二天这件事就上网了。我整个人都被妖魔化了，什么诱拐乐迷上床，搞大肚子，逼其堕胎，老少不忌，只要和我接触过的女性都不放过，还说我嗑药、酗酒，性格粗暴。舆论像潮水般迅速就将我淹没了，都没给我一个解释的机会，人家不单有怀孕的化验单，还有我和那个女生并肩离开酒店的照片。我不敢出门，不敢接电话，演出也无法继续，我的指挥事业便也无法继续。毕竟是公众人物，私德这么有问题，怎么配站在公众面前？我颓废了差不多一年，才从头来过。”

“那个孩子呢？”对于一个享有盛名的指挥，放弃一切，重头来过，这不是表表决心而已，每迈一步都像踩在刀尖上。

房楷冷冷一笑：“人家说有我这样的父亲，连孩子都觉得可耻，他不想来到这个世界上。”

“什么意思？”盛骅蹙起了眉头。

“可能是流产了，也可能就根本没有过孩子。”房楷不屑地耸了下肩，“这不算惊悚，最惊悚的是我离开乐团后，新指挥一上任，不仅没开除我的助理，反而给他升职了，而那个女子成了新指挥乐迷俱乐部的部长。这下子很多事就说得通了。用那位新指挥的话说，有的人是不坏，但他挡着别人的道，那他就成了个十恶不赦的大恶人，必须除之而后快。”

“他为了挤走你，先用升职贿赂了你的助理，然后买通了那个乐迷？”盛骅总算理清了所有的脉络。

“我根本没有给她打电话，是她算好我药效发作的时间，来敲我的门。那通电话是她进房间后用我的手机打到她手机上的。这是我后来调出电话记录，再对照她进酒店的时间才得出的结论，只是当时人太慌，没有注意这个细节。后来，我有遇见到她，你知道她对我说什么了吗？呵呵——她说这一切本来是可以避免的。和我上床，是她自愿的，虽然主意是新指挥出的，但她喜欢我。事后，只要我主动给她打一通电话，关心点，温柔点，不管那位新指挥说什么，她都不会配合他。可是我却对她不闻不问，像恨不得那一夜根本就没发生过，她这才怒了。哈哈，说得她好像是不得已而为之，而我完全是自作自受。”

房楷是名人，女子只是一个乐迷，不管事实是什么，人们只会觉得女子是弱者。人都是同情弱者的。一开始捅出来，杀伤力一般，就是个一夜情，没什么，可是扯上怀孕、堕胎，舆论必然一边倒。即使房楷证据成堆，也洗脱不了自己的罪名。只能说设计这一切的人，心思很缜密，用心够良苦。

“那个新指挥是谁？”

房楷轻蔑地一挥手：“靠这种下三烂的手段上来的人的名字会污了你的耳朵。他是把我挤走了，结果呢，他的心根本没放在音乐上，和团员关系恶劣，演出时频频出错，生生地把国内挺有名气的乐团搞得声名狼藉，门票都卖不出去，几年不到，就被乐团扫地出门，现在，也不知沦落在哪个小乐团里混着。那个助理和乐迷也消失了。当然如果刻意去找，是会找到的，但我不屑于在他们身上大费周章，因为他们不配，他们太恶心。这一切，我只当是生活的磨炼，我可以不做指挥，但我在别的领域一样发光发热。看，我成功了！这就是我对他们的报复！可我也不算胜利，我失去了谌言，本来我们应该恩恩爱爱地过日子，说不定我也真的做父亲了……”房楷突然有些哽咽，“没有谌言和我分享，什么样的成功都没有意义。”

盛骅的心狠狠一恸：“现在谌言不是开始和你联系了吗？”

“可是这么久，一夜又一夜，我一个人待在空荡荡的屋子里，看不见她的人，听不到她的消息，你知道有多煎熬吗？”房楷向后靠向沙发，捂着脸，双肩颤动，盛骅看到泪水从他的指缝里流出来，顺着手背滴落在膝盖上。

盛骅默默地走到阳台上，青灰色的天穹下，四面八方都是明亮的灯光，街上是日日不变的车流与喧嚣。很忙碌，很欢腾，很充实，看着就像生活处处充满着希冀，让你一步也不敢停留，可是谁不是在奔跑中，边失望边绝望地咬牙撑着呢！无论哪个行业，都存在竞争，良性竞争还好，技不如人就拱手认输，就怕那些卑鄙的人玩阴的，输得很惨，还不知输在哪里。后来是挺过去了，像房楷这样，又如何呢？伤害已经造成。再坚韧，再洒脱，终究还是意难平。比如古典音乐，生活的磨练是可以把音乐诠释得更加丰满，可是如果可以选择，谁也不想经历贝多芬《命运交响曲》里的暴风骤雨，更愿意待在施特劳斯的《蓝色多瑙河》里徐徐泛舟。人们愿意坐在台下看台上演绎着别人的精彩人生，却希望自己的一切安宁静好。只是命运哪里会给你选择的机会，遇着了只能认命。

其实万事都通在一个“利”字上，一涉及利益，一些平时道貌岸然的人就忍不住露出本来的嘴脸。盛骅扭头朝客厅里看了看，房楷已经不在沙发上，洗漱间里传来水声，大概去洗脸了。房楷被人算计，是挡了别人的道，可是江老师年纪这么大，身体也不好，毫无竞争力，他碍着谁了呢？

盛骅走进客厅，房楷也从洗漱间出来，内心已经平静了。盛骅把自己的疑虑和房楷说了：“我们会不会想多了？”

房楷坚定道：“不管我们是不是想多，那瓶斐泉出现得很蹊跷。江老师这事和我那件事的性质不同，我受伤的是事业和心灵，他到现在都昏迷不醒，如果是下药，那就是谋杀。”

“我们报警吧！”盛骅双眸一凛。

“好，以大剧院的名义报警，警察是专业人士，任何蛛丝马迹都逃不过他们的眼。我现在担心的是，都过去好几天了，那药在江老师的血液里还有残留吗？”房楷忧心忡忡道。

大剧院这一周都有演出，又是演奏家，又是观众，人很杂，警察也就没大张旗鼓地来，只来了两人，穿着便服，开的是普通的家用车。两个人都是三十多岁的样子，个头也差不多，稍微高点的姓刘，是队长。一看到盛骅，刘队嘴角下意识地抽动了好几下：“盛教授，好久不见。”

盛骅愣了一会儿，才想起那次沙楠他们三个在酒吧喝醉打架闹事，当时也报警了，好像来处理的就是这位刘队，两人当时还聊了会儿音乐。

提起音乐，刘队嘴角抽得更凶了。他本来偶尔兴致上来，还听听轻音乐，那天，盛骅向他普及了下古典音乐是如何如何神圣，演奏家们的手是如何如何重要，他听得眼前金星直冒。后来再听音乐，就感觉自己在亵渎神灵，他只得改听京剧了。京剧是国粹，胡同口修鞋的大爷也能哼几嗓子，很接地气，听着也亲切，没一点心理负担。

一回生，二回熟，盛骅和刘队也算熟人了。熟人好办事，盛骅不安的心稍稍安定了点。报警的事，房楷只知会了保安队长，其他人都没惊动。房楷把事情的前前后后以及自己的猜测说了一通，刘队和同事边听边做笔记。虽然是仅凭一瓶斐泉做的猜测，刘队却没有觉得他小题大做。他调看了排练那两天大剧院的全部监控录像，也找了很多人询问，一切都非常正常。候场区的瓶装水现在还有几瓶，整整齐齐地摆在箱子里，很常见的国产牌子。负责采购的后勤人员说，这些年大剧院都是喝的这个牌子的水，由超市直接送过来。江闽雨喝过的那瓶斐泉，早被保洁工收走扔进了垃圾桶，想查个指纹什么的也不可能了。现在唯一的希望就是江闽雨的血液检查。

那是希望吗？盛骅和房楷不由得对视了下，心都沉甸甸的。那些迷药，最长在体内停留四十八小时，快的几个小时就排出了。

天可怜见，那天江闽雨送过来急救，医生抽了几管血化验，后来又等德国那边的病案，准备结合治疗，那些血还保存在化验室的冰箱里。听了刘队说要重新检测血，主治医生一怔，表情有些古怪。

刘队铿锵有力道："虽然江闽雨的身体非常不好，但是哪怕他还有一口气在，如果下药的事被证实，无论如何我们都要将凶手绳之以法。"

主治医生连连摆手：“我没有觉得你们是接受不了意外而产生了臆想的意思。”他抬眼看了下盛骅，“江闽雨一送进来时，我们就给他做了各种血液检测，有几个数据很诡异，我当时就有些不解，这才提出要看看他以前的病案，会不会是他常吃的那些药残留在体内引起的。当我拿到他的病案……情况比我想象中还要不好，当时想着救命要紧，这件事就暂且没提。”

“检测单还在吗？”盛骅一双眼睛定在主治医生的脸上。

主治医生从一边的档案架上拿下江闽雨的档案，从里面抽出一张纸。

“这几个数据我当时还划出来了，你们看。”

检测单上上上下下的箭头，几人都看不明白。

“这是被下药了吗？”刘队直截了当地问道。

“对，应该是一种液体接触型迷药，对人的伤害不大。半小时内起效，药效持续一个多小时。服药的人有些头晕，四肢无力，但意识很清醒。”

只能说，这个人对江老师实在太了解了。了解他演出时喜欢喝的水是斐泉；了解这场音乐会对他很重要，只要还能爬起来，只要意识还清明，再无力，再头晕，江老师也要咬牙上台；了解他已经病得不行，拖着那样衰弱的身子，算算时间，差不多是上台阶时，药效最猛，这样就能从台阶上滚下来，不是伤个胳膊，就是伤个腿，或者蹭破个脸皮，出不了人命，就是弹不了琴，这样也就没人去细查追究根源，一次意外罢了。他没有想到，江老师竟然咬牙撑上了台，在鞠躬时从台上栽进了乐池，至今昏迷不醒……难怪房楷一下子就那么敏感，简直就是一模一样的天罗地网、疏而不漏。

此时，布下这张网的人是在庆幸还是在后悔呢？

太阳西斜，初夏的黄昏来得很晚，还懒懒散散的。都看不到太阳的影子，西方的天空犹是一片橙色的灿烂，映得鳞次栉比的楼群像披上了一层薄薄的金纱。暮色还没来得及加重，两边的路灯突然像开闸的河流，“唰”的一下，沿着一条条马路亮起，跟着，整个城市呈现出另一种与白天截然不同的风姿。盛骅站在熙攘的街头，像有些不适应，一时间有种四顾茫然的失重感。

刘队从口袋里掏出包烟，抽了支叼在嘴上，又从另一侧的口袋摸出打火机，“啪”的一下，点上烟。他仰起头，朝着夜空狠吸了两口，问道：“江闽雨是和你同住吗？”

“不是，他和朋友一起住。他来大剧院排练，都是我去接。”

刘队的眼尾处倏地收成一条线，目光如同一柄冷森森的利剑：“那就是说，他从住处带什么过去你并不清楚？”

盛骅脸上的神情像是怀念，像是克制，包含着某种孺慕，又仿佛包含着某种深切的悲痛。“是的，但他只在演出时喝斐泉。他觉得斐泉的态度和他对音乐的态度是一致的。很多演奏家演出都有点常人无法理解的小怪癖，就像是一种仪式感。”

“你们不是说他很多年没登台演出了吗？如果他把排练当成是自己的正式演出，会不会特意在包里放上一瓶斐泉？”

“如果他预感到他会发生意外，有可能。”

刘队一噎，觉得这些高雅的演奏家简直就是地球上的另一种生物，怎么就这么的沟通无能呢？

“江闽雨的那个朋友叫什么？做什么工作？”

“柳向栋，他开了一家琴行，叫明日之栋。”

“呃，是那个大光头！”这家琴行太有名气了，家里有个学音乐的孩子的人都知道。刘队家的孩子有一阵想学架子鼓，他也过去逛了下。那天柳向栋也在，有人来买钢琴，他即兴给人家当场弹了一曲。刘队当时眼珠子差点没掉下来，这人看着像道上的朋友，和音乐还能挨着边？

盛骅点了点头。

盛骅和房楷这边的情况，该了解的都了解了，后面如何，刘队只字不提。这件案子既简单又复杂，简单的是找到谁给了江闽雨那瓶斐泉就结案了，复杂的是看似线索很清晰，顺着藤摸过去，说不定是一团空气。至于犯罪动机，也是一团迷雾。祈愿江闽雨能够早点醒来吧，不然，凭多年办案训练出来的敏锐直觉，这案子会非常棘手。

“盛教授，你也是嫌疑人之一哟！”刘队半真半假道。

“我随时接受刘队的询问。”

等刘队和同事走后，房楷和盛骅也上车离开了医院。

“你心里面是不是猜到是谁了？”房楷问道，“是那个琴行老板吗？”

“柳向栋？他那几天去南方出差了。”车窗开着，夜里的风虽然不太凉，还是挺大的。

“这么巧？”

对，就是这么巧！盛骅抬起头，月亮已经出来了，很大，很圆，不会快到月半了吧？盛骅想起在地理杂志上看到的一篇关于月亮的文章。确切地讲，它的正确名称叫“月球”，它被地球吸引，围绕着地球奔跑。很多人不知，虽然月球也在转动，但从地球上看去，看到的永远、是它的正面，它还有不肯示人的另一面，据说伤痕累累，写满沧桑。是不是每个人也有不肯示人的另一面，阴暗，消沉，压抑，疯狂，但就像月球一样，再不愿示人。人类的探月器还是窥见了它的真面目，人也是如此，掩饰得再成功，还是会不自觉地露出点痕迹来。

“江老师是怎么认识那个琴行老板的？”房楷犹如福尔摩斯附体了，问题很多。

“早年一起留学的同学。”盛骅心不在焉道。

“哦，也是搞古典音乐的，怎么剃了个大光头？”搞古典音乐的，无论是演出，还是私下休闲时光，衣着、仪态都很讲究。这也是一种音乐态度，代表着自己的品位。像肖邦当年在巴黎，被称为最优雅的绅士，他知道在什么场合，穿什么衣服，什么样的站姿，从而可以吸引全场的目光。

“可能是掉发掉得太厉害，索性就剃光了。他个头大，人又胖，剃个大光头，开辆大别克，那样子怎么看都不像是和江老师做朋友的人，但两人确实是几十年的朋友了。”

房楷脑中飞速地闪过许维哲演出那天，他在门口看到周晖上了一辆大别克的画面，他猝不及防地被这画面惊了下，然后不禁莞尔：“我都有点魔怔了！”

“不管魔怔不魔怔，这件事都让人不寒而栗。”盛骅的脸颊映着灯光，声音里带了一抹寒意。

第三章

五月的悲怆

腕表公司这次对中国市场期待很大，不仅设计上极具传统的中国特色，广告也准备拍成一部微电影的形式。电影的创意来自很多年前赫本拍摄的一个巧克力广告，赫本扮演的是公交车上的一位平凡少女，车子被堵在一个有着浓郁希腊特色的集市上，赫本很着急，这时一位帅哥驾驶着一辆炫目的跑车停在她的车窗旁，朝她按了按喇叭。她欣喜地在众人钦羡的目光中下了车，坐上跑车。帅哥递给她一片巧克力，她掰下一块放进嘴里，脸上的笑容就像娇艳的鲜花一样徐徐绽放。这情节其实真没什么出彩的，可是赫本那么靓丽，笑容那么甜美，帅哥那么英俊，街道古老又繁华，远处还有大海，又有爱情，这还不够浪漫，不够打动你吗？

腕表公司的思路也差不离，切合腕表的特质，这是一个和时光有关的励志、忧伤的爱情故事。音乐学院里，两个有着音乐天赋的学生相爱了，男生弹钢琴，女生拉小提琴。毕业时，女生出国留学，男生因为家庭情况只能留在国内深造。两人约定，三年后，女生学成归国，两人一起回到母校，开一场音乐会。三年过去了，男生通过自己的努力，成了国内古典音乐界的第一人。在约定的那天，他去机场接女生，等到的却是女生的母亲。母亲告诉他，三年前，女生在国外就因疾病而去世了，她担心他知道了会放弃努力，于是就让所有人都瞒着他。母亲送给他一款腕表，说，这是女生留给他的，她已将她最好的时光定格在了表中。男生回到了校园，漫步在海边，他想起逝去的许多许多时光：他在这里初次遇见她、第一次听到她的琴声、他鼓起勇气牵她的手，向她表白，他们站在晨光里许下相伴一生的诺言……画面一幕幕闪过，男生低头默默地戴上腕表，向远方走去，孤独的身影被阳光拉得长长的。背后，柴可夫斯基的《悲怆》的钢琴声随着奔涌的海浪缓缓响起……

“两位演奏家有没有什么补充的？”广告总监把笔记本电脑推开，看向许维哲和琥珀。公司本来只是发了邮件，但在得知许维哲在国内的首演引起很大轰动后，他还是亲自飞过来和两人详细说明一下。只是为了配合情节需要才找的许维哲，没想到他会带给他们这样一个意外之喜。

许维哲的目光先温和地看向琥珀，琥珀眼角眉梢没有一丝变化，他扬着眉笑道：“创意确实很感人，只是结局为什么要这样悲伤呢？世人不是都喜欢皆大欢喜的结局嘛，可不可以设计成两人因为误会分开几年，然后误会解除，两人最终相伴到老？”

广告总监一时愣住了，他只是走过场礼貌地问上一句，并不是真的想让两人提个意见出来。他带过来的创意是经过无数次修改，各个部门都已审核通过的，非常符合腕表在市场的定位，也非常成熟，没想到他们还真有想法，而且这个人还是许维哲。琥珀的性格不太好，这不是什么秘密，要是有什么不同想法，他以为肯定是琥珀！

虽然许维哲的想法是以建议、商量的口吻提出来的，态度谦逊，笑容和煦，似乎可有可无，广告总监却是一点也不敢敷衍。

“因为这次腕表面向的是生活品质较高的人群，他们从不追赶潮流，却永远不会被时代所淘汰，这就是经典。论经典，喜剧远远不及悲剧，悲剧戏剧性强，感染力深，就像莎士比亚的几幕悲剧也是比喜剧上演次数多。喜剧，大家一笑而过，而悲剧，则会在人的心里停留很久很久，说不定就是一辈子。”

“悲剧之所以成为经典，是因为那是别人的故事，如果发生在自己身上，我想谁都不希望有遗憾。要知道，遇到一个和自己志同道合的人并且相爱的概率，可是很低呦！”

如果没有看错，广告总监依稀在许维哲满溢着笑意的眼中看到了执着的、不容反驳的意味。难道这是演奏家的职业习惯？演奏的时候，人与曲子合二为一，他这是把自己也代入了故事中吗？上帝，这要他怎么说呢？你们看的是故事，我们看的是市场。

他只能祈愿琥珀是个明白人：“琥珀小姐，你认为呢？”

琥珀确实非常明白：“我们不是专业演员，你们创意再好，我们演不来，有什么用呢？”

广告总监忙道：“这个不要担心，你们只要本色出演就行，拍摄的时候大部分是侧光，一两个镜头的正面特写，不需要什么演技，后期我们都可以弥补。就连演奏部分，也不是现场录音。”

“我们只要做出演奏的样子？”

广告总监翻看了下方案：“你演奏的镜头都是朦胧的远景，演出演奏的样子就行，许先生有音乐会的镜头，倒是需要真实演奏的。”

一直担心的事不会发生，应该感到庆幸，琥珀的心里面却涌上漫过头顶的悲凉，如浪潮般，一浪高过一浪地席卷而来，将她一次次从浪顶抛向浪谷。她终究成了别人的拖累，成了一个需要千思百虑掩盖的秘密。《百年孤独》里有这么几句话：我们趋行在人生这个亘古的旅途，在坎坷中奔跑，在挫折里涅槃，忧愁缠满全身，痛苦飘洒一地。我们累，却无法止歇；我们苦，却无法回避。是的，无法止歇，无法回避，无法逃脱，只能承受，这就是该死的、讽刺的人生。

“琥珀？”搁在膝上战栗不已的手被另一双手握住，许维哲明亮的眸子关切地看着她。

“能换首曲子吗？”琥珀很快便镇定了，她抽回自己的手，“这首曲子的感情太深沉、浓烈，如泣如诉的自我挣扎，像黑暗的云团，让人胸闷，和情节不太相配。

广告总监还真没想到这个，柴可夫斯基的这首曲子，很多电影的背景音乐都用过，名字也切合，他就直接拿过来用了。

“那用什么曲子呢？”

“*Dreaming*就够了。”

广告总监也不是一点都不懂，他顿了下，说道：“这首钢琴曲不是NewAge风格吗？”

“对，但并不比古典钢琴曲逊色，曲风缓慢恬静，带着丝丝淡淡的忧伤，很唯美、空灵。”

“我们回去开会再讨论下。”只要不动创意，一切都好办。

华城虽然有个硕大的水面叫海，但其实是个人工湖，大海的镜头还是得去海边拍。广告总监决定将拍摄地点分为两部分，一部分放在华城，一部分在海滨城市青台。这样的话，拍摄时间可能要拉长点，还好琥珀和许维哲现在的时间都比较宽裕，没什么问题。

约定好一周后开始拍摄，广告总监就急匆匆地走了。

下午的咖啡厅，有两桌客人像是在谈业务，笔记本电脑开着，文件散了一桌。还有个学生模样的，窝在角落里，不知是不是在赶论文，整张脸苦大仇深地挤成一团。然后就是许维哲和琥珀了，琥珀喝的是意式咖啡，许维哲是美式，广告总监那杯已经被服务生撤下去了。

“谢谢你，维哲！”费了很大的劲，琥珀才把这句话说出来。她不是第一次拍广告，花那么多的钱请个演奏家，怎会不需要真实演奏，显然是许维哲和他们沟通过了。

“我说过，一切有我呢！可惜美中不足，好不容易和你合作一次，还是这么个情节！”许维哲很是不能释怀。

“广告而已，不必在意。”

“不在意，你干吗还要换曲子？”哪怕是反驳，许维哲的声音里也含着笑。

“我一直觉得老柴的音乐，既不古典，也不浪漫，它就像俄罗斯冬日里的旷野，北风嘶叫，土地冻裂，突然出现一大片白桦林，你不会感受到生命的坚韧，只会感到凄苦和荒凉。这样的音乐，用在一个无病呻吟般的广告情节里合适吗？也许我有点矫情，但我始终认为，大师的音乐值得被尊重，不能这样随意对待。”

“这样的话，我觉得我该坐正了听！”许维哲连忙正襟危坐，做出认真的样子，逗得琥珀眼角眉梢弯了起来。琥珀只说出了一部分原因，还有另一部分，是她不愿意和别人一同听这首曲子。这首曲子，总是让她情不自禁地想起那年夏天，小哥哥抱着她，滴落在她脖颈上的泪，是那么的烫，烫得她小小的心都涩涩的、沉沉的。

刚学琴时，接触的曲目都是简短而又轻快的，大概是到了第三年，她才知道小哥哥最后一次弹的那首曲子是老柴的《悲怆》。贝多芬也有一首曲子叫《悲怆》，从他的《命运》里就可以感受到，他是一个无比刚烈的巨人，即使他身隐黑暗之中，也能超越今生，自创光明。他的《悲怆》有着一种英雄主义，且充满神学情怀。而老柴的《悲怆》，深渊就是深渊，悲伤就是悲伤，绝望就是绝望，黑夜就是任何光都穿透不过来的黑。他是真的走不出来了，在这首曲子首演六天之后，他与世长辞。

其实这么多年过去了，琥珀已经没那么耿耿于怀于小哥哥为什么要弹这曲子、他到底遇到了什么事。只是，那时候，她的手臂太短，不能抱住他，如果再遇到，她只想张开双臂，好好地给他一个拥抱。

拍摄就在一周后，许维哲提醒琥珀向盛骅早点请假。

“不要太早，走的时候和他说一声就行了。”一提盛骅的名字，琥珀的心里就翻腾着各种复杂滋味。

“他现在对你的要求放宽了？”许维哲看她抿紧的薄唇，看她清澈的漆黑的瞳仁。她的眼睑上有一条细微的纹路，仿佛天边的天际线，让他觉得，她与他如此近，又如此遥远。

“怎么可能，江山易改，本性难移。”琥珀很不自然地躲开了许维哲的视线。

许维哲自嘲地一笑：“我也领教过了，他真是一位严师！那天在酒吧想在他面前好好地表现下，没想到弄巧成拙，反而让他误会了。”

“这些小事，他不会放在心上的。”琥珀很不愿意提这件事，一提就觉着烦。

“在他眼里，什么是大事？《肖邦作品全集》的出版吗？”

许维哲并没有特别的情绪，可是琥珀却听得一惊：“这本全集有问题？”

“我不太清楚，只是看到今天很多音乐论坛都在转载一篇文章，说那本全集其实是江闽雨的作品，你看！”许维哲从手机里调出网络上那篇文章，是英文版。文章里说盛骅之所以成为肖邦钢琴大赛的资深评委，完全是因为江闽雨的帮助。江闽雨年轻时参加过肖邦钢琴大赛，名次很好，这么多年在汉诺威，也是偏向于肖邦作品的教学，他才是真正的肖邦专家。而盛骅一没拿过肖邦钢琴大赛的大奖，二没开过肖邦的专题音乐会，怎么就成了肖邦专家呢？没有最卑鄙，只有更卑鄙，这一次，盛骅趁江闽雨出了意外昏迷不醒时，剽窃了江闽雨多年的心血之作。

“完全是无稽之谈！”琥珀拍案而起。江闽雨出意外是最近的事，而那本作品集都快出版了，那些人不会以为出版一本书，是今天交稿，明天就能上市吧？更让人无语的是，这样一篇明显漏洞百出的帖子，竟然还有人信！下面的回复有几百条，有人甚至说盛骅是古典音乐界第一大骗子。

“这人就是一个哗众取宠的小丑，不过，也说明了盛骅的那本全集确实不错，不然，不值得别人这么搜肠刮肚地编出这么一篇东西污蔑，这是赤裸裸的羡慕、嫉妒、恨。”

许维哲深深地注视着气得不轻的琥珀，像不小心咬了口黄连，从口到心都是苦涩的。

“我要回华音了。”琥珀再也没有悠闲品咖啡的心情了。

她着急去看盛骅吗？去安慰他，告诉他自己相信他、支持他？许维哲不愿这样想，但他偏偏就这样想了，心里突然有种不拽住她，就再也见不着她的恐慌。

琥珀讶然地看着许维哲紧扣着她手腕的手。

“我送你！”许维哲极力坦然道，另一只手拿起琥珀搁在椅中的背包。

推开挂着一串风铃的大门，外面依然是热浪滚滚，没有一丝风，马路都像要被阳光蒸化了，树上的蝉鸣声撕心裂肺般。

许维哲是有驾照的，但凯尔不同意他开车，凯尔自己对华城的路线不熟悉，于是许维哲出行都是请酒店安排车。司机把车停在地下停车场，这种天气，要是停在路边，方便是方便，但在里面等着的司机，哪怕冷气一直开着，也不太好受。所以这条马路上，画了无数个停车位，除了一辆白色的宝马，其他都空着。琥珀在咖啡厅是朝着窗外坐的，那辆白色的跑车，她记得她刚坐下不久就停在那儿，现在还在那儿，没见人下车，也没见人上车。

这辆车实在太显目，许维哲也下意识地看了几眼，当他准备收回目光时，车门开了，一双修长的腿从里面伸出来站在了明亮的阳光下。许维哲笑了："虞亚，你怎么在这儿？"

隔着马路，隔着被炙烤得有些变形的光线，虞亚的笑容像被冻住一样，挤得很艰难："我在等朋友。"

"外面热，你快上车吧！回见！"许维哲挥了下手。

"好的！"虞亚的目光从许维哲牵着琥珀的手上移动，定格在琥珀的面容上。琥珀朝她淡淡地一颔首便不再注视她。她热晕头了不成？把她琥珀当谁了，看她的眼神像放箭似的，箭头还很准，直中靶心。

司机把车开过来了。经过第一个红绿灯时，琥珀不经意地掉了下头，发觉虞亚还暴晒在阳光下，朝这边翘首张望。

"她是不是喜欢你？"不然怎么解释这种行为呢？

许维哲没有否认："小女生就这样，今天喜欢这，明天喜欢那，其实她根本不清楚什么叫喜欢。"

"也没有很小吧！"琥珀记得去看赵怜惜演出的那天晚上，虞亚叫住她，递了张名片给她，那神情、那口吻，一点也不天真可爱。

"不管她大与小，我早就告诉她，我有喜欢的人了。"

"呃，真的，谁啊？"

许维哲深吸一口气，脸上露出一丝温柔得让人无法错认的微笑，深情款款的目光从眼中透出来。

"远在天边，近在眼前。"

裘大经纪人简直愁死了，两个挂职音乐指导的人，从周一到周三，连着三天都没露面了。红杉林练琴是很勤奋，可是练得怎么样，他听不出来，曲目的选择有没有问题，他回答不上来，这周的酒吧演出到底还要不要演啊？

周四这天，裘逸实在忍不住给盛骅打了个电话。他没敢问盛骅为什么没过来，他只是恰当地表现了下对琥珀的担心，一个女孩子，还是个外国女孩子，孤单在外求学，没亲人，没朋友，不会出什么事吧？

她能出什么事，无非是为许维哲和他赌着气。这真是无处说理了，敢情委屈的人是她啊！盛骅的白色绝影刚好进华音，从琴园旁边经过时，目光一瞟，看到一个熟悉的身影。他一踩刹车，推门下来，恼火地朝里面走去。走到半截，一缕香气随风飘来。

琴园里，名贵的花很多，景致也别具匠心，但有些角落，就任由花草野蛮生长。盛骅记得这种香气扑鼻的花叫甜蜜红木香，花量大，花期长，一年有近两百天都在开花。一株藤蔓，种在墙脚下，很快就能伸展出无数根，花开之时，宛如瀑布一般，飞流直下。花影下，有一根枯木桩子，琥珀坐在上面，一手琴弓，一手琴，琴盒扔在旁边的草丛上。阳光从花丛里钻出来，洒在她身上，勾勒出一个淡淡的金色身形。她不知低头在想什么，专注得他都站在她面前了，她都没发觉。

想必是苦夏，或许饮食不习惯，或许是因为遇到演奏的瓶颈，她像是又比前些日子瘦了点，下巴尖得可以直接当锥子用了。看起来这般瘦小，这般年轻，这般懵懂，虽然她的经纪人把她保护得很好，这些年顺风顺水，可是谁也不能保证她日后不被人惦记上。假使有一天，她像房楷、像江老师那样被人算计了，她要怎么面对呢？忽然间，盛骅一肚子的恼火莫名地变成了担忧。

这世界上，总有一个人，让你对她一点办法都没有，唯有一次又一次的妥协，恨不得心生双翼，将她护得严严实实，还恨不得一瞬间和她双双老去，不要经受人生的曲折。

但是，现在他们还没老，所以……

盛骅重重地咳了两声。

琥珀后知后觉地抬起头，没有惊讶得跳起来，也没有露出意外之色，甚至眉毛都没动一下，就仿佛她和他约定在这儿见面，看见他，说一句：“噢，来啦！”

她想起许维哲说：“在萨尔茨堡初见你时，我就像中了魔法，一下子就喜欢上你了。只是我们那时差距太大，如果我冒昧表白，只怕你会误会我别有目的。当然现在我们之间还是有差距，可是我们认识这么多年，你应该已经知道我是一个什么样的人。可不可以给我一个追求你、照顾你的机会？不要忙着给我答案。琥珀，你有没有想过，你出道这么久，却只和我做朋友，难道是因为我比别人出众吗？显然不是，那是什么呢，你想过没有？”

这需要想嘛，自然是因为相处舒服，但这不代表就是男女之间的喜欢啊！

许维哲笑问道：“那男女之间的喜欢应该是什么样呢？”

她不清楚，大概是想见他，又怕见他，心里面又慌又乱；他说话很难听，却还是愿意忍受着；他有一点难过，你比他更伤心；当别人污蔑他时，急急地替他驳斥；因为他，想变得很强大，能做到自己以为不可能做的事，就像……拉琴？犹如黑暗夜空中的一道闪电掠过，琥珀呆呆地看着盛骅。

盛骅被她看得脸一黑：“别用这样无辜的眼神看着我，我告诉你，我是绝无可能向你道歉的。我是你的导师，许维哲只是你的一个朋友，我不指望你偏心我，你至少也得中肯点吧！”

“我没有。”

“没有什么？”

“没有生气。”

盛骅嗤笑："那我问你，如果我和许维哲同时掉进河里，你会先救我吗？"

她摇头。

"你还真是诚实……"

"我不会水。"

"呃？那你会什么？"

"我会……拉琴！"琥珀举起琴弓。

盛骅一动不动地看着她，许久，问道："什么时候的事？"

"昨天晚上！"和许维哲分开后，回到公寓，一个人对着那盆兰草，独坐到半夜，突然就有了拉琴的冲动。

奇迹就这样出现了，一首接一首，一直拉到东方发白。一切都是那么自然而然，没有障碍，没有幻觉。她难以置信，然后今天下午拿着琴来了琴园，起初有点不安，但她确实能拉琴了。

盛骅自胸腔缓缓吐出一口气："太好了。"这几天，总算听到一个好消息了。

"我会拉琴了……你要听吗？"

盛骅板着个脸，郑重告诫："路是一步步走过来的，欲速则不达。你现在是可以拉琴的，但不经过我的同意，绝不能上台演出。"她不仅有演奏瓶颈，还丢失了那把"钥匙"，他不知道她现在的真实状态是什么样，也不知道这到底是偶然事件，还是自然事件，如果再出现一点意外，她这辈子可能就玩完了。他不能让她冒一点点险。

"好的！"琥珀很乖地点头，笑容在她清丽的面容上绽放，"你知道我是怎么能拉琴的吗？"

网上那篇污蔑他的文章一直在她脑海里盘旋不去，这种事，盛骅出面回应，别人不会买账，但是音乐圈里有一位重量级的人物来为他说话，就没人非议了。盛骅当然可以请出邓普斯大师，可是如果她还是以前的琥珀，那么，就不用麻烦大师，她可以为他证明。

为他证明，为他证明……她全身的血液流速变快，心跳加速，脸烫得吓人，她下意识地打开琴盒，从里面拿出琴，微微合上眼睛，感受着心里面奔涌的激情。

哪怕一点快乐，都想和他分享；隐藏的秘密，被许维哲得知，她感到自尊受到了伤害，他的帮助、承诺，她不觉得温暖、体贴，只有羞耻，而被盛骅一语戳破，她却是心头一松，就像孤单地在沙漠上跋涉了很久，突然看到一棵灌木，终于有个地方靠一靠了……这就是喜欢吧！

哦，原来她喜欢他。

花香悠悠地在空气里飘浮着，草木散发着清新的气息，远处的树枝上，有一只鸟啄一下枝叶，便“咕咕”一声，朝这边看一眼。盛骅以从来没有过的耐心感受着身边这一切，感受着时光缓慢地流逝，他觉得自己需要把这一刻牢牢地印在脑海里。“是什么呢？”他对上了她的眼。

手机很煞风景地响了，是主治医生的电话。莫名地，他的心突地一沉。通话时间很短，不过十秒，盛骅“嗯”了声后就挂上了电话。

他从容镇定地站在那里，眼神平淡，好像要和她继续刚才的话题。如果太在意一个人，心灵也就相通了。

“江老师……”她放下琴，走到他身边，握住他的手。

盛骅轻轻点了下头：“五分钟前，江老师……走了。”

她仰起头，心疼地凝视着他，她想亲吻他的额头，亲吻他的脸颊，可是……她只能伸开双臂，将他紧紧地拥抱住。

盛骅想对她说，我好好地站在这里，不需要心疼，心疼的应该是那个自责、孤单、悲苦了一辈子的男人，那个一生挚爱音乐的男人，那个引导他走进音乐圣殿，教育他、关爱他，如师如父的男人，那个用了三十多年的时间才鼓起勇气复出却没有如愿的男人。他就这么走了，带着一堆的遗憾，还留下一个悬案，走的时候，身边一个人都没有……所有的繁花似锦、壮志凌云、刻骨铭心、恩怨情仇，终将随风而逝。

他闭上眼睛，将头埋在她的脖颈间！还好，她在！

一个星期后，江闽雨下葬。

华城这年的初夏，雨水特别的多，隔天就来一场雨。被雨打湿的台阶，有点滑。琥珀小心翼翼地走着，时不时抬眼看下前面的盛骅。墓地是一个很大的山坡，墓碑一个挨着一个，很是拥挤，却一点也不热闹。景致倒是好的，坡上苍柏密植，坡下是一块接一块的稻田，秧苗长势正好，绿油油的，像连到了天边。

房楷捧着一束白菊，琥珀是一束白玫瑰，盛骅则是一束白色的满天星。满天星是江老师最喜欢的花，他说这种花性格好，和什么花什么草都能搭配，就像钢琴，给哪种乐器都能伴奏。

房楷难以接受江闽雨的离世，他知道他的情况很不乐观，只是怎么也没想到会这么快。

“太遗憾了。”他看着墓碑上江闽雨的照片。那是一张他在琴房和钢琴的合影，光线很不好，钢琴那么巨大，他坐着，就像被一团浓重的黑影给笼罩着。

“人来到这世上是没有选择的，离开，也没有选择。”谁没有遗憾呢，即使活到一百岁，对这个世界，一样是恋恋不舍。

“刘队知道你忙，就没打扰你，托我给你捎句话，让你放心，他会尽全力破案。”

其实也没忙什么，大部分事都是柳向栋做的，也不知是他提前准备了，还是能力出众，一切都井井有条，就连这儿紧俏得不行的墓地，柳向栋也不知想了什么办法，给江老师占了个位置。盛骅想过问一点，他就说：“我来，我来，你太年轻，懂什么？”盛骅就答谢下来吊唁的亲友，还有陪伴江老师。江老师一直在国外生活，国内的亲友不多，很多是慕名而来，叹息一声，并不是太悲伤。最悲伤的是柳向栋，火化前，他握着江老师的手，叫着“闽雨、闽雨”，放声痛哭。

虽然时间急促，但是江闽雨的葬礼却是体面又不失隆重。

走完所有的程序，柳向栋才坐下来和盛骅理论。他说警察找过他几次，问了他在江闽雨出意外那几天的行踪，还去他家看了看江闽雨住过的房间，拿走了一些东西。他气道：“是你报警的吗？人都没了，你怎么还要这样折腾，就不能让闽雨安静点？闽雨人是极好的，和谁都能相处，从没得罪过人，一句重话都不说，说谁给他下药，我不相信。”

盛骅回道：“你在马路上开车，严格遵守交通规则，你只能保证不碰人家的车，却不能保证别人不碰你。”

柳向栋瞪着一双红肿的眼睛：“碰上了，也就是个意外，又不是故意伤人。”

“那就不需追究吗？”盛骅冷冷道，“再说是不是故意的，你说了不算，我说了不算，警察说了才算。”

“闽雨有你这样的一个学生，简直是一生的败笔。”说完，柳向栋拂袖而去。盛骅和他本就是因为江老师才认识的，谈不上情意，以后，怕是再也不会联系了。

“你下周该动身去日本了吧？”房楷问道。

盛骅连着几夜没合眼，眼下的黑影很重，他疲惫地按了按额头：“下周二的飞机。我已经请出版方约了谌言。”

房楷笑了，说了句言不由衷的话：“别强求，顺其自然吧！最难过的日子我都过来了，以后什么样的日子，我也过得。”

琥珀只在江闽雨的墓前站了一会儿，便走开了。上一级台阶，两边张望下，又上一级，不知不觉就走到了坡顶。雨停了，但天还是灰暗的，闷热得很，热浪在山林里发酵、蒸腾，起了一层雾，白茫茫的。盛骅的身影一下子就在琥珀的视线内模糊了。她连忙跑下来，突然看到有一个青色的墓碑，上面没有字，也没有照片，在一排排肃静阴冷的碑林中，很是显眼。

盛骅走了过来，她看向他："这是有人还没下葬吗？"

"不是，是人还活着。"

琥珀以为自己听错了，活着就立碑，这人是有多想死啊！

盛骅的喉结来来回回蠕动了几次，沉声道："这个人虽然活着，但是怕是病得很重，而他没有亲人，没有朋友，趁自己还有意识，便给自己买好了墓地，这样到不得不离开的那一天，他至少有个去处。"

"这也太孤苦了。"

"他还能选择去处，已经算不错了，还有很多人，是身不由己的。"

"盛骅？"

"叫导师！"

"我不喜欢你这样讲话。"好像感同身受似的，听得她鼻子发酸，心像刀割一样。

"那应该怎么讲？"

琥珀一吸鼻子，扭头下了一个台阶，第四个墓碑，是阿峦，刚刚来的时候她就看到了。阿峦不是个美人，尽管碑上的照片被美颜过了。她和阿亦一点也不像，眼睛很小，鼻子有点塌，鼻侧两边有些小雀斑，脸是扁圆的。但这样的长相在西方人的眼里，就特别有东方美。阿峦很有朋友缘，男生女生都有。不管美不美，以这样的年纪待在这里，谁见到都要唏嘘一声，何况她的墓前还放了两盆盛开的茶梅。花朵上挂着雨水，玲珑剔透，映着暗青色的墓碑，看着让人格外伤感。来墓地祭拜，都要说点什么，哪怕是在心里悄悄地说。琥珀与阿峦对视了很久，只感到心里面苍凉一片，最终什么也没说。

第四章 梦魇的破晓

从墓地出来，房楷开车先走了，盛骅去了趟墓地管理处，不知是要缴什么费用，还是拜托人家什么，过了好一会儿才出来。

雾越来越浓了，这让琥珀想到她刚来华音的那个晚上，她和盛骅从机场出来，那个还不是雾，叫霾，能见度不过二十米，好像天地间就只剩下他和她了。她那时真的好讨厌他，讨厌他的表情，讨厌他说话，讨厌他听的歌，讨厌他的车……世间的事是如此神奇，她永远也想不到，有一天，这份讨厌会发生质变。

盛骅用指头敲了敲车门："发什么呆，上车！"

进城的时候，有几缕阳光从悄然裂开的云缝中探出了头，像给铅灰色的云镶了几道金边。

天晴了。

许维哲已经在华音的大门外等着琥珀了，等琥珀回公寓换下身上的黑色衣裙，他们一块儿去机场，飞青台拍摄腕表广告。昨天就该过去了，琥珀坚持今天出席江闽雨的葬礼，让许维哲先过去。许维哲说那他也晚一天吧。他给葬礼现场送了花圈，但人没过去。

白色绝影在大门口停了下来，盛骅降下车窗玻璃。许维哲先和盛骅打了招呼，这才看向琥珀，温柔道：“时间很充足，你不要着急。”

盛骅不想盯着他们说话，目光一转。许维哲车子的后玻璃窗上映着一个身影，像是个女人，体形很娇小。他想，大概是助理。一般助理都坐副驾驶座，这个助理很大牌。

将车停在外教楼下，盛骅没有和琥珀一块儿下车。他实在太累，刚刚回来的路上，他费了很大劲，才把快要黏着的上眼皮下眼皮分开。琥珀在座位上磨蹭了一会儿，车门推开又关上。

“怎么了？”盛骅眼睛闭着，动静听得很清楚。

“网上那个关于《肖邦作品全集》的文章，你……你不要放在心上，我相信你。”

盛骅勾了勾嘴角：“我没你想象中那般脆弱，再说那种事根本不算事。”

哦，人家强大得很，她完全是自作多情。琥珀不满地撇了下嘴，又磨蹭了一会儿：“你、你没别的话叮嘱我吗？”拍摄顺利的话，她在青台要待足一周，不顺利，就更不知几天了。不管顺利不顺利，她回来时，他都已经去日本了。他的行程安排是十天，那么他们就要十七天见不着了。他怎么能这么淡然呢？

“比如？”

琥珀没好气道：“你不是导师吗！”

“我给你的邮箱发了个邮件，是个录音，你把它设置成我的来电专属铃声。不管我什么时候打过去，你都要接。如果可以，暂时还是不要在外人面前拉琴。音乐是美好的，你的琴声却很紧绷，像在拼命，听得人喘不过气来。这样下去，迟早有一天，你还是拉不了琴。你的瓶颈一点都没突破。”

“你什么时候听到我拉琴的？”

盛骅不太情愿地睁开眼睛：“前天晚上我回了公寓一趟。”

“你就站在我门外？”

“我在你楼下。”白了她一眼，盛骅把眼睛又闭上了。白天，他尽量维持着镇定，到了晚上，吊唁的人散去，痛苦突然就铺天盖地地弥漫开来，他想见她便开车过去了。他想敲门的，手都举起来了，又放下了。那时已是深夜，她还在拉琴。可以再次拉琴，让她欣喜若狂，恨不得日夜练习。她拉的是巴赫的无伴奏小提琴组曲第二首的末乐章，是《恰空舞曲》。中速，三拍子，情绪很庄重，典型的巴赫风格，被视为巴赫杰作中的杰作，由三十一个变奏组成。他一直听到结束，方才悄悄地离开。

她呀，实在是太心急了！“你还是把心静下来，先在作品改编上下点功夫。”

琥珀咬了下嘴唇，脸上泛起淡淡的红云：“我已经和怀特先生说了，让他帮我把签证的时间延长一下，我、我想待到年末。”

盛骅伸过手，轻柔地执住她的手指，说：“好！”

琥珀的心一阵狂跳，她转过头去，摸了摸胸口，心总是这样急跳，会不会死机啊！“还有，这几天我一直在思考一个问题。我们都是把演奏当成终身职业的。一旦成为职业，在很多方面，就必须迁就观众。观众喜欢炫技，我们就必须炫技，观众喜欢柔情蜜意，我们就必须柔情蜜意。这么被动，还怎么更好地诠释音乐呢？”

“你会这样想，只能说明你的演奏还有很大的上升空间。当有一天，你的演奏形成了独一无二、别人想模仿都模仿不来的体系，就不是他们想听什么，你拉什么，而是你拉什么，他们都喜欢。”

“是不是需要很久？”琥珀向往着那一天能够早点来到。

盛骅微微一笑，那笑仿佛远处什么地方吹来的轻柔的风。

“确实很遥远，但仍然值得期待。等待稍稍一点动静，稍稍一点声响，等待你的出现，等待音乐响起。”

他说得极慢，如表白一般，琥珀在短暂的僵硬后，脸“唰”的一下直红到耳根，她几乎是落荒而逃，就连背影都让人感觉到她羞涩得不知所措。

盛骅睁开眼睛，放声大笑，笑着，笑着，笑容一点点地消失了，脸上浮现出一丝怜惜、不舍，还有深重的忧伤。

琥珀脸上的红晕直到上了许维哲的车才退去。

“不用我介绍了吧！”许维哲指着后座上的周晖笑道。

琥珀微微一怔，然后礼貌地笑了下，把提着的琴盒放好：“周女士，您好！”

周晖摘下墨镜，矜持地点了下头：“好久不见，琥珀小姐。你好像不太适应华城的气候，看着比上次演出时清瘦多了。哦，你上次演出是什么时候？半年前还是一年前？人老了，记性是真不行了。”

许维哲歉意地朝琥珀一笑，急忙岔开话题：“凯尔有事回伦敦了，这次由母亲陪我一起去青台。”

周晖慈祥而又骄傲地瞥了几眼许维哲：“他哪里要我陪，不过是找个借口带我去度个假。我家维哲呀，不但琴弹得好，而且性格也好，不像有的演奏家，有点名气，就膨胀了，变着花样闹腾，一点也不爱惜羽毛。琥珀小姐怎么是一个人，你的助理呢，辞职了？”

琥珀一声不吭，只是淡然地看着周晖。

这个打击面……许维哲捂住额头，对司机说：“开车吧！”

他给琥珀悄悄发了条短信："我母亲有口无心，抱歉，请别往心里去。"

周晖的话和网上的比，算是轻得不能再轻了，琥珀是真没在意，不过也不会去回应。沙楠曾经这样形容过华城夏天的天气：六月天，孩儿脸，说变就变。琥珀觉着，周晖那张脸，保养得很不错，但也是张孩儿脸。以前见着琥珀，是变着花样地夸，和怀特先生是无话不谈。这才几天，隔壁慈祥的阿姨，就变得像傲慢挑剔的女王。怀特先生说她很不容易，她再不容易，琥珀对她的感觉也一般，可能是她的偏见吧！

"没关系！"回完短信，琥珀找出耳机准备找首音乐来听。

得不到回应的周晖谈兴不减："刚刚和你一起的是盛骅吗？"

这话成功地把琥珀的视线引了过去，她也知道盛骅？

"是的，我现在的导师盛骅教授。"

周晖喃喃道："他看着好像恢复得不错。"

琥珀瞳孔骤然一缩："他遇到过什么意外吗？"

周晖用闲谈的口吻道："我也是听别人说的，他那时特别红，又是世界巡演，又是出唱片，估计太赶时间了，好像在纽约，司机疲劳驾驶，和一辆卡车碰了下。司机伤得不轻，送医院的半路上就走了，他非常幸运。"

琥珀抓着耳机不由自主发起抖来："那时是什么时候？"

周晖像看远处什么景物时那样眯缝着眼睛看琥珀："他和我又没任何关系，我没细问。又不是现在发生的事，你这一脸的着急担心是要干吗？"

对，对，不是现在，已经过去很久了，盛骅现在好好的。琥珀在心里默念了一声：上帝保佑。那时，他和向晚的组合还没解散，向晚在车上吗？纽约？她在纽约遇到过一次向晚，向晚很慌张，是听到车祸的消息吗？Snow的解散是因为盛骅的车祸吗？应该不是，那到底是因为什么呢？

许维哲转过头看见琥珀一动不动地望着窗外，时而咬唇，时而蹙眉，时而叹息，觉得有点好笑：“琥珀，要不要我让司机掉个头，我们回去看下盛教授？”

琥珀愣了下：“我就是有点吃惊。”

“你是过于关心了。只是个小意外，而且是很久以前了，说不定盛教授自己都忘了。”许维哲黯然地垂下眼帘，不能自欺欺人了，她是真的真的很在意盛骅！

也许吧，可是她的心就是控制不住地揪着。“你也知道那个车祸？”

许维哲摇了摇头：“我也是第一次听说。”

琥珀看向周晖，周晖戴上墨镜，开始闭目养神。

到了机场，排队办理登机手续时，琥珀还是给盛骅打了个电话。关机，估计是在补觉。

时间刚刚好，安检一结束，就开始登机了。琥珀从邮箱里把盛骅发过来的录音下载下来，然后把手机切换成飞行模式，戴上了耳机。

是舒曼的《童年情景》。琥珀只在来华音后听过盛骅的几次演奏，可是当钢琴的琴键一按下，她就听出演奏者是盛骅。这大概就是他讲的独一无二，他怎么弹，她都觉得好听。

他可能是在琴房用手机录的，效果不好，里面还有走廊上传来的脚步声和说话声，但这并不影响盛骅的演奏水准。

舒曼认识克拉拉时，她才九岁，他就对她倾心了。他是真的看着她长大，变成一个美丽的才女，成了一个才华横溢的钢琴家。可惜舒曼那时手指受了伤，不能再上台演奏，只好改学作曲。克拉拉的父亲觉得他无法让克拉拉过得体面而又高贵，死活不同意两人的婚事，甚至不惜带着克拉拉离开了故乡。他们有很久很久没有见面，舒曼对克拉拉的思念都泛滥成灾了。有一天，他得知克拉拉在某个地方演出，他追了过去，把自己因为思念而即兴写的十三首小品送给克拉拉。这组小品就是《童年情景》。舒曼在小品里，叙述了克拉拉的成长过程，她带给他无数的温暖甜蜜和深远的影响，同时他也将自己的童年展现在她面前，和她分享自己的心情，所有的点点滴滴。这不是舒曼的回忆，而是他写给深爱的克拉拉的情书。

诗歌般层层递进而又有微妙变化，细腻的音乐表情，丰富的和声语言，引人入胜的表现力。盛骅的演奏，琴音温柔深情，似乎波澜不惊，其实已海枯石烂，如同一道怜爱的目光始终默默地注视着那抹倩影，她任性的样子，委屈的样子，烂漫的样子，失落的样子，快乐的样子，可怜巴巴的样子。曲子轻盈、跳跃，又带有一丝伤感。

怎么会不伤感呢，深爱着她，却见不到她，听不到她的声音，将来又不知会怎样，前一刻充满希望，下一刻又深陷绝望，但是还是坚定不移地爱着……琥珀眼中闪过一抹细微的光。

“什么音乐？”许维哲盯视着琥珀的侧脸。

“我的专属音乐。”琥珀把手机塞进包里，没有和他分享的意思。许维哲失笑，真像个吃独食的孩子。他指着舷窗外：“看，大海！”

青台三面环海，不仅有洁白的沙滩，还有茂密的山林。现在正逢旅游旺季，沙滩上游人如织，海面上也是白帆点点。此时正是正午，阳光直射在海面上，将海水染出了一层又一层瑰丽绚烂的色彩。

“青台这个季节应该演出很多吧？”琥珀问道。

“嗯，海边广场每天都有露天演唱会，音乐厅每晚也有音乐会。”

“今天是谁的音乐会？”

许维哲迟疑了下，轻声道：“莎丽·张。”

琥珀轻蔑地哼了声："那就不值得去看了。"一个要在自己的海报上特别加个"小琥珀"的人，能演奏出什么好作品？

许维哲笑："音乐会不值得看，音乐厅还是可以去逛一逛的。据说是由著名设计师迟灵瞳设计的，可以媲美悉尼歌剧院。"

琥珀点头。

红杉林是真出名了。有位先生在周日晚上包下整个华城之恋，准备向女友求婚，点名请红杉林现场演奏。

沙楠最近心情超好，经过他的死缠烂打，不，是被他的一往情深所打动，阿亦终于同意做他的女朋友。这天呀，怎么就这么蓝呢，这树，怎么就这么高呢，这云，这风，这花……哎哟，他看什么都是美滋滋的，就连裘逸，好像也比以前可爱多了。

"裘纪，你说这包一场得给多少钱啊？"不贵的话，他以后也可以参照执行。

"裘纪"是个什么鬼？裘逸推开沙楠架在脖子上的手臂："别眼里就只盯着钱，那天演奏什么曲目，你考虑没？"

沙楠一甩头发："这有什么好考虑的，要么《婚礼进行曲》，要么《梦中的婚礼》。"

裘逸嫌弃得直蹙眉："这烂大街的曲子，你还好意思说。人家凭啥点名要红杉林，就是要高雅的、浪漫的、新颖的。"

沙楠咂嘴，裘大经纪人这辈子估计也就这样了，在华音耳濡目染四年，境界还是原来的那个境界。滥大街的那是口水歌，今年很流行，明年说不定就没人记得了。像《婚礼进行曲》，一百年前人家就经常演奏，一百年后还是会经常演奏，这叫永恒的经典，是经得起时光打磨的高雅、浪漫。可怜呀，可悲呀，不过，丢脸的人又不是他，裘逸说啥就是啥吧！沙楠没安好心地问道："那你说用什么曲子？"

裘逸立刻就火了："是你们演奏，还是我演奏？"上一周的演出，琥珀和盛骅都没去，一个晚上他的心都是悬着的，差一点得心脏病。还好，最后平静地熬过去了。

沙楠反问道："是我们演奏，那你提啥意见？"

秦笠从乐谱上抬起头，和季颖中交换了下眼神。又来了！季颖中朝秦笠抬了下下巴，挤挤眼睛。秦笠苦笑，他再不开口，这屋子就要点着了。

"德彪西的《月光》怎么样？他的音乐有种魔力，特别能营造感性、浪漫的气氛。"

裘逸丢给沙楠一个"你给我识相点"的凶狠眼神，恪守着职业道德压着火："这个可以有。我在网上搜了下，还有人用圣桑的《天鹅》。旋律舒缓、安详，而且天鹅很是忠贞，非常切合求婚的主题。"看，他也有做功课。

空气像是蓦地凝滞，沙楠他们仨表情变得古怪起来，特别是秦笠，都僵硬了。

裘逸纳闷地眨巴眨巴眼睛，他说错什么了吗？

"我觉得还行。"秦笠努力挤出一丝笑，仿佛凝滞的空气都压在他瘦削的身体上，他有些承受不住。

"我觉得不合适。"沙楠说道。

季颖中环顾一圈："我也觉得不合适。"

裘逸急了："那你们说说什么合适？"

"你真是把心操到外国去了，盛骅在呢，我去问问他。"沙楠看了眼外面趴在走廊栏杆上的盛骅，什么音乐指导，要么不露面，露个面，就是刷手机。

裘逸一拍脑门，是哦，有定海神针呢！

沙楠拍拍秦笠的肩膀，虽然秦笠总是说他和赵怜惜很好，但他们整天在一起，多少能察觉到他们之间有了问题。以前，秦笠多忙啊，又是课业，又要练琴，又要打工，但再忙，秦笠都挤出时间和赵怜惜约会。现在，不需要打工了，时间多了，秦笠却整天泡在琴房，和赵怜惜就只是发发信息，这正常吗？像他，和阿亦还都在华音呢，半天没见着，他就想得不行。情侣间闹别扭，冷战个几天，是常有的事，可是看赵怜惜演出那是多久的事了，这冷战期似乎有点长了。但愿他们能早点解决问题，因为秦笠真的很爱赵怜惜，如果……千万不能有如果，秦笠承受不住的。

走廊上的光线不太明亮，朦朦胧胧，夜空上倒是弯月如钩，星辰熠熠，习习的晚风吹在身上很是惬意。

沙楠没想偷看，主要是盛骅的手机屏太亮了，想不看都不行。好在手捂得快，不然就笑出声来了。盛骅原来喜欢这款美女啊，叫啥？森系！清新，自然，超凡脱俗。瞧瞧，沙滩、海浪、白色的海鸟，白裙子、长发、尖尖的小脸……

“啊，这是教授？”沙楠大叫出声。

盛骅“唰”地把屏幕一反，斜睨过去：“你属猫的呀？走路都没个声音！”

沙楠不满道：“教授也太偏心了，这么美的照片，凭啥只发给你一人看？”

“凭我是她的导师。”

“我还是她的铁杆粉丝呢，我知道她穿几码的鞋，你知道吗？”

“无聊！”他才不要知道，因为鞋不能随便送人，不然收鞋的人就会越走越远，“曲子定下来了？”

沙楠很想翻个大大的白眼，没敢。

“有你在，我们哪敢做主！”

“阴阳怪气。就《月光》《梦中的婚礼》，再加上一首*I Knew I*

Loved You。”

沙楠顾不上生气了，惊讶道：“这不是野人花园的一首歌曲吗，流行音乐，可以吗？”

“求婚又不是开音乐会，音乐就是去烘托下气氛，这首歌曲完全可以。I knew I loved you，我注定爱你，一听就是满满寻得真爱的喜悦。”

沙楠乐了：“盛骅，我发现你呀，真是上得厅堂，下得厨房。错了，错了，是高雅与流行，轻松驾驭，日后必将成为一代宗师。”

盛骅冷笑道：“然后，我就成武林盟主了，你要不要和我去华山论剑？”

沙楠张大嘴巴：“这你也知道？”

盛骅对着他要笑不笑的：“我还知道你到现在还在做去韩国当练习生的梦呢！”

“嘿嘿，谁年少时没犯过二啊！”沙楠挠挠头，胳膊肘碰碰盛骅，咧嘴一笑，“我现在是有女朋友的人，早不做梦了。”

“沙楠，你真的喜欢三重奏吗？”

沙楠就差举手发誓了：“不只是我，秦笠和季颖中，我们仨都是发自肺腑的喜欢。你看不到我们有多认真？”

“光认真是不够的，还得……”盛骅点点太阳穴，“动脑。红杉林是属于你们仨的，跟着别人走，永远是别人的路，不是你们的路。我说过希望你们成为国内第一支职业三重奏乐队，不是痴人说梦，我是真盼望有那么一天。咱们国家的国粹京剧，有很多有名的票友，他们唱得不比名角差多少，为什么不走职业这条道呢？因为职业这条道，说是羊肠小道也不为过。多少人走到半截，看不到一点光就回头了。我不想打击你们，红杉林没有个两三年，是开不了音乐会的，哪怕是小剧场。你们甘心就在酒吧、街头，这样一日复一日地耗着吗？”

沙楠出乎意料地通透："你讲的，我们仨早有心理准备，这又不是买彩票，哪那么容易一夜暴富。只要咱们坚持着，总有守得云开见月明的那一天。我们的三重奏还是有点天分的，是不是？"

盛骅笑："哪是一点，是很多，不然我也不会从人海里只挑了你们三个。"

沙楠一脸严肃道："你的眼光向来好。"

"好了，好了，我和你说个事。我明天就要去日本了，琥珀那儿，你多关心点，看着她不要练琴练得太久。"

沙楠露出一副为难的表情："我是叫琥珀教授，可是她事实上就是个小女生，我关心她太多，阿亦会误会的。秦笠也不行，他家赵飞燕心眼最小了。季颖中更不行，师姐可不是好惹的。"

"算了，当我什么也没说。滚回去练琴。"盛骅板着脸，没好气地道。

沙楠的嘴巴一下子咧到了耳朵根。

"笑啥？"盛骅问道。

沙楠鬼鬼祟祟地凑过来，小声问道："盛骅，你喜欢上我家教授了吧？"

"滚！"

沙楠立马就滚，滚进了门，又从窗子里探出个头来："你明知我们几个都和教授团结友爱，还特地叮嘱这么一句，这分明就是动了情。"最后三个字，他是唱出来的。

盛骅冷着脸冲过去，沙楠"啪"地关上了窗子，前后门也上了锁。盛骅在门外站了会儿，然后……两侧的嘴角翘了起来，失笑摇头。这沙楠，可真够鬼的！

当天晚上，盛骅给书记打了通电话。他没犯傻去请书记关心下琥珀，只是委婉地提了下自己一走这么多天，琥珀的课业怎么办。书记乐呵呵道：“专业上，她自学，有问题，找徐教授，思想上，有我。”

盛骅放下心来，本来也没什么可担心的，就是……唉，就当多此一举吧！

他还和刘队通了个电话。调查的情况，刘队没多说，他听得出，有点进展，不大，刘队说可能要换个角度来分析。这种事，盛骅着急也没用，只能等。

睡觉前，盛骅拿过手机，打开和琥珀的对话框。她在青台的这几天，给他发了很多照片，有风景，有食物，还有她在广告里的造型，就连公园里的流浪猫，她也要拍过来给他看看。拍摄好像很顺利，再过三天，她就回华城了，而他明天就要飞日本，但愿此行一切顺利。

他微闭双眼，静默了许久。

许维哲是在拍摄第四天时发现琥珀能拉琴的。两个人在酒店的房间是门对门，琥珀的门虚掩着，他轻轻地推开门。天刚放亮，天边泛起一抹橙红，她站在窗前，专注地给琴弓上松香。窗外是碧蓝的大海，晨光浅浅地漫进来。如果以前他没有喜欢上她，那么在这一刻，他也会喜欢上她。

很美！不是她的长相美，是和她有关的一切都很美。

他们在广告里是扮演情侣，合拍的镜头却很少，更别谈什么亲密镜头，最多就牵下手。他的个人镜头很多，大部分时间都是他在拍，她在一边等着。他能感觉得到，腕表公司悄然把他和她的位置掉了个个儿。他本是陪衬的，却喧宾夺主。她看着好像一点也没察觉到，可能察觉了，也不在乎。拍这个广告，她就像是完成任务。她是演奏家，她的位置在舞台上，不是在广告里。他们之间的差距，不是他在排行榜上排第几，她是什么小提琴女神，而是在音乐里，她能赤诚地对待音乐，而他现在还做不到，他的音乐还需要许多外在的因素来修饰。

“早！”琥珀抬起头，玻璃窗上清晰地映着他的身影，她回过头，朝他嫣然一笑。她好像睡得不错，心情很好。

“早！”他走了进来，以为她只是保养一下琴，没想到上好松香，她把琴架在脖子上，试着拉了几个音，音很准。

“好乖！”她吻了下琴把。

“你、你可以拉琴了？”他有一刹那的震愕。

“算是吧！”她没否认。

“这么开心的事怎么不告诉我？”他微笑中夹杂着喟叹。

“嘘！”她竖起食指，让他噤声，然后闭上眼睛，静默了一会儿后，将琴弓举了起来。

许维哲是她的朋友，应该不属于外人吧！

很平淡的开头，接着，相同的规律，层层递进，像雨丝在一点点地加密，最后变成了滂沱大雨，然后风停雨住，眼前是雨后一尘不染的天空，湛蓝，悠远，明净，莫名地就觉得感动和温暖。

《卡农》，可以听一生的经典，也是爱情最完美的样子。

“没有很紧绷吧？”琥珀挺紧张地问他。

“没有。就是没有伴奏，琴声单薄了点，但比钢琴版明快。如果重奏的话，效果会非常好。”许维哲心突地一动，“我们俩在广告里来个重奏，就这首曲子，我去和导演说。”

“还是不要了，我暂时不想对外演出。”

“这个不算演出，又没有观众，就几个拍摄人员。”

“拍出来后对外播出，不就有观众了。”

许维哲突然有种“秀才遇到兵，有理说不清”的挫败感：“你到底在担心什么呢？你所有的唱片，我都有，不知听了多少遍。我可以肯定以及确定地告诉你，你现在拉的和以前一样好。”

“我知道，但是没有进步。我已经在原地绕了很多圈了，我不想再这样。”

许维哲沉默了，感觉到自己之前有些莫名的分散的情绪开始一点点汇集，就在这一瞬间，如同炸了一般直冲脑门。他放缓了呼吸，极力让语调自然点：“古典音乐圈竞争这么激烈，我们是要对自己要求高点。你是对的。”

工作人员在外面轻轻敲门，提醒许维哲该出发了。他今天要拍摄在音乐厅开音乐会的镜头，为了不影响晚上的演出，拍摄只能放在早晨。

“要不要过去看看？”许维哲问琥珀。

“今天不去了，我想练会儿琴。”

许维哲等电梯的时候，听到琥珀换了首曲子——舒曼的《童年情景》，没有《卡农》那么自如，是有点绷着，像少女站在暗恋的男生面前，想装得云淡风轻，偏偏一静一动都脱了轨。周晖站在他身边，眼角的余光扫了他一下，冷冷一笑：“真够出息的，说说，你碰几鼻子灰了？我真不知道她好在哪里，名声都臭大街了……”

许维哲打断了她：“妈妈，你回去补觉，我想一个人安静会儿。”

周晖火了：“你朝谁撒气，我说错了吗？”

许维哲平静地看着电梯门缓缓打开：“你怎么可能错？你不是一直对我说，就是全世界的人都错了，如果有一个人对，那也只能是你。”

周晖难以置信地看着许维哲，那眼神就像在看着一个长相特别奇怪的外星人。

“回见，妈妈。”许维哲淡漠地说道。

包场求婚的场景，一般都出现在电视、电影里，现实里很少有人这么做。沙楠心里是想着参照执行，但不会真的去做，有钱也不做。浪漫是浪漫，可是怎么都觉着是钱多烧得慌。这千载难逢的场景，沙楠想着不能把教授落下。他一天几个电话地催着琥珀快回来，琥珀终于在周日的早晨赶回了华城。她是一个人回来的，许维哲还要在那儿拍摄两天。

那位“金主”手笔真的很大，“金主”是沙楠给人家刚起的绰号，其实人家的名字还挺好听，叫区平。区平不仅包场，还要求场内四周摆满玫瑰，天花板上也要挂满五颜六色的气球和彩带，另外还准备了一个九百九十九朵玫瑰扎成的巨大花束。沙楠试抱了下，没抱得起来。他问秦笠：“求婚的时候，是不是要请人抬过来？”

秦笠笑：“就是图个寓意，九百九十九朵玫瑰，代表着天长地久，爱无止境。哪里还真的要搬来搬去。”

沙楠不敢恭维：“九朵玫瑰不也能代表天长地久？”

季颖中道：“这不是有钱嘛，多买点无所谓。”

琥珀埋头喝着柠檬水，实在不想看那三人。人家请了好多朋友早早过来帮着布置，都在呢，这三个人硬生生把人家浪漫的求婚说得这么俗不可耐，音量还挺高，真是无语。

求婚的步骤是这样安排的：区平是以给朋友庆祝生日的名义带女友过来，生日当然是假的。区平说自己有点事，要晚点过来，请朋友先过去接她。朋友控制好时间，在晚上九点零九分时，带着区平的女友走进酒吧。这时候，全场所有的灯都熄灭，当灯再次亮起时，区平女友的眼前是鲜花、气球和彩带，《梦中的婚礼》响起，区平半跪在她面前，手举钻戒，问：嫁给我，好吗？

沙楠悄声和季颖中道：“这创意也太一般了，既不神秘，也不梦幻，我反正激动不起来，不知道那个女友到时哭不哭得出来。”

裘逸面无表情道：“肯定哭得出来，只要钻戒够大。”

有些女人嘴上嚷嚷着要浪漫，其实很现实。

“钻戒不会是九点九克拉吧？”沙楠听那些人说的话，什么证券，什么股票，个个都跟职场精英似的。

“也许！”裘逸不屑地撇了下嘴。

沙楠看见刚才指挥布置的朋友朝门外走去，他推推秦笠：“好像‘金主’来了。”

不只是沙楠他们三个好奇，酒吧所有的工作人员也都把脖子伸得长长的，朝门口看去。区平身着高级定制的修身西服走了进来，他把手里提着的大蛋糕递给工作人员——大概也是道具之一——目光快速地巡睃了一圈，开心地对朋友说道：“这次辛苦大家了，改天请大家吃饭。”

朋友摆了下手：“瞧你说的，辛苦什么，这是你重要的日子，哥们出点力是应该的。怎么样，满意不？”

“太满意了。”

“要不要让乐队给你先演奏一遍《梦中的婚礼》，让你找找感觉？”

区平看向红杉林，点了下头。

“不了，我想保持期待的状态。”他说完一怔，看见坐在乐队旁边的琥珀。

朋友和他耳语：“那是乐队的音乐指导。”

他看了朋友一眼，朋友以为他不相信，强调道：“别看人家年纪小， 是真的。”

区平知道不假，他在巴蜀人家见过她和许维哲。本来没在意，陶月过去和许维哲打招呼，她对陶月很是傲慢，陶月回来时脸都青了，他这才多看了她几眼，知道了她就是琥珀。一个酒吧小乐队，居然能请到她来做音乐指导？

“琥珀小姐，你认识他吗？”

如果不认识，袭逸就准备过去揍人了。妈的，都准备求婚了，还直勾勾地盯着琥珀。

琥珀的肠胃突然一阵强烈地蠕动，下午吃的两块西瓜一下子就涌到了喉咙口。她来不及回答袭逸，起身就朝洗手间跑。不仅两块西瓜，就连中午吃的饭、喝的水，最后连胆汁都吐出来了。整个人无力地趴在水池上，两腿发软，呼吸急促。

阿峦去世的那天，不知道是不是预感，一大早起床身体就突然不适，也是这样吐了个天翻地覆。漱过口，重新上妆，换好礼服，她站在候场区。她的手机放在米娅那里，她全神贯注地看着舞台，准备上场。她听到铃声响了，以前不管是谁的电话，她都不管的，那天她不知怎么就回头了。米娅什么也没和她说，可她的表情把什么都说了。

沙楠没有起错那个绰号，区平真是个“金主”，百万年薪呢！这样的男子，理智、现实、冷血，做什么事，都想着利益最大化。赵怜惜，一个跳群舞的芭蕾舞演员，家境普通，他会带她出来吃个饭、买点礼物，但绝不可能向她求婚。她能带给他什么利益呢？除了长得不错，他又不是温莎公爵那种为了美人不要江山的情圣，所以没有什么预感，可能就是食物变质，她吃坏肚子了。

所以，她的担忧是多余的。

琥珀站直了身子，用冷水洗了把脸。走出洗手间，袭逸站在外面，打量了下她的脸色，问道：“没事吧？”

红杉林已经在演奏了，*I Knew I Loved You*。

“没事！”琥珀缓了缓，说道。

“我们快过去，那个人的女友就要……到了！”

所有的灯都熄灭了。

“停电了吗？外面路灯都亮着呢，怎么回事？不要吓我啦，我怕黑的。”女子的笑声是那么娇柔，任谁听到，都会生起怜香惜玉之心。

琥珀心道：原来这个世界上还真有情圣。

第五章 过境的飓风

经历过黑暗之后，再次看到灯光，眼睛会下意识地闭一下。赵怜惜睁开眼睛，可能是舞台太显目了，她第一眼就看到了站在中间的秦笠。她没来得及感受满屋的鲜花、气球、彩带所带来的惊喜，甚至都没看到朝她伸出手的区平和他脸上荡漾的深情，她的脸上就露出见鬼般的惧怕，还有绝望。

区平看着她，眼睛微微一眯，那只伸在半空中的手，缓缓收了回来，另一只攥着装戒指的礼盒的手情不自禁握成了拳，指节突起，手微微地颤抖，唇冷冷地抿成了一条线。

相对于赵怜惜的惧怕、绝望，区平拼命压制的愤怒，秦笠的冷静显得格外不同。也许他早有了心理准备，虽然总是让自己不要多想，但是一个人的渐行渐远，怎么会没有一点感觉？只是怎么也没想到是在这样的情形下让他面对结局。没有感到疼痛，疼到极点，感官就麻木了。他想不起来自己是怎么爱上她的，又怎么爱她爱到恨不得用尽全力，把世间所有的美好都放在她面前。爱到一次次降低底线，去迁就、妥协、包容，得到的又是什么呢？他错了，爱，不该如此卑微。

他拦住怒气冲天的沙楠和季颖中。

他能淡定，他们可淡定不了，今天无论如何也要把这口恶气出了，去派出所也认了。妈的，有这么欺负人的吗？

“不值得。”他朝沙楠和季颖中摇摇头。

“你当什么圣父，到这时候，你还舍不得？”沙楠气得额头上青筋直跳。

“是兄弟，就听我的，别给我添乱。”秦笠向来温和，但是温和的人一旦发起火来，更是吓人。

沙楠呆呆地看着秦笠，眼眶一红，一甩手，吼叫道：“你的事我们再也不管了！”

秦笠低下头，说了声：“谢谢！”然后转过身，走下小舞台。所有的人从一开始的面面相觑，已经依稀猜测到怎么一回事，一个个神情变得诡异起来，尽量地束缚住视线，不去看区平，却都不约而同地想：真是人生如戏啊！

秦笠也没看区平，这件事和区平没有关系，人家说不定根本不知道这个世界上有他这么个人。他目不斜视地从区平旁边经过，走到了赵怜惜的面前。为了今天的聚会，她精心打扮了。素颜的她，如春天的垂柳，浓妆的她，则如深秋如火的红枫，都很美。不美，怎会让区平这样的精英折腰呢？

酒吧里充斥着死一般的寂静。

赵怜惜眼中闪烁着哀求之色，她求他帮帮她，她好不容易才遇上这样一个男人，好不容易让他爱上她，愿意给予她名分，她不能从天堂跌进地狱。可惜太晚了！

秦笠很想成全她，如果他沉默不语，那么她就能如愿地嫁给那个她费尽心计想嫁的男人，可是……他真的做不到。再压抑下去，他会死的。什么“爱你如爱我的生命”，不，不，你没有我的生命那么珍贵。

“很早前，我告诉你，我不再接家教了，我和沙楠、季颖中组了个三重奏的乐队，叫红杉林，以后每周的周五去酒吧演出，那个酒吧叫华城之恋。”她当时就“嗯”了声，怕是左耳进，右耳就出了。如果她有一点点关心他，她今天就不可能和区平来华城之恋，这一切就不会发生。

“我、我……”赵怜惜的脸已经没有一点人色，话都说不利索了。

“说分手就那么难吗？”

“我说过我不想见到你，不要给我打电话、发短信，这不就是分手？”赵怜惜想做出“理直气壮”的样子，可是发颤的声音实在没有力度。

“你也说过，吵架时，你说的都是气话，让我不要当真。如果你有一天不爱我，你会认真地和我说再见，这是对我们在一起的时光应有的尊重。你大概忘了，或者是你认为还没到时候，你不能确定……”秦笠眼角的余光扫了扫区平，“他会不会向你求婚。你在观望，在等待。他要是求了，你便和我分手。要是没求，你会继续寻找下一个‘金主’，找不到也无所谓，反正我这个备胎总在的。你不要觉得自己运气很背，这不是运气，是因果。”

命运选择在这一刻来戳穿她的谎言，也是对她和区平之间的爱情的考验。如果是真爱，区平就不会在意她的过去。可是有几个男人会在得知自己所爱的人脚踩两只船之后，还想和她共度一生呢？你看此时，区平不正在一边冷眼旁观吗？爱得真浅！换作是他……不存在换作了，都结束了。他和她，以及被蒙在鼓里的区平，都很悲哀，没有一个真正的赢家。

秦笠闭上眼睛，深呼吸，再深吸一口气后，他要自己笔直地看着她，一字一顿道："你不说，那就由我来说吧！赵怜惜，从今天起，我们分手了。"

他越过她，朝大门走去。听到她在后面哭得不能自已地说："区平，你听我解释……"

真是魔幻，曾经那么深厚的爱，这一刻，说没，也就没了。从此，大路朝天，各走一边，没有了对她的牵挂，他也步履轻松。曾经定下的那些买房、买车的目标不必完成了，重新调整自己的人生，想怎么过就怎么过，天高云淡，风和日丽。眼眶有点涨涩，视线有些模糊。不小心撞上一个行人，道了歉，对方还在骂骂咧咧。他继续往前走，沙楠和季颖中在后面叫他的名字，让他停下。他停下了，发现自己手里还紧紧地握着琴。刚刚是准备在灯亮的时候演奏《梦中的婚礼》，他没等到灯亮，就听出了赵怜惜的声音，手臂立刻僵住了。然后灯一亮，赵怜惜第一个看到的人就是他。这是心有灵犀？呵呵——秦笠突然举起手里的中提琴，对着路边用来拦截车辆的石球狠狠砸去。

在沙楠的惊呼声中，中提琴四分五裂，散了一地。

"秦笠以前用的那把中提琴，音质一般，他一直想买把好点的琴，去琴行看了很多次，就是舍不得。还是赵怜惜说服了他，说舍不得也得舍，以后赚钱养家全靠它了。赵怜惜大概也帮着凑了点，两个人一块儿去琴行把琴买回来了。那天我们几个还为这把琴庆祝了下，你没看到秦笠那个开心的样子……唉！"沙楠把自个儿都说难过了，抹了把脸，起身去端豆浆。

"这家豆浆不是用豆浆粉冲的，是每天现磨的。我没给你放糖，原汁原味，你喝喝看。”沙楠把一杯豆浆放在琥珀面前，又去拿了几根油条过来。

琥珀的早餐向来应付，也不知怎么，就是没食欲。她看着沙楠喝下半杯豆浆，吃下两根油条后，缓缓说道：“罗曼·罗兰只给两位音乐家写过传记，一位是贝多芬，另一位是法国的柏辽兹。很多音乐家都是神童，柏辽兹不是，他是中规中矩地走上音乐之路的。他一生都很累，有音乐理念不会承认的累，还有被爱情折磨的累。他一生有过几次爱情，每一次，他都非常投入而且疯狂，可惜总是爱而未果。他不惜为爱自杀过几次，烧毁了自己的大部分手稿。很多人都觉得他疯了，我觉着是他脱力了，爱不动了。那些东西就放在那里，看到了就要想到过去的时光，然后还要痛一次，何苦呢，不如不要。”

沙楠明白琥珀的意思，但还是很惋惜：“我能理解他的心情，可是那把琴真的很贵，想想都肉痛。再买一把的话，秦笠又要节衣缩食了。”

琥珀看了看沙楠，欲言又止。她不担心秦笠节衣缩食，她担心秦笠可能不再拉琴了。

“教授，你说爱本来是件美好的事，怎么有些人打着爱的幌子干这么龌龊的事呢？”沙楠很是想不开。

“可能是爱让人不设防，别人才有机可乘。”

“真是卑鄙、无耻。还好我家阿亦不是这种人。”

琥珀默默地端起豆浆喝着。

外面是个阴天，是那种像憋着一场暴风雨的阴。雨水下得这么频繁，空气里的灰尘味还是很重。林荫道上枝叶茂密，没有太阳，琥珀和沙楠也挑了树荫走。在音乐厅前，两个人遇着了裘逸和季颖中。沙楠问季颖中：“秦笠还在睡吗？”

季颖中愁眉苦脸地点了下头：“都睡两天了，不吃不喝。”喊了也不回应，他过一会儿就试下他的鼻息，生怕他没了呼吸。

最愁的人是裘逸，秦笠这样，铁三角缺一角，还演出个什么！

“琥珀小姐，你说我要不要给盛骅打个电话？”

琥珀在网上看到钢琴大赛的一些报道，预赛已经结束，决赛在明天。

“他挺忙的，就别打吧！华城之恋那边，你和人家商量下，这两周就不演出了，给秦笠一个缓冲的时间。”

说到华城之恋，沙楠连忙向裘逸打听后来故事是怎么发展的。他们都跑出去追秦笠了，裘逸留下来收拾残局。

裘逸抬眼看了看沙楠：“还能怎么发展，各自回家洗洗睡呗。”

“那个‘金主’没给赵怜惜一个耳光？”

“打倒没打，就是赵怜惜一直拽着他的胳膊要解释，他推了她一把，她一个趔趄，一屁股坐在了地上。他看都没看她一眼就走了，然后大家都散了。我走的时候，她还坐在地上哭！”

沙楠解恨地握了握拳：“九百九十九朵玫瑰呢？”

“你这脑子里都装了些什么？”要不是琥珀在，裘逸都想爆粗口了。

沙楠一本正经道：“裘纪啊，我友情提醒你哟，你也是个‘金主’，以后处朋友可得多个心眼，搞不好，就丢大脸了。像包场的那位，我估计他都落下阴影了，以后还敢不敢结婚，真说不定。”

“去，去，狗嘴里吐不出象牙来。”裘逸气得直咬牙。

季颖中和沙楠现在是换班陪着秦笠，季颖中过来，沙楠就回去了。裘逸觉得在电话里说不清，决定还是去一趟酒吧。几个人就在音乐厅门口分开了。

这学期快结束了，一些课程已经陆续进入考试季，琴房二十四小时都有人在练习，图书馆里的座位也紧张起来了。琥珀去过两次，没找到座，就不再去了，她借了书去音乐博物馆，那儿凉快又安静。

今天她也准备去博物馆待一天，气压有点低，人不是很舒适。她借了本介绍新中国成立以来几位钢琴家成长经历的书，和这本书配套的，还有一张他们的录音唱片，她也一起借过来了。第一位是女钢琴家，擅长舒曼的作品，曾经赴英国皇家音乐学院学习，还被吸收为英国皇家音乐协会会员，后来回国执教，可惜英年早逝，只留下两首录音。但她写过好几篇西方古典音乐里的中国元素的论文。第二位就是江闽雨，他的经历很简短，可能是他退得太早，实在没什么可写的，倒是配了好几张照片。年轻时的江闽雨，很有精神，腰板挺得笔直笔直的，笑起来，隐约还有点小酒窝。

“可惜了！”琥珀的耳边响起徐教授那独特的口音，她扭过头，徐教授指指江闽雨的照片，“我说的是他。”

“你们认识？”

“不认识，听盛骅说过几句。他应该早点回国的，真不知他怎么想的，国外就那么好？”

琥珀合上书。博物馆内只在角落里放了几把椅子，没有桌子，也没有茶水供应。徐教授每次来，都是自己带个大茶杯。琥珀没有经验，口干，只能忍着。

“徐教授在华音很多年了吧？”

徐教授点点头：“教职工里面，我属于资格最老的了。”

“盛教授是不是属于资格最轻的？”

“哈哈，不是最轻，也属于很轻了，两年还是三年，我记不太清了。他来的时候，校长那个激动哟，见人就说终于给华音挖了个宝。事实上，盛骅确实很优秀。”

“他来的时候，身体好好的吗？”

这话听着怎么就那么别扭呢。徐教授眉头当时就蹙起来了，想责备琥珀几句，可是一想她毕竟是个外国人，中文表达不太好，他就不计较了。

“当然好好的。”

琥珀咬了咬嘴唇，犹豫了下，还是问道：“你知道他几年前在纽约出过一次车祸吗？”

徐教授那双布满岁月痕迹的眼睛倏地瞪大了：“有这事？”

看来徐教授也不知道。琥珀在青台的时候，和怀特先生通话时问过他，他也没听说过。琥珀查了近几年的音乐新闻报道，连各大论坛的帖子也看了一遍，都没有。Snow那时在古典音乐圈火得势不可挡，向晚穿件什么礼服，都被乐迷津津乐道，这么大的事，肯定要留下痕迹的，除非……没有这回事？那周晖怎么还说得煞有介事似的，难道她是试探她，想看看她对盛骅在不在意？看她那么着急，她是不是心里面很得意？真是把无聊当有趣，琥珀这下对周晖更没好感了！还好没有问盛骅，不然他一定以为她神经病发作了。

琥珀差不多是最后一个离开博物馆的，外面开始刮风了，落叶漫天飞扬，天上乌云密布。琥珀加快了步子，在外教楼下遇到拉美帅哥，拖着个大行李箱，还有他的定音鼓。他的聘期到期了，他要回国了。

“我敲了很久的门，没人回应，我很难过，以为不能当面和你道别呢！”拉美帅哥热情洋溢地张开双臂，琥珀迟疑了下，没有拒绝他的拥抱。

“美丽的琥珀，我会想你的！希望以后还能见面。”

“会的，会的！”琥珀受不了他一身的汗味，忙不迭地推开了他。

“祝你好运！”拉美帅哥隔空送来两枚飞吻，上车走了。

琥珀准备上楼，背包里的手机响了。裘逸的声音透着一丝疲惫和沮丧：“琥珀小姐，你能来琴房一下吗？”

琥珀没有问什么事，立刻掉头往琴房跑去。树叶被风刮得“哗啦啦”响，空气里的湿度越来越重，她刚进教学楼，雨像追着她似的落了下来。雨势不大，但有了风的相助，听着很是吓人。

她推开门，沙楠和季颖中面对面呆坐着，裘逸背着身子站在窗户边。

沙楠把自己的手机递给琥珀，摊了摊双手，苦笑道：“我就去吃了个晚饭，回来人就不见了，然后我就收到了这个。”

琥珀点开手机，屏幕上是秦笠和沙楠的对话框。

“沙楠，我知道我现在的行为像个懦夫，可是我真的没有办法，请给我一段消沉的时间，好吗？我不会干出什么傻事，只是想出去散散心。我现在去火车站，能买到哪儿的票就去哪儿，能走多远就走多远。以前总说要来一场说走就走的旅行，那不过是说说，从来没想过真的去做。人生，哪能那么任性。但人这一生，还是要任性一回的，不然太吃亏了。这学期的期末考我放弃了，后面我会努力补上。我的任性有期限，我清楚自己在干什么，以后要干什么。抱歉，我要向你，向季颖中，向裘逸，向盛骅教授，还有琥珀，说声对不起，我不适合再待在红杉林了。不是因为我这次的事情拖累了大家才这样说，其实这件事我考虑了很久。音乐于你们，是爱好，是喜欢，于我，是喜欢，是爱好，还是生计。我的家境不允许我太自私，我等不了红杉林成为国内第一支职业三重奏乐队的那一天。但我不会离开音乐的，我可能会进一个音乐培训机构，再接点家教。请原谅我的没出息，再次说声对不起！”

琥珀抬起头，把手机还给沙楠。

沙楠破罐子破摔道：“我还刚向盛骅保证了，说我们三个会坚定不移地向前进。这下好了，牛皮吹破了。等盛骅回来，我向他道过歉后，就收拾收拾包袱去韩国当练习生了。季颖中你就跟着师姐吃香的喝辣的去。”

季颖中骂道："你就是个猪。"

"嘴巴干净点，骂谁呢？"

"骂的就是你。你就是个百分百的猪八戒，猪八戒一遇到点事，就嚷嚷着把行李分一分，然后回他的高老庄，让沙僧回流沙河，你和他不像吗？你就不能立场坚定点？"

沙楠气结："红杉林是盛骅为我们三个量身定制的，秦笠一走，不管找谁顶上，还是原来的红杉林吗？你让我怎么坚定？"

"我不知道。要走你走，反正我就留在这儿。"季颖中气鼓鼓地把头一扭。

沙楠眨巴了两下眼睛："你有病啊，离家出走的人是秦笠，我倒成了千古罪人，有这么栽赃的吗？"他看向琥珀，"教授，你说句公道话吧！"

琥珀没有回应他，叫了裘逸一声。裘逸转过身来，整个人像被霜打过的茄子。作为裘氏集团的少爷，他接触过不少项目，但红杉林是他第一次独立做一件事，没有任何经验，瞎子过河似的，摸着石头小心翼翼地走。他真的很努力，刚有了点起色，还没来得及品尝成功的滋味，这一切就夭折了。他父亲说，商场如同神秘莫测的大海，别看眼前风平浪静，很是惬意，说不定什么时候就掀起滔天巨浪，你想活下来，活得长一点，那就要时时刻刻保持警惕，抢先一步完善防范措施。这次，是他工作没做好，作为经纪人，不应该整天只盯着他们练琴，选择什么曲目，他应该更多地关心他们的生活。就当吃一堑，长一智！

琥珀说道："秦笠还是被赵怜惜给刺激了，他认为赵怜惜背叛他，是因为他是个穷小子。他现在满脑子想的可能都是快快赚钱，然后一雪前耻，让赵怜惜把肠子悔青了。他已经钻进了牛角尖，别人的话听不进去的，那就什么也不要说，让他自己慢慢想通。我觉得他会想通的，不然他当初不会改学中提琴，也不会推掉所有的家教，同意进红杉林。酒吧那边，你还是和他们解约吧！沙楠、季颖中，如果你们愿意等秦笠，那就等盛骅回来后，看怎么安排。如果不愿意，就去做自己想做的事。室内乐很小众，作为业余爱好也就罢了，走职业道路，真的举步维艰，这是事实。”

沙楠虽然刚才嚷着要去韩国当练习生，当真的听到琥珀说要和酒吧解约，还是难受了。

裘逸更难受，自嘲道：“他们暑假的公寓我都租好了，练习的琴房也借好了。”

琥珀在心里面叹息：最难受的怕是盛骅吧，他对红杉林的期待很大，回来后，不知要过多久才能说服自己接受这个事实。

季颖中动作很大地把大提琴装进琴盒，手朝裘逸一伸：“钥匙！”

裘逸有点蒙：“什么钥匙？”

“你租的公寓，我今天就要搬进去。”

裘逸当即回过神来：“哦，哦，我送你过去。”

裘逸和季颖中走的时候，门没带上，一股闷热的潮气扑了进来。外面，风大，雨大。

“教授，你说我自私吗？”沙楠无助地问道。

琥珀看了一会儿他的脸，轻轻摇了下头：“一个成熟的职业重奏乐队，要经过很长的磨合过程，对演奏家的专业水准、合作意识要求严苛，志趣、品味、理想、情感都要相投。如果做不到，退出是理智的。”

沙楠直直地看着外面被风刮得四处横飞的雨：“我会等到毕业，如果秦笠没有改变主意，我就去韩国。我不想让最好的岁月都用在等待上。我是同情秦笠的遭遇，但我也有点怪他。我们是个组合，他怎么能一走了之，他有考虑过我和季颖中吗？”

“你没有亲身体验，就不会明白他的感受。他已经尽力了。”

“呵，教授你说得像自己亲身体验一样？”

琥珀垂下眼帘，幽幽道：“你怎么知道我就没亲身体验过呢？”

这场雨，一连下了三天。琥珀看气象新闻，原来是台风过境，一般情况下，过境也就是经过一下，不知道这次是怎么回事，台风竟然在华城盘旋不前。校园里一片狼藉，落红满地，断枝残叶到处可见。教学楼里，有几扇没关好的窗子玻璃都打碎了，琴园里有一个亭子上面的青瓦被风掀了个净。台风过后，华城的上空出现了久违的蓝天，白云一朵朵地点缀着。天空很澄净，站在阳台朝远方眺望，视线也是清晰的。

琥珀看过日历，盛骅今天回国，不知道是几点的飞机。卧室里的兰草，土壤有点发干，晚上该浇水了。

准备下楼前，琥珀看了下手机，许维哲发了条短信。青台也受到台风影响，他说海浪有几尺高，拍摄只得暂停，他的归期又得延长了。他还有个好消息，他在国内的首次个人独奏巡回音乐会首场的日期和地点都定下来了，沪城，七夕节。他问琥珀：我能邀请你做我的首场嘉宾吗?

这是他的第二个问题了，上一个，琥珀还没回答，这次一并回答了吧！发短信过去太随便，琥珀想着，等许维哲回华城后，她请他吃饭时，和他当面说。

“咚、咚、咚”，敲门声很重。

这么早，是谁啊？盛骅提前回国了？琥珀心中蓦地一喜，她朝大门看看，一转身跑到洗手间照了照镜子，确定自己看上去不错，对着镜子扮了个鬼脸，这才跑去开门。还没来得及看清门外站着的是谁，她只感到眼前刮过一阵风，下意识地闭上眼睛，脸颊上已经重重地落下一掌，紧接着，她的头发被人一把揪住，一阵推搡。

“阿亦，你放开教授，网上的话是不能相信的。”气喘吁吁跑上来的沙楠掰开阿亦的手，死命地抱着她不让她上前。

阿亦不甘心地抬脚踢向琥珀，又是哭又是喊：“是真的，都是真的，那个希伯承认了，我姐姐那么优秀，就那么被她害死了……她才不是什么教授，她是虚伪无耻的小三，是个恶心的婊子，是冷血的杀人犯……”

阿亦的脚又踢了过来，踢中了琥珀的小腹，用了很大的力气，琥珀疼得连着后退了几步，头一下撞在了门框上，眼前瞬间直冒金星。

按世界气象组织的定义，在太平洋上产生的气旋叫台风，大西洋上的叫飓风。琥珀漠然地看着阿亦因为仇恨而变得扭曲的面容，这一次哪里是台风过境，分明是飓风过境。

大赛组委会准备的早餐是自助餐，有日式也有西式。盛骅拿了碗白米粥，还有一杯牛奶。日本的鸡蛋称为卵，早餐里面有生卵还有熟卵。盛骅看到有位奥地利籍的评委把生卵直接打在粥里面，搅拌搅拌，用小匙就那么吃了。他不太习惯那种吃法，拿了只熟卵，又拿了两片全麦吐司和蔬菜沙拉。

参赛选手和评委入住在同一家酒店，那个给盛骅弹《野蜂飞舞》的小男生也在父亲的陪同下来吃早餐。他看到盛骅，笑了下，没有过来打招呼。这次的初赛他不在盛骅这一组，被淘汰的选手已经离开了，看来他是闯进了决赛。

和盛骅同一组的一位香港评委端着碗拉面在盛骅身边坐下，两个人合作过几次，相处起来比其他评委透着几分亲近。

“那小家伙，我看好他。”他也看到了小男生。

盛骅细心地剥着蛋壳，问道：“他初赛的视频你看了？”

“嗯，选择的是《E大调练习曲》，难得他小小年纪，能弹出肖邦独特的隐藏着的淡淡忧伤。”

不只是忧伤，还有焦虑和不安。这首曲子还有个别名，《离别》。情绪起伏很大，力度变化复杂，感情是阶梯式的，越来越激动，最后突然回落，陷入深思忧伤之中。

“希望他决赛也能好好表现。”

“第一名有点难，第二、第三可以拼一拼。”

“拿到当然很好，拿不到也没什么。奖不代表一个人真实的演奏水准。”

“也是。你下午是不是要去银座参加你的新书发布会？”

“嗯！”

“银座有不少特色书店呢，音乐书店就有好几家，我有时会过去淘点唱片。”

“好像发布会就在一家音乐书店里。”

华城也有几家音乐书店，都藏在巷子的深处，不熟悉的人都找不着，像上次陪琥珀去的那家就是。新书发布会的这家音乐书店，不仅开在闹市区，占地面积还很大，它把咖啡馆、音乐厅和书店都结合在了一起。从印厂刚运过来的新书就放在入口处，盛骅签名的时候，闻着油墨的清香，感觉整个世界都是安宁的。

日本人做事向来讲究效率，发布会的仪式很简短，先由社长致辞，接着是编辑介绍书，最后是盛骅接受媒体采访。第一个提问的记者就咄咄逼人地问：“这本书的作者到底是盛骅还是江闽雨？”

盛骅似笑非笑道：“都不是，是肖邦。”

记者冷着个脸：“我问的是你修订的《肖邦作品全集》，是独立完成的吗？”

盛骅没有正面回答他的问题，而是向所有媒体记者告知，接下来，他有准备把德彪西的所有作品重新修订的计划，还想整理一本弦乐三重奏的作品集。这个消息在记者中激起了很大的波澜，纷纷抢着发问，第一位提问的记者无奈地把举起的录音笔收了回去。

盛骅轻飘飘地睨了他一眼，他根本不是要什么解释，当他提问时，就已经给你判刑了，他不过是想当众让你无所遁形，所以无须多说，更不必请别人来为你证明。任何欺骗、谎言都是一时的，且看以后，还有比时光更好的解释吗?

山口笑眯眯地站在一边，心里面已经开始琢磨着怎样说服盛骅把他的下两本书也交给他出版。他的身边站着一位秀发及肩的知性女子，盛骅早就注意到她了，那是谌言。

一座新翻修的二层小楼，没有招牌，低调得盛骅以为走错了地方。

“没错，就这家。”谌言是熟客，领着盛骅走进去，坐在吧台上，朝头发已经花白的店老板竖了两根手指，“他们家只有黑咖啡，但是格调很高，味道也好。我住的地方离这儿不远，周末要是没事，我都泡在这儿看书、写文章。”

谌言现在是一边读博，一边给音乐杂志写乐评，她已经有自己的专栏了，也算是小有名气的乐评人。她打开笔记本电脑，给盛骅看她最近的一篇有关古典音乐经纪人的论文。

“管理和音乐好像风马牛不相及，其实关系很大。国内古典音乐这几年才被人熟知，市场还不成熟，经纪人体系很不完善，管理上一团糟。我这个课题，想付之于实践，可能需要先找个演奏家练练手。”

“不考虑找个指挥吗？”

“指挥本身就是个管理者，观点会有所冲突。”

“指挥面对的是乐团，经纪人面对的是市场，方向不同吧！”盛骅把笔记本电脑拉到自己面前，看起论文来。

谌言很是直率：“我就是对指挥无感。”

盛骅轻轻地叹了口气：“想必也不是什么演奏家都能打动你的吧？”

谌言看着店老板把两杯手冲的咖啡端上来，半真半假道：“我是个眼光很挑的人，但如果是你这样的演奏家，我会一往无前。”

“大材小用。”

盛骅硬着头皮想把话题往房楷身上引，谌言打断了他：“你要说的话，这几年在夜深人静时，我不知道一遍遍地对自己说过多少回了。我相信房楷爱着我，一如我也在爱着他，但是我真的怕了。爱，实在脆弱、娇弱，且懦弱、软弱，一点风雨都经不起，人生那么长，什么时候才能走到白头呢？”

“每一年都有飞机失事，可是各大航空公司仍然在营业，就连马航，也没听说他家关门。很多人的人生，都是一边绝望，一边用力活着。你和房楷之间的事，我是旁观者，无法体会你们的感受。我请山口先生帮我约你见面，我没想能说服你回国，我只是看房楷那么孤单，替他来看看你过得怎样，仅此而已。”

很无奈，盛骅只得结束这个话题，心里面默默同情了房楷一把。他和谌言聊了会儿她的论文、聊了聊他的《肖邦作品全集》、日本的室内乐、一些在国际上知名的演奏家、正在进行中的钢琴大赛，还聊了咖啡、咖啡馆里自制的小点心。

结账过来，盛骅看到谌言面前的咖啡还是原先端上来的样子。她其实并不喜欢喝咖啡，她只是需要这样的一份安宁吧。谌言没要他送，两人就在咖啡馆前道别。

“他……好吗？”小巷很幽静，路灯也是淡淡的。

盛骅看不清谌言的表情，他点了下头：“好！”

如果因为他说了房楷过得好，她便放下心，继续自己的生活，那她并不爱他，至少不够深爱。如果深爱着，便是房楷自己说好，她也不能安然。只有朝朝暮暮相对，她觉得他好，才是真的好。

第二天便是决赛，时间整整一天，同时在网络、电视上直播，所有的评委不允许携带手机。盛骅便把手机放在酒店里。

有一种人可能天生就属于竞技型的选手，越是大赛越能超常发挥。而原先被所有人看好的一位韩国选手，是以预赛第一名的成绩进决赛的，可能是自己给自己的压力太大了，在弹第一首曲子时，因为是背谱演奏，他的记忆突然出现了空白，中途停顿了好几次，整首曲子弹得结结巴巴，一结束就崩溃了。后面两首曲子，调整了下心情，虽然坚持下来了，但也只是差强人意。而被香港评委认为可以拼一拼的小男生，则初生牛犊不怕虎，第一首表现平平，接下来两首，一首比一首好，最后一首时，整个音乐厅鸦雀无声，弹到最后，评委都站了起来，全场掌声四起。最终，小男生以黑马之势夺得了这次钢琴大赛的第一名。香港评委把手都拍红了。因为盛骅和他都来自中国，两人还被媒体追着采访了几句。

盛骅没有出席晚上的庆功宴，他回到酒店换了身衣服，拿起手机时，发现没电了。他找出充电器放进包里，出门拦了辆出租车，司机微笑地看向他，他说了两个字："天堂！"然后自己不禁莞尔，一家医院起名叫天堂，真是再确切不过了，可不就是患者的天堂。

下了车，坐电梯到十楼，已经有护士在等着他了。

"岛本先生有个紧急手术，还有半小时，他请你在这里等他。"护士把他领进休息室，给他倒上茶。盛骅道谢，询问可不可以在这里给手机充下电，护士点点头，告诉他插座在哪里。手机几乎是一接上电源就响了，是沙楠。盛骅没有着急接听，先翻看了下手机，发现有二十多通未接来电，裘逸七通，书记两通，其他全是沙楠的，他还发了十多条短信。盛骅按下通话键。

沙楠都快急哭了："盛骅，你怎么才接电话啊！你托付给我的事，我一件都没办好，红杉林散了，教授她……"

盛骅截住他的滔滔不绝，问道："琥珀现在哪里？"

"书记把她接走了，去了哪里我不知道。"

"大使馆那边怎么说？"

"呃，这和大使馆有什么关系？啊，教授是法国人，我忘了，阿亦她、她其实情有可原，你没看到网上的爆料，时间、地点，有理有据，写得太像回事了，教授又不解释，阿亦就失控了……"

应该是琥珀无意追究阿亦，才没惊动大使馆。

"爆料是英文还是法文？"

"英文、法文都有，也有中文，阿亦看到的就是中文。"

盛骅不易察觉地冷冽起来，琥珀的生活圈主要在欧洲，那边的乐迷对于她的一些事情会感兴趣点，华城这边，除了她的音乐，其他的应该不太关注。竟然有人辛辛苦苦把她的爆料翻译过来，还特地让阿亦看到，显然是别有用心。

"就这样吧，我挂了。"真是担心什么来什么，盛骅闭上眼睛，听到走廊上岛本医生在问护士他到了没。

沙楠急了："你不回来吗？"

盛骅挂断了电话，朝岛本医生微笑颔首。岛本医生是个个头不高的中年男子，刚做完一台大手术，稍有点疲累，但他此刻顾不上休息，认真盯着盛骅鼻梁上的眼镜。

"你的视力变差了！"他不是询问，而是陈述一个事实。

"好像有一点！"盛骅淡然地弯了弯嘴角。

"你是怎么发现的？"

"有一次在开车途中，眼前突然一黑，很短的几秒，后来就发现视力下降得厉害，但是戴上眼镜后，一切就正常了。”就是那次，他的上一辆车和对面的车来了个贴面吻，当时，他以为是因为自己太过疲劳了。

岛本医生变了下脸色，非常的细微。他闭上眼沉思了下，说道：“不用检查了，它开始长大了。前几年都是我催着你过来检查，今年你主动和我联系要做检查，你也有感觉到它的变化吧！”

“一颗小血滴能长多大？”

岛本医生直言：“不管它长多大，它现在已经开始影响你的视力，接着，就会影响到你的四肢神经，你不仅会瞎，还会瘫痪，最终失去生命。你立刻、马上办理住院手续，准备动手术。”

“岛本医生，这会不会太夸张了？”

“我也希望是夸张了，可惜不是。当年在纽约，你因为车祸送到医院，除了皮外伤，我发现你脑子里有一个极小的出血点，后来止住了，但是在里面留下了一颗血滴。因为位置是在大脑神经中枢之间，太敏感，我给你做了保守治疗，希望大脑能自行吸收，谁知道它竟然能潜伏这么多年！”

“说起来，我和岛本医生还是因为它而结缘的。从纽约到日本，我们也认识好几年了。”

岛本医生叹了口气：“盛骅，我不想和你闲聊。”

盛骅嘴角绷得笔直，他凝神看着岛本医生的眼睛：“请告诉我实话，手术的成功率有多少？”

“百分之四十。”

“如果现在不做手术，什么时候它会大到令我失眠、动弹不了？”

“服药压制的话，最多一年。”

“请岛本医生给我开药吧，我们一年后再见。”

“我不同意。”岛本医生严厉地道。

“命运有时就像一场豪赌，明天会更好，但说不定也没那么好。我已经输不起了，那么我只能把全部赌注压在今天。百分之四十，概率太低，万一我醒不来呢？而一年的时间，是真真实实的三百六十五天，我可以做很多的事，我还想好好地和……和一个人在一起，即使很短暂，也好过未知的明天。”盛骅嗓音低沉，此刻又在极力压抑着情绪，这几句话说出来，听在岛本先生的耳中，有如千斤重，一时间让他无法反驳。

“一年后你再来做手术，概率就不是百分之四十了，你会后悔的。”

“就是不想后悔，我才这样决定的。”

盛骅走出医院大楼，没有着急打车，而是沿着大街走了一会儿。在一个广告灯牌前，他停下了脚，拿出手机，给谌言打了个电话，问道：“昨天你说的话还算数吗？”

第六章 轻柔的夜曲

盛骅和谌言搭乘的凌晨航班，到达华城时，天边还残留着一点夜幕留下的幽蓝，晨风徐徐地吹过，感觉不到半丝凉意。

盛骅对谌言说：“又是一个大热天。”

谌言走下舷梯，语带怀念地回道：“华城的夏天向来热情似火！”

“可不是嘛，每过一个夏天，感觉就像过了一个世纪。”

谌言觉得盛骅这说法太保守，刚过去的这一夜，于她已经是一个世纪。一个世纪前，她还在东京自由自在地飘着，一个世纪后，她已经站在华城的土地上，心中五味杂陈。她曾经以为自己这辈子都没有勇气踏出这一步，原来并不难。只是有那么一点……近乡情怯！

谌言知道和房楷碰面是不可避免的，她也已做好了准备，只是怎么也没想到，刚到出口，一抬眼就在接机的人群里看到了他。上面是熨得没有一丝折痕的白衬衫，下面是笔挺的深青色西裤，皮鞋擦得锃亮，那样子就像……不是像，这一身就是他们去民政局领证那天他的装束。他是个爱俏的人，白衬衫太素净，读书那会儿就不肯穿，嫌没有特色。领证前，她说人家领证都穿白衬衫拍照，也不知道有什么特别的寓意。他说结婚还是传统点好，前人这么做，肯定是有道理的，咱们跟着，什么程序都不能少，这样一定能幸福一辈子。第二天，他就急匆匆地上街买了两件白衬衫，他那件，生怕不合身，还试穿了下，美滋滋地对她说："这件衬衫，我要保存好，以后留给咱儿子领证时穿，把幸福延续下去。"

在晨光、喧哗的人声、机场的广播声里，他的面容有一点失真，不知怎么，瞧着好像孤零零的，谌言的眼睛倏地就潮湿了起来。

她怨过他吗？怨过，她怨他的不设防，怨他的隐瞒，怨他让她承受羞辱、难堪、被动，她也知他深爱着她，但还是决然离开，一走多年，这是她对他的惩罚。然而，当她在惩罚他时，何尝不是在惩罚自己呢？

在这一瞬间，压在谌言心头多年的积怨荡然无存。也许她早就原谅他了，不过她需要一个冠冕堂皇的借口。可笑的矜持！他笑起来眼角都有细纹若隐若现，她早晨起床，也是不敢多照镜子。放过他吧，也放过自己，不然这一生两个人真的就擦肩而过了。有几人能在原地一直等着，有多少爱是挥霍不尽的？

谌言抬起手，拭去眼角的泪水，她大步向他走去。

"你等多久了？"盛骅也很意外，因为决定太匆忙，他只是告诉房楷今天会和谌言一起回国，没有确定是哪个航班。

"一会儿。"房楷眼都不敢眨地看着谌言，垂着的指尖颤抖个不停。

“一会儿是多久？”他的样子看着可不像一会儿。

“六个小时零十分。”房楷上前一步，双手紧握谌言的手。不是梦里虚无缥缈、冷冰冰的那双手，这双手是温暖、柔软的。她真的回来了！房楷想笑一下，结果嘴角弯到一半，又落了下来，这让他看上去有一点滑稽。

盛骅看着房楷，心里也是感慨万千，他对两人说：“虽然你们不算陌生，我还是给你们相互介绍下。这位女士是我现在的经纪人谌言，这位先生是大剧院的总经理房楷。我的第一场音乐会打算放在大剧院，一切就拜托你们两位了！”

“音乐会？什么音乐会？”房楷好不容易分出一丝神智，不解地问道。

“问谌言！”盛骅大步离开，朝后面挥了下手。他们应该有不少话要讲，他就不打扰他们了。时光已然回不去，遗憾也无法弥补，那就努力遗忘吧，过好以后。艾青先生说，人间没有永恒的夜晚，世界没有永恒的冬天。

他抬头看向天边，一轮火红的旭日在东方冉冉升起，这是崭新的一天。

华音这两天格外引人瞩目，小男生拿了大奖赛的第一名，虽然他不是华音的学生，但他曾经请盛骅指导过，盛骅可是华音的，也算很荣耀了。但这点荣耀还是没能挡住阿亦殴打琥珀的事态的发展。

书记顶着两个大眼袋，端着他那个一半茶叶一半水的大茶缸，对盛骅说道：“我都两宿没合眼了，咖啡喝不来，提神只能靠浓茶了。你要不要来点？”

盛骅摇摇头。

“你的脸色也不太好——哎哟，我这土包子，还是头一回见识到什么叫口水战，那可是比真枪实弹厉害多了。”

“除了华音，外界有什么反应？”盛骅冷静得吓人。

“国内还好，差不多就像在聊哪个国家发生了几级地震，情况很严重，但因为这事离自己远，瞟一眼就过去了。就是咱们华音，要不是阿亦打人，要不是阿峦原先也是华音的学生，这事情也不会太受关注。战场主要在国外，据说不亚于去年那个什么指挥詹姆斯的丑闻，那些乐迷要琥珀彻底滚出古典音乐圈，她公寓的窗玻璃都被人砸了，城门失火，殃及池鱼，她的助理和经纪人也被人围堵，根本不能出门。幸好她现在在华音，不然安全都得不到保障。”

“华音就很安全吗？”

盛骅刚刚进来，在篮球场看到一帮学生围在一起，有个男生义愤填膺道：“我们绝不允许华音包庇一个杀人犯。”他的话立刻得到了很多人的大声附和。

书记目光森寒：“现在的孩子，太容易被人鼓动了，不分青红皂白，不明辨是非，听风就是雨。凭我从军多年的直觉，我觉着推动这事的人和琥珀有仇，他就是整不死琥珀，也要把她打趴下，让她再也拉不了琴。”

“琴又不在他手里，能不能拉，他说了不算。”盛骅冷笑，“我去看看琥珀。”

“不要担心，我让我家糖球陪着她。”书记送盛骅出来，他迟疑地看了盛骅一眼，虽然盛骅没提阿亦，他觉得还是得解释下，“不管琥珀做过什么，她是来我们华音进修的留学生，事情发生在法国，自有法国那边下定论。阿亦是苦主的妹妹，但华音不能包容她打人的行为。可是琥珀说算了，事情已经这样子，别再伤及无辜。我听了都有点惭愧，她实在太懂事、太体贴。”

只怕别人不会这么想，只会觉得她心虚了。

盛骅走出行政楼，一辆已经驶出几米远的米白色奔驰又缓缓倒了回来，宋书宁从降下玻璃的车窗里探出头：“这不是载誉归来的盛教授吗？终于啊，盛教授密栽的桃李中有一棵结出了硕果，作为同事，我真心替你高兴。人这一生，不就图个名嘛！可惜，人生总是不完美，琥珀小姐的事，你听说没？”

盛骅抬起眼，不带任何情绪的目光扫了扫宋书宁那张努力装出同情却又抑制不住幸灾乐祸的脸：“宋教授好像知道得更详细。”

宋书宁佯装没听出盛骅话里带着讥诮：“谈不上详细，来龙去脉，多少知道一点。她命好，占着法国国籍呢，咱们不能拿她怎么样的，顶多驱逐出境！”

宋书宁教学还行，就是品性让人无语，你比他好，他说酸话，他比你好，他嘚瑟个不行，盛骅一般是不愿搭理他，由着他自嗨。但他刚刚那一句“她命好”，让盛骅再也忍不得他了。

“驱逐出境作为刑事处罚时是由人民法院判决，作为行政处罚时是由公安机关执行，宋教授，你是能代表人民法院，还是能代表公安机关？还有，琥珀在我们国家，她是违反了刑法或治安条例的哪条哪款？”

盛骅语速很快，声音铿锵有力，再加上宋书宁以为他还和以前一样，最多是一记眼刀射过来，所以一下子被问得张口结舌，好半晌才眨巴眨巴眼，恼羞成怒道：“她是一个公众人物，一言一行，不能放任自己，她做到了吗？”

“那又与你何干？”

“我有评论的权利。”

盛骅轻蔑地哼了声：“我没有倾听的义务，所以请把嘴闭上。”

宋书宁差点儿没噎死，他目瞪口呆地看着盛骅“咣”的一声关上车门，白色绝影一个潇洒的直角拐弯，毫不客气地喷了他一脸的尾气。

他呛咳了两声，忙不迭地抬手拂着。这个世界没救了，不占理的人都敢这么横！

知道琥珀不在公寓，盛骅还是过去看了一眼。住在对门的外教回国了，她不在，这一层显得空荡荡的。阿亦过来的时候台风刚走，地面还很泥泞，阿亦的脚上必然沾了些泥土或落叶，现场想必很凌乱。负责这片的保洁工向来尽职，楼梯一天扫两次，这会儿什么痕迹也看不到了。然而盛骅的心还是像被一双手揪住般生疼，他仿佛看到琥珀无助沉默地站在这儿，由着阿亦推搡、殴打、谩骂，那一刻，她是不是万念俱灰呢？怎么能不万念俱灰，她是多么地想继续她的音乐之路。为此，即使因遭遇瓶颈对舞台产生了恐惧，仍然拼尽了全力上台演奏；为此，她任由别人误会，说她任性、骄傲、自大，甚至不惜把手烫伤也从没想过放弃；为此，她不惜远行万里来到中国，想重新找到音乐的动力，艰难地拿起了琴弓。他记得她站在琴园里，对他说："我会拉琴了，你要听吗？"目光熠熠，整个人都在发着光。她整夜整夜地练琴，就连去青台拍摄也带着琴。再过一阵，她应该就能登台演出了，她的十周年音乐会也会如期举行……

一个爆料，就把什么都抹掉了！

盛骅重重地捶了下雪白的墙壁，转身下楼。

烈日下，沙楠像怕冷似的蹲在白色绝影旁，头埋在胳膊里，整个人蜷成一团。盛骅走过去，拍了下他的头。他叫了声"盛骅"，不知道是脚蹲麻了，还是被烤得眼冒金星，身子踉跄了下，本能地伸手拽住盛骅的胳膊，闭了会儿眼睛才站稳。

沙楠也憔悴了，眼窝深陷，胡子拉碴的。

"他们说看见你的车了，我还不相信，我以为你会先去看教授。"

盛骅本来是这样打算的，再一想，他还是先来了华音，他需要知道整件事的所有细节。

“就你一个人？”

沙楠低垂的眼帘里，闪烁着不安：“秦笠现在也不知道到哪儿了，裘逸脾气坏得不得了，我都不敢和他说话。季颖中在练琴。”一个没心没肺的人，都什么时候了，还能静下心来练琴，音乐是他祖宗啊？

“你有事要说？”盛骅没时间察言观色，单刀直入地问道。

沙楠磨蹭了会儿，狠狠咬了下嘴唇，说道：“阿亦说，我整天和教授在一块儿，也不是什么好鸟。如果我真想和她在一块儿，就永远不要再听教授的音乐。教授和她，我只能选一个。盛骅，音乐不应该是很单纯的吗，怎么就和这和那都扯上关系了？我很喜欢阿亦，我、我也很喜欢教授的音乐，我不能昧着良心，说谁好谁坏，我……”

“你什么也不用选择，你去韩国当你的练习生。”

沙楠张大嘴巴，呆呆地看着盛骅，他没有否认：“我很烦，也累了。”

盛骅轻轻地点了下头：“想去就去吧，如果不适应就回来。”

“对不起啊，盛骅！”沙楠不敢再看盛骅，低头盯着自己的脚尖。

“不需要对不起，你没有做错什么。”沙楠他们，无论家境好与坏，都被保护得很好，没经历过什么大的波折，一下子遇上事，心态发生变化是自然的。这个世界上没那么多圣人，一个人，能坚持做好自己，不给别人添乱，就已经是很好了，要求不能太苛刻。

学乐器的人，手指上很少有饰物，有些年轻的女孩子爱俏，在不影响演奏的前提下，喜欢在食指上戴枚戒指，表示想结婚但尚未结婚。阿亦的食指上就戴着一枚戒指，她的力气不大，一掌掴向琥珀，琥珀感觉不是太痛，但是戒指却在琥珀耳侧划了一道深深的血痕。正面看还好，把头发撩起，很是触目惊心。糖球气愤地对琥珀说：“阿亦是只野蛮的母老虎，以后没人敢娶她，只会一个人孤独到老，死了后，脸被猫吃掉。”

琥珀很好奇：“哪来的猫？”

糖球回道：“书里不是都有写，那些脾气古怪的老太太，都有只猫，玩着线团，眼睛绿莹莹的，吓人得很。”他也不知看了什么书，讲起来一套一套的。

糖球正在放假，作业很多，他写一会就会站起来，不是找个什么零食和琥珀分了吃，就是和琥珀谈论下现在比较火的几款游戏，不然就让琥珀教他法语。

琥珀被他闹得想一个人默默地悲痛一下都没办法。可是，不代表悲痛不存在。

这会儿应该是午休时间，琥珀在沙发上翻着一本十字绣的书，这是书记家太太的，刚学，买了一堆的书，各式各样的图案。糖球戴着耳机边听音乐边写作业，椅子被他晃得“咯吱咯吱”响。

楼梯上很安静，哪怕脚步声刻意放轻了，还是听得很清楚。不一会儿，轻轻的叩门声响起。

“我来开门。”糖球一定有第三只耳朵，当即摘下耳机，跳了起来。

盛骅站在门外，衣衫有点皱，眼睛里布满血丝。琥珀只看了他一眼，便不能再看第二眼了，把目光从他身上转开，像倾听什么细微声响似的闭上眼睛。他回国了，嗯！

委屈没有决堤，也不想号啕大哭着哭诉，就是觉着她不用再一个人死死地撑着、忍着，即使在深夜眼睛都睁得大大的。书记把她从华音带回家，糖球和书记太太都对她呵护备至。她表面上很平静，但总感到自己像被扔在月球的背面，没有空气，没有重量，没有光。盛骅在，她的世界里白天就是阳光明媚的白天，黑夜也不会黑得伸手不见五指。

他和别人不一样，不会对她露出怜悯之色，忙不迭地嘘寒问暖，追问到底是怎么一回事。他除了看着有些疲惫，和他去日本前没有两样，甚至打量她的目光里还带着奚落。这就好，她的心很安定。

糖球很热情，又要给盛骅倒水，又要去切西瓜。盛骅拦住他，笑问道："我可以把琥珀姐姐接走吗？"

糖球歪着头考虑了好一会儿，才点了下头："那你一定要把姐姐保护好。"

盛骅和他击掌为誓。

两个人一前一后地下楼，谁也没有说话。这个时间正是一天中最热的时候，白色绝影才停了一会，里面就像蒸笼似的。没等冷气上来，车刚出小区大门，琥珀就歪在椅子上睡着了。她的手紧紧地抓着安全带，头发别在耳后，露出显目的血痕。

盛骅伸手想摸一下，最后只是摸了摸她的头发。多希望岛本医生的判断是错误的，一年太短了。一年后，她不过才二十二岁，余生那么长，他却无法再陪伴她。盛骅黯然地闭上了眼睛。

琥珀感觉像是睡了很久，睁开眼睛，不过才过去一个小时。盛骅不在车上，站在一扇漆红的大门前。

"这是哪里？"

盛骅走过来给她开门："我家。"

琥珀知道盛骅在华城有个家，她听沙楠和秦笠咒骂过华城离谱的房价，她以为盛骅家不过是比外教公寓大一点的公寓，想不到是这样四四方方的院落。琥珀在巴黎的公寓也很大，也有一个大大的花园，可是和这个院落是不能相比的。她的是敞开式的，他的是封闭式的，感觉更安全。最让琥珀想不到的是，这么大的院落，只住着盛骅一个人。不知沙楠他们仨有没有来过这儿，要是来过，估计会很仇富。

院子里，现在正开着花的是茉莉，青花瓷的花盆里，青嫩的枝叶间，小小白白的花苞一朵朵密密地挨着。后院的槐树也开了一树的花，一大簇一大簇的。槐花的香气不及茉莉浓郁，有股清甜的味道，枝叶却极茂盛，遮天蔽日，站在树下，很是阴凉。

“槐树很长寿，能活一千年。在家里栽一棵，有着吉祥的寓意。对面那家的院子里是棵梧桐，传说梧桐能引来金凤凰。西府海棠就是棵景观树，还好不难侍候。”盛骅领着琥珀四下参观，告诉她厨房在哪儿，洗手间在哪儿，客房在哪儿，“上一次江老师来，就住在这个房间。”

盛骅默然站立了一会儿，朝琥珀一笑：“走，我们去看你住的地方。”

“我不住客房吗？”琥珀问道。

“客房和主卧隔着一个院落呢，说话不方便。”

琥珀以为盛骅要把他的卧室让给她，正要拒绝，听见盛骅指着琴房里一个宽大的沙发说：“你睡这儿！白天当沙发，晚上展开来就是张床，应该够你睡了。”

琴房与主卧之间隔了个客厅，说话是方便了，可是这样待客好吗？不过这样一来，琥珀先前的一点拘谨也消失了。她洗过澡，换了舒适的家居装，趿着拖鞋在院子里散步，看到厨房的窗户上映着盛骅做饭的身影，突然有种仿佛已经在这里过了一辈子的感觉。

因为天气太热，担心琥珀脸上的血痕会发炎，盛骅只给她熬了点粥，点心是去胡同口买的两色糕。一半黄米，一半黑米，很香很有咬劲。

“你经常去买？”想象了下盛骅端着小篮排队等糕的画面，琥珀表示想象无能。

“第一次，平时是阿姨去买。”盛骅把一碟切得细细的乳黄瓜挪到琥珀面前。

琥珀不再说话，夹了一筷子乳黄瓜，埋头喝粥。

碗是两个人一起洗的，盛骅洗，琥珀擦。两个人站在水池边，还分食了一个大大的脐橙。

从日本到华城，只有四个小时的航程，不需要倒时差，但盛骅已经很久没有休息了，给琥珀找了枕头和薄被，告诉她灯的开关在哪里，他便回卧室了。没多久，卧室的灯便熄了。琥珀却没有什么睡意，不是因为在陌生的地方，相反，她感到很放松。琴房应该是盛骅用心装修过，墙壁和屋顶都装了吸音材料，把门关上，安静得很。盛骅在华音那间公寓也是个琴房，那儿给人的感觉就是练琴、听音乐的地方，这间琴房便像是个温馨的书房。沙发上放着大大的抱枕，窗帘的颜色也很柔和，乐谱的摆放不是那么齐整，这儿一本那儿一本随意地敞着，笔和空白五线谱纸也是，沙发边有，书桌上有，窗台上也有，像是盛骅走到哪儿写到哪儿。窗台的两侧是两个花架，一盆文竹，一盆紫罗兰，枝叶都长长地垂着。

琥珀随手拿了本乐谱，是舒伯特的《小夜曲》。小夜曲并不是一个曲名，而是一种音乐体裁，这种曲子柔美动听，适合各种乐器演奏。舒伯特的这首曲子，是在他死后半年才被发现的，当属动人的绝笔。他是根据一位德国诗人的诗篇谱写的。有一次她和柏林爱乐合作时，在返场的时候演奏过这首曲子，它短小精悍，深情而又理智，热情不失自信，没有歌者伴唱，一样动听。这样的曲子用作返场演奏再合适不过，弹得欢快，听的人也欢喜。

盛骅也不知找谁拿的钥匙，把她的行李箱拿过来了，琴也带过来了。很多人都觉得阿亦殴打琥珀这件事非常严重，也许别人不太相信，琥珀其实还好，至少她很确定，她还能拉得了琴。最黑暗而又无助的时候，是在阿峦离开的那个早晨。她以前是拉不了琴，现在是拉得了琴，却登不了台，结果差不多，事情并没有坏到哪里去。

手机倒是一直在琥珀身上，她关机了。盛骅就在她身边，她喊一声，他就能听到，无须手机。其他给她打电话的人，会说些什么，她知道，那就不需要接听。在手机没有出现之前，人和人之间的联系只能靠信件往来，虽然不太及时，但那种等待中充满希望的感觉很好。她在书记家等着盛骅时，就是带着希望的，她知道他一定会来，而且会将她带走。唯一的遗憾是不能每天听到舒曼的《童年情景》了。盛骅其实没给她打过几次电话，她喜欢在早晨起床后，一边洗漱，一边听手机里的这首曲子，循环往复。

琥珀扭过头，朝门看了看，走过去，把门打开了。琴房隔音效果太好，把盛骅的气息也隔在外面，她想离他近点。主卧的门也没有关上，琥珀侧耳倾听，盛骅想必睡觉习惯良好，没听到什么鼾声。倒是听到外面传来“咕咕”的声音。盛骅说隔壁人家养了一对信鸽，还拿过什么比赛的冠军，很厉害。大半夜的不睡，莫不是在商量逃跑的路线？琥珀被自己的想法逗得低声笑了起来。夹杂在“咕咕”声中的是槐树叶在风中的声音，柔和清润，美妙得像一首小夜曲。

一点亮光从窗外飘过，接着又是一点。琥珀把窗打开，发现竟然是萤火虫，琥珀想起在文医生家听过的那首儿歌：黑黑的天空低垂，亮亮的繁星相随，虫儿飞，虫儿飞，你在思念谁……

盛骅说这首儿歌的歌名就叫《虫儿飞》。她后来在图书馆查了下，它还有个名叫“一对对”。第一次听到这个儿歌，还是小哥哥唱的。她那时刚离开爸妈，心里面害怕，总是哭，睡得也不安稳。小哥哥抱着她，轻轻地哼唱着这首歌。听着听着，她的哭声就止住了。她每一天都要小哥哥唱这首歌，小哥哥就边弹边唱。过了几天，她觉得自己听够了，让小哥哥换首歌。小哥哥很不好意思地说他只会这一首。她很善解人意地道，那就听这首吧！小哥哥摸着她的头，笑了。

“睡不着？”盛骅不知什么时候站在了卧室的门口。

“不是，是舍不得睡。”大概是夜色放大了心里的仓皇和胆怯，琥珀自然地坦承，“我怕醒了后，发现你还在日本，我不过是给自己编了个梦。”

盛骅走过来，站在她面前，她闻见他身上隐隐的薄荷香。他的T恤很柔软，她的个头刚好到他的鼻尖。她听到他几不可闻地叹息了一声，然后便将她拥在了怀里。她张开双臂，紧紧地环上他的腰。这是他回来后，他们之间的第一个拥抱，他们什么也没有说，好像又把什么都说了。

风还在微微拨动着树叶，有一只蛐蛐好像刚醒，喃喃地叫了一声后，便欢快地唱了起来。细细的沙沙声，是花在夜露中呢喃。外面的光线像是亮了一点，原来是月亮已经爬上了树梢。

“你会不会唱儿歌？”她小声问道。

“想睡了？我不会唱儿歌，我给你读个故事。”盛骅低哑的嗓音里有着浓得化不开的温柔。

“你家里有故事书？”

盛骅在书架上翻了翻，还真找出一本。他把台灯挪到茶几边，看着琥珀躺下，盖上薄被。

“《夏洛的网》，看过吗？”盛骅看了下封面，上面一个小女孩抱着一头猪，旁边是一只张大嘴巴的鹅。

“看过也不记得了。”琥珀闭上眼睛，双手放在胸口。

夜很深了，眼前只有台灯照着的一点光。两个人这样坐着，像坐在一条漂浮在海面的小船上，有一种相依为命的感觉。他看了看她，打开书，读道：“谷仓里的生活非常好——不管白天还是黑夜、冬天夏天、春天秋天、阴沉日子、晴朗日子。威尔伯想，这真是个最好的地方，这温馨可爱的仓底，有嘎嘎不休的鹅，有不停变换的季节，有太阳的温暖，有燕子来去，有老鼠在附近，有单调没变化的羊，有蜘蛛的爱，有肥料的气味，有所有值得称赞的东西……”

“这只是它起初的想法，后来它就不这样想了。”琥珀突地睁开眼睛，打断了盛骅的朗读，“威尔伯是一头猪，后来它幸运地被免于屠宰，但最终仍然要迎来它最好的朋友的死亡。故事到这里就结束了，但这不是真正的结局，作为一头猪，它又能幸运到哪里去？”

“我们换一篇，《吹小号的天鹅》？”

琥珀点了下头，侧过身，目光投向灯光外的虚空。

“管理员对路易斯诱惑道：‘如果你和塞蕾娜留在这里，你们将会安全。你们将没有敌人，你们将不用为孩子担心，没有狐狸，没有水獭，没有狼会袭击你们，你们永远不会挨饿……一只年轻的雄天鹅还要怎么样呢？’路易斯回道：‘安全很好，但我要自由。天空是我的起居室，森林是我的客厅，寂静的湖是我的浴缸。我不能一辈子留在栅栏里，塞蕾娜也不能——它不是生来就那样生活的。’”

琥珀笑了，隐隐露出洁白的牙齿：“路易斯好样的，管理员想剪掉它爱人塞蕾娜的翅膀，它总是挡在前面说‘只要我在这里，没有人能剪我爱人的翅膀。’”

“我会在这里，睡吧！”盛骅合上书。

“帮我把灯关掉，好吗？”琥珀略微抬了下眼皮，看了他一眼，又继续看着虚空。

盛骅探身过去把台灯关了，又坐了回来。没有了灯光，人的听力立刻变得很敏锐，他听到琥珀的呼吸有点紊乱，手指在沙发上划来划去。过了一会儿，她坐起来，把抱枕抱在怀里，担忧道：“兰草还在公寓里，好几天没浇水，不知道会不会干死？”

“它没那么娇弱。”

“还有莫扎特的唱片。”也是他送的，可惜公寓里没有唱片机，她只能珍惜地放在抽屉里，偶尔拿出来看看封面。

“它应该不会突然长出脚，自己跑掉。”

琥珀停顿了下，呼吸一重，似乎在积蓄勇气，然后她轻声道：“我也给你讲个故事吧，真实的。”

盛骅轻轻叹了口气。

“我和希伯一开始并不认识。他是拉大提琴的，他的琴技远不及他的长相，他很英俊，英俊中带着一点邪魅。他还是个模特，时不时地出去走秀。在苛刻的西方古典音乐圈，像他这样不务正业是不被接受的。但是他的乐迷还是很多，大部分是女乐迷，他也能接到一些演出邀请。他喜欢猫，阿峦也喜欢猫，有一次他在剧院演出，阿峦给他做钢伴，两个人便认识了。因为都喜欢猫，两个人的共同语言很多，然后约了吃饭、散步，一起去公园喂流浪猫，他带她回家看他养的花斑猫。后来，他们就相爱了。阿峦告诉我，他总是亲昵地叫她东方美人。阿峦和我是朋友，我和他自然也熟悉了。”

琥珀突然笑了起来，像是觉得很讽刺：“不知道为什么，在阿峦眼中他所谓的迷人、体贴、浪漫、优雅、高贵，很多很多的优点，我统统看不出来，我只觉得他不太像个法国男人。法国男人都很绅士的，我们三人出去吃饭，要么阿峦买单，要么我买单，他都安之若素。我想可能他是被他的女乐迷们宠坏了，他还一直向我打听别的演奏家的隐私，问我要不要考虑下和他组个二重奏。阿峦对他太崇拜，认为这是个好建议，说我给人的感觉太高冷，二重奏可以增加我的亲和力。我实在欣赏不来他的个性，但他是阿峦的男友，我便什么也没有说。我那时已经有了演出恐惧症，情况越来越严重，我不想让别人察觉，和阿峦其实也不大见面。阿峦爱他爱得很深，也很吃力，患得患失的，有时候电话打过去他不接，阿峦就像天要塌了。她总是问我，‘你说希伯为什么会爱我，我知道我的长相很一般。’我安慰她，‘你有属于你的个性美。’

最恐怖的一次，希伯在外地演出，阿峦给他打了一夜的电话，他都没有接。阿峦打电话给我，说等到天亮，他再不回电话，她就自杀。我吓得连忙给希伯打电话，没想到一打就通。他说喝多了，没听到电话声。阿峦没有自杀，可是……”琥珀喉咙里像被什么堵住了，她不禁干呕起来。

盛骅抱着她，轻拍着她的背，她好受了一点，他起身去外面给她倒了杯水。

“明天再说吧！”

“我没事，就是……恶心。”她喝了两口水，继续说道，“可是她觉得希伯在意我比在意她多。她说‘如果我是个男人，我也会选择你的，你太优秀，还比我年轻。’她和我说这话的时候，死死地盯着我，像是想从我的脸上找出蛛丝马迹。我问她，‘是不相信我还是不相信希伯？’她说她不相信自己。我很无力，不知道怎么帮她，只能尽量不出现在她和希伯面前。希伯给我打过几次电话，我都是让米娅接的。哦，米娅是我的生活助理。她以前说你是韩国人，一定整过容，不然不可能长得那么帅。”

“看来我的琴技也不及我的长相，不然她关注的重点该是我的演奏如何如何。”盛骅说得一本正经。

琥珀笑了：“不是的，是因为你弹得太好，才让她好奇你长什么样。”

“不是安慰我？”

“你那么强大，需要安慰吗？”

两个人一起笑了起来，刚刚令人窒息的气氛也轻松了一点。琥珀动了动，把头搁在盛骅的肩上。

“我连续取消了几场演出，理由很应付，乐迷们再也容忍不了，每天都有人在网上骂我，骂得很恶毒。阿峦找了过来，哭着对我说，

‘你真不把我当朋友吗，我知道你一定是有原因的，你不想说就不说，至少让我陪陪你！’她过几天就来看我，拉我出去看电影、逛街，还陪我一起去乡下的别墅度假。她从前张口闭口都是希伯，那段时间却只字不提希伯，我以为他俩分手了，也就没问。直到有一天，我正在准备新年音乐会，我怕坚持不下来，弦绷得紧紧的。她来我琴房看我练琴，然后我们一块儿出去吃饭，她说‘能不能帮我个忙，我最后一次想确定希伯爱不爱我。’我很想拒绝，但是看她无助的样子，我心软了，问她怎么帮，她说她和希伯约了一起去参加埃菲尔铁塔三十号午夜的庆祝新年烟火晚会，她不会过去，她会和我一起在餐厅，要我给希伯打个电话，说我喝多了，问希伯能不能来接我，如果希伯对她说实话，那就证明希伯是真爱她，如果撒谎……我不等她说完，就拒绝了。她哭着说她实在不想再疑神疑鬼了，如果他不爱她，她就彻底死心，这种日子，她过够了。我让她找别人帮忙，她说‘别人不够出众，只有你的出众才能试出希伯的真心。求你了！’她那样子好像我不答应，她就会哭死在我面前，我只能同意了。到了那天，我和她一起去了餐厅，我给希伯打电话时，她不住地抖，脸色很难看，本来就有点感冒，咳嗽得很厉害。刚挂上电话，她的手机就响了，希伯说他有个好朋友从希腊过来，他得去机场接人，烟火晚会去不了。我以为她会痛哭，谁知她很平静。我说‘你看到了你想看的，我们走吧！’她死死地拽住我说‘不走，你也不准走，我们就在这儿等他来，看他说什么。’我想甩开她的手，她死都不松。希伯来得很快，手里拿着鲜花，脸上挂着他自以为很迷人的笑容。看到阿峦在，他吃了一惊，但很快就恢复了正常。他说道，‘一直以来，是你认为我爱你，而我从来没有对你说过我爱你。我不说，你也知道，我爱的人是琥珀，我已经爱了她很久了。我对你好，不过因为你是她的朋友。’阿峦彻底崩溃了，指着我和希伯说，‘你们这样卑鄙无耻玩弄别人感情的人，是会下地狱的。’说完她疯了一样跑了出去，我怎么也追不上。当天晚上，不知道她是故意还是疏忽，吃了好几颗感冒药，上床前又喝了很多酒，就再也没有醒来。我得知这个消息时，正准备上台……”

然后她不仅每次登台前会恐惧，晚上还会做噩梦，不久，她就再也拉不了琴了。

一个鲜活的生命就这么没了，虽然不是她杀死的，她却无法当作和她没有关系。她一定在想，要是坚定地拒绝阿峦，不同意陪她玩试探真心的游戏，阿峦就不会死。她很自责，所以当阿亦殴打、谩骂她时，她就站在那儿，默默承受着，她觉得她有错。她是不是也对她和阿峦的友谊产生了怀疑呢？友谊是建立在相互尊重、相互信任的基础上的。阿峦尊重她吗？信任她吗？不，阿峦到最后，都在怀疑她。她的优秀让阿峦喘不过气来，她已经尽力去维持这段友谊，可是阿峦觉得还不够。她不是没有感觉，所以她对他说，她不相信爱情，也不相信友情。

自责、怀疑、对死亡的惊恐，再加上严重的演出恐惧症、音乐上的瓶颈，几重重压，雪上加霜，把她彻底逼进了万劫不复的黑暗之中。

这就是那把钥匙，那把锁住她与音乐之间那扇门的钥匙，原来是被她自己藏起来了。这是她对自己的惩罚。

这其实是个庸常的故事，庸常到在生活中反复出现。

盛骅毫不客气地说：“她自作自受，虽然说爱情会让人低到尘埃中，她却是自卑到了骨子里，都疯魔了，又碰巧遇上了希伯那样一个渣男，这就注定了她的悲剧。”她悲剧就悲剧了，还把琥珀拉来垫背。所谓可怜之人必有可恨之处，说的就是她这样的人。

琥珀有没有错？有，她错在太单纯，不知人性的丑陋，错在太珍惜友情，给了别人伤害自己的机会。可是他怎么忍心怪罪她，她那时才二十岁，已经是世界著名的小提琴女神，她太渴望同龄人的友谊，阿峦的出现让她欢喜不已。

最得益的人是希伯，甩掉了牛皮糖一样的阿峦，又和琥珀扯上关系。别人会说他用情不专，可是情非得已，这有什么错？但要说多光彩，也不见得，毕竟阿峦死了。他也是公众人物，口碑当然也会受影响，这是他当时选择缄默不言的原因吧！那为什么过去那么久，他又跳出来爆料？他痛哭流涕地说这么久了，他还是无法心安，他太对不起阿峦，不该爱上琥珀。他知道琥珀是阿峦的好朋友，可是他控制不住，像飞蛾扑火般扑了上去。没烧死自己，却害阿峦失去了生命。他并没有歪曲事实，可是他用了偷梁换柱的说法，让别人把关注点放在了琥珀身上，他只是一时迷失，真凶却是琥珀，而琥珀无从辩驳。阿峦死了，谁来给琥珀证明？

希伯想置琥珀于死地？盛骅不相信。希伯有句话很真实，他对阿峦好，是因为阿峦是琥珀的朋友。可能当初和阿峦就是一场男欢女爱，当他得知阿峦认识琥珀，这才和她继续下去，想借此认识琥珀。他这样的人，自以为全世界的女人都抵挡不了他的魅力，琥珀也不会例外。他或许是为了满足男人的虚荣心，或许是看中琥珀手里的资源和人脉。模特是碗青春饭，他吃不了多久，最终还是要以音乐为生，那么琥珀在古典音乐界的地位，显然对他很有益。于是，他想方设法接近琥珀。恋爱中的女人很敏感，琥珀迟钝，阿峦却察觉到了他的心思，这才疑神疑鬼的。毋庸置疑，对于希伯来讲，永远是利益至上。他愿意出来爆料，肯定是有人许诺了他，这份许诺大到他可以不在意自己的声誉，而这个人，如书记所言，和琥珀有仇，或者说是见不得琥珀好，想看到琥珀如过街老鼠，人人喊打，想把琥珀双臂折断，再也拉不了琴，让她生不如死。

这是有多大的恨啊！

琥珀靠在盛骅的肩上睡着了。盛骅轻轻托着她的腰，将她放平，盖上薄被，把空调的温度调高了一点。然后，他在她的额头落下一个温柔的吻。

月亮已经升到中天了，那么明净，那么清冷，带着无尽的柔情。

他在她耳边悄声道："你不该这样生活的，一切都会好起来的，晚安！"

第七章 岁月的静好

第二天，琥珀是在琴声中醒来的。一时间不知道自己是在哪里，她睁开眼，定了定神，当看清了四周的一切时，才想起来自己在盛骅家。琴声是从客厅传来的，昨天没有仔细看，那儿应该有一套不亚于他们初见时坐的那辆跑车上的音响。萨拉萨蒂的《流浪者之歌》，这是个讲究的人，旋律性和技巧性都要求完美，一点不模糊，悲伤就悲伤到极点，欢快就蓬蓬勃勃，听得琥珀的脚心都痒痒的，忍不住跟着节奏打起节拍来。

“醒了就起床吧！”盛骅在房门上敲了两下，人却没有进来。

琥珀从床上一跃而起。

太阳，是几亿年前的太阳，树，是生长了百年的大树，空气，还是带着花香的空气，院落，还是四四方方，一切好像没有变化，可是感觉却不一样了。

盛骅正在摆早餐，他已经换了上班的装束。去了日本十天，很多事都积压着，还有几节课要补上，他当然要去华音的。盛骅把牛奶、鸡蛋、三明治，还有水果，一样样地端上来。鸡蛋是煎的，形状挺规整，三明治是全素，每一层的馅料比例、搭配以及颜色都刚刚好，光看就让人很有食欲。像是感觉到琥珀讶异的注视，盛骅说道："不是买的，我做的。"他把一杯牛奶放在琥珀面前，"这里面我给你加了特制秘方，喝下去，一天都元气满满。"

琥珀端起牛奶喝了一口，果然放了盐粒，她抿嘴笑道："这个秘方是不是家喻户晓？"

盛骅把嘴里的鸡蛋咽下去，说道："应该不超过两家。"

琥珀竖起三根手指："光我知道的就有三个，一个是我六岁时认识的小哥哥，一个是许维哲，还有一个就是你，你们的说法都一模一样。"

盛骅微微一怔，他低头又叉起一块鸡蛋："许维哲的长相是随他父亲还是母亲？"

"他的父亲在他出生前就去世了，他是遗腹子。他的母亲身材娇小，很漂亮，漂亮得有点凌厉，许维哲哪方面都不随她，可能随他父亲。"

盛骅点点头，继续吃早餐。吃完，他就出门了。他没有叮嘱琥珀要做什么，或者不要做什么，一点也不担心把琥珀丢在这么大的院落里会有什么问题。看到漆红的大门被盛骅拉上，琥珀很想叫住他，希望他能带她一块儿走。她在这儿是没有一点做客的感觉，很放松，很舒服，可是看到他离开，突然就生出一丝慌张来，就像一个没怎么出过门的孩子，在街上和家人一下子走散了。

原来，所谓的放松、舒服，都是因为他在，和这座素朴的庭院没有关系。

琥珀又回到了琴房，把琴拿出来，拉了首《流浪者之歌》，精神萎靡，提不起劲来，拉了两小部分，很不满意，便停下了。她走到书桌前，找出空白的五线谱，准备把《流浪者之歌》默一遍。

演奏家在台上独奏，很多人是背谱演奏，但有时过于紧张，脑子里会出现空白。默谱是她的独家记忆方法，就是有点难，除了音符时值，还要把表情符号、和声、临时升降号都要准确地记录下来。默谱，可以清楚地发现演奏上的错误，真正了解乐曲的所有细节。默一遍，就像把乐谱刻在脑子里，再也忘不掉。她被演出恐惧症困扰的那些日子，每天都会默一到两首的谱子，那样可以在演奏前减轻心理负担，也能让她集中精力。

琥珀刚把第一部分默好，便听到有人在开门。她一喜，以为盛骅回来了，跑出去一看，是做家务的阿姨。阿姨拎着一篮子菜，看到琥珀并没有露出意外的神色，也没像查户口似的问这问那，朝琥珀一笑，便去干活了。琥珀刚好有点闷了，便站在游廊上看着她干活。活并不多，无非是把窗户开了透透气，家具上面的浮尘擦擦干净，院子里的花花草草浇浇水。琥珀看到阿姨把两盆茉莉挪了下位置，问为什么，阿姨说茉莉喜阴，适当给予散光就可以了，不能让阳光暴晒。

“你没发现太阳的位置变了吗？”阿姨笑了笑，蹲下来拔草。雨水多，阳光又充足，铺院子的青砖间前几日才拔干净的草又冒了出来。

琥珀发现阿姨没进盛骅的卧室和琴房打扫。“那两个房间都是盛教授亲自打扫，他的手稿到处放，我怕给他弄乱了。”

门外突然一阵喧哗，还有按镜头的咔嚓声。阿姨看琥珀紧张的样子，忙安慰道：“都是些游客，烦死了，每天好几拨呢，什么都拍，墙上的爬山虎都能让他们一惊一乍。”

琥珀扶着游廊上的柱子，徐徐吐出一口气。

阿姨不知打哪儿找出一把竹椅，擦洗干净放在游廊上，对她说：“下午的时候，你坐在这儿吹吹风，看看书，比待在屋子里吹空调还舒服。”

琥珀摸摸竹椅，大概是年代有些久了，竹子都发红了，坐上去，像躺在竹席上一样，很凉爽。

“盛骅是不是经常坐在这儿？”

阿姨笑道：“他忙，哪有这闲工夫。以前，每天晚上还回来住，这几个月一周也只回来个三次。”

琥珀摘下一朵茉莉花，鼻子凑过去闻了闻：“那他经常带朋友过来吗？”

“我在他家做了两年了，除了上次他的老师，就是你了。你是他的女朋友？”阿姨还是忍不住问了她从一进来就想问的问题。

“啊，不是，我、我是他学生。”琥珀的脸“唰”地就红了，心里面小心翼翼包裹着的一个小秘密，像被谁用针戳了个洞。

阿姨呵呵笑，显然不相信。她给琥珀做好午饭，泡了一壶大麦茶便走了。

下午三点后，琥珀看外面的太阳没那么烈了，拿了本书，去竹椅上躺着吹风。外面的游人换了新一拨，讲话的口音和徐教授有点像，不知谁学着电视剧里的赶路人扬声喊道：“里面有人吗，能不能给口水喝？”

琥珀用唇语回了声“不给”，低头打开书。出来得有点早了，外面还是很热，也许是心静自然凉，不一会儿，她就如同坐在图书馆里，把一切屏蔽在外，整个人浸入了书中。

书是她在图书馆借的，讲的是小提琴在中国的发展史，她已经看过一遍，这是第二遍。小提琴初次传入中国是在一百多年前，演奏的都是欧洲传统小提琴曲。一百多年过去了，中国也有了许多自己的小提琴作品。作曲家独创了新颖的滑音、装饰音等演奏手法，时常把重音放在装饰音上，而不是放在被装饰的主音上。重音的改变，营造出多种情趣，听起来与中国的传统音乐很接近。琥珀想，这样的演奏手法，如果用来改编一些西方的传统小提琴曲，会是什么样呢？音乐和语言不同，语言有国界，音乐真的是海纳百川，无论什么样的元素，它都能如同海绵一样吸收、融合。

琥珀在笔记本上写着自己的心得，不知从哪儿飘过来一朵乌云，紧跟着就下起了一场急雨，雨水从屋檐上滴落下来，像珠子一样连成了一串。前后不过十分钟，雨就停了，太阳又把脸露出来了，天空比雨前还要明亮。傍晚时分，西方的天空罩上了一层绚丽的云彩，一会儿金灿灿，一会儿半紫半黄，景象蔚为壮观。琥珀依稀记得六岁那年，出现火星冲日的那个傍晚，西方好像也是这么一幅壮美的景色。她用手指指着天空，说这朵云像小兔，那朵云像小狗。小哥哥抓着她的手指头，说，不能指，一指云就变了。真的哎，那朵像小兔的云，它的大耳朵不见了，多了两个短角，像“咩咩”叫的山羊。

同样在华城，同样因为不得已的原因被困在一个陌生的地方，同样感到惊惶不安。六岁时，她有小哥哥陪着，现在，她有盛骅陪着，真的不能再去埋怨命运的不公了！

这个晚上的月亮很大很圆，还是红色的，她把盛骅叫出来看，盛骅很是不解地问她：“你不知道？”

“知道什么？”

“今天晚上火星、太阳、地球，三星成一线，刚好又碰上月全食，是十五年才会出现的一次奇异天象。哦，就是你说的火星冲日，网上半个多月前就开始炒了。”

“你怎么到现在才说？”琥珀急得直跺脚。

盛骅不明白她干吗这样激动：“早点说，难道你还准备提前三日吃素，然后沐浴更衣，焚香拜月？”

“不知道你在说什么。”琥珀仰起头，好像在用眼睛在几连拍似的，她情不自禁地双手合十，闭上眼睛。

盛骅看她的眼神，就像在看一个神经病：“又在祈祷能和你的小哥哥重逢？”

琥珀睁开眼睛，一时间有些恍惚，好像时光倒流，盛骅的脸和小哥哥重叠了。她知道，这是个错得不能再错的错觉，盛骅不可能是小哥哥，她和小哥哥也不会在这个小院重逢。不过，时隔十五年再见的火星冲日，让她觉得好像冥冥之中有什么被注定了。

是什么呢？她静静地注视着夜空里巨大的红月。

也没什么事发生，日子一如平常。盛骅把他在华音公寓里的乐谱和唱片分了几天都搬回来了，还好琴房够大，不然真放不下。

“那边的公寓要退了吗？”琥珀想着自己也有一套公寓在那儿呢！

“不退，先空着。”盛骅没提琥珀的公寓，想必暂时还是属于她的。

有一天，盛骅把琥珀心心念念的兰草和莫扎特的唱片也带了回来。兰草果然很坚强，叶片依然翠绿。琴房里就有唱片机，那天下午，琥珀一直在听莫扎特。眉眼弯弯的，许久都没那么开心了。

盛骅还带回了两个消息，一个是和秦笠联系上了，人在兰州。盛骅打开地图，指给琥珀看兰州在哪里。琥珀用手拃了下华城到兰州的距离，惊声道：“这么远？”盛骅点头：“中国大着呢！”秦笠在一个艺术培训班找了个零工，把食宿解决了，周末的时候，还能坐车去敦煌看看。他心情很平和，说开学就回华城。还有一个消息是沙楠的，他真的去韩国了。

“他能在那边待满两个月，算他有本事。”盛骅真不是瞧不起沙楠，“他太老了，韩国的练习生一般是从十几岁就开始训练，他多大年纪？人家的训练量很大的，他能吃得了那个苦吗？失个恋都哭好几回了。”

琥珀很不厚道地附和了两句，跑去厨房看阿姨做韭菜合子。家里多了个人吃饭，阿姨做饭也有热情，在完成午饭的工作后，还会再加一道点心。韭菜合子好吃，就是味重，阿姨是头一回做，特意为琥珀做的。

盛骅的饮食一贯清淡，特别是晚餐。双色糕又去买过一次，他让琥珀和他一块儿去。琥珀摇摇头，阿亦打上门那天，外教楼下都是人，那些投向她的眼光，她一想到就不寒而栗。盛骅不由分说拖着她就出门了。外面的游客早走了，路上也没遇到什么人，倒是糕店外面排着的长队把琥珀吓了一跳。卖糕的是个爽朗的妹子，和每个人都能搭上话。看到盛骅，眼睛倏地一亮：“盛教授，今天又是你亲自过来啊！我们店里新出了一款红糖糕，要不要买几块尝尝？”

“不用了，就一盒双色糕。”盛骅就像没看到她脸上明媚的笑，没什么表情地回道。

妹子还是送了一块红糖糕，让盛骅试吃下，说不定就喜欢上了呢！她的目光微微朝琥珀一瞟，琥珀把脸别向一边，抬起手臂，钩住盛骅。盛骅看了她一眼，眼里都是揶揄。

两个人捧着糕慢悠悠地回家，盛骅说：“看，我们的敌人并没有我们想象中多，世界还是很和平的。”

琥珀没有作声，晚饭后盛骅喊她去附近的公园散步，她答应了。

华音那边暑假正式开始了，盛骅不需要天天过去，但隔个一两天还是会过去一趟。有天还接受了个电视台采访，不是什么地方台，而是国家台，是关于在东京钢琴赛的访谈。访谈之后，上门请盛骅指点的人就更多了，还有各种综艺节目，以及一些大型活动的邀请。这些邀请，盛骅只接受了一个亚洲音乐盛典，其他都拒绝了。亚洲音乐盛典是对全亚洲在音乐事业上做出杰出贡献的音乐人进行评选并颁奖的大型晚会，两年举行一次，影响力很大，上一次在韩国首尔，这一次在华城。时间和许维哲的音乐会是同一天，也是七夕节。

“你会拿奖吗？”琥珀看着请帖，设计很有中国风。

盛骅回道：“他们口号喊得大，其实音乐面很狭窄，一般和古典音乐没有任何关系。”

“那你是去演出？”

盛骅点了下头。

琥珀不知道盛骅是怎么想的，她觉得盛骅在那种场合演出，像明珠暗投。人山人海的，谁会静心听啊！但盛骅决定了，她便尊重他。

盛骅对待这件事态度并不积极，也不见他练琴，不出门，就泡在琴房里，乐谱摊了满书桌，他一会儿在钢琴上弹一下，一会儿在空白五线谱上写谱，不时还让琥珀把曲子的主旋律部分用小提琴拉出来。他闭着眼睛听一会儿，便在钢琴上弹起和弦，和琥珀合奏一下，然后在刚才的五线谱上修修改改。琥珀渐渐感觉出来了，他在给小提琴、钢琴二重奏的一些乐谱重新编曲。她悄悄地看他，红杉林解散了，难道他准备重新成立一个小提琴、钢琴二重奏乐队？小提琴是沙楠吧，钢琴是谁呢？

小提琴、钢琴二重奏有不少经典曲目，像《爱的致意》《卡农》，巴赫的《爱的协奏曲》，舒曼的《梦幻曲》等等，盛骅好像不想走寻常路，他正在编曲的是德彪西的《月光》。这首曲子有二重奏演奏过，只是反响不及那些经典曲目。如果琥珀来演奏的话，她也不会选择这首曲了，因为这首曲了，德彪西本来就是为钢琴而作的。可是经过盛骅改编之后，琥珀发现小提琴的《月光》原来也可以这样美。她越拉越欢喜，不厌其烦地跟着盛骅一遍遍地拉。

这首曲子，两个人磨合了三天，盛骅终于满意了。最后一遍，两个人从头到尾地来了一遍，速度徐缓，月色清幽，一阵阵清风，轻轻摇动着树枝，洒在上面的月光也跟着晃晃悠悠，整个意境有种超乎语言所能形容的壮美和神秘。

第二天，盛骅出门前给琥珀布置了个任务，让她试着把经典英文情歌《此情可待》改编成小提琴、钢琴的二重奏。

“网上应该能找到合奏乐谱，但是你不可以照抄，要自己一点点地磨，就像你默谱那样，自己改编才会挖掘到意想不到的东西，才能找到最适合自己的感觉。”

琥珀想说“我又不用二重奏，找什么感觉啊”，盛骅一眼看穿了她的心思，气道：“人家萨拉萨蒂的《流浪者之歌》是他写给自己演奏的，可是里面的管弦乐伴奏部分，同样是他亲自编配，你说伴奏关他什么事？”

琥珀撇撇嘴，乖乖地磨去了。

盛骅傍晚回家，阿姨告诉他：“我来的时候，姑娘在拉琴，走的时候，她还在拉，午觉都不睡的。”

结果，琥珀还是在盛骅的帮助下把《此情可待》的二重奏磨出来的，论功行赏，她勉强算一半。

这是琥珀第一次给曲子编配，很有成就感：“我觉得我这一版最好听。”

盛骅无情道：“那是因为人家歌曲本身就好听。”

琥珀身子一扭，不想理他了。笑意在盛骅的嘴角晕染开来，这几个月来，琥珀这里学点，那里学点，看似毫无体系，但她吸收得却很有章法。在改编曲子时，自然而然就把所学的用上了，就这样一首一首地改编，慢慢地，不管是独奏还是和乐团合奏，她对于曲子的诠释，就会习惯重新感悟，这样瓶颈终会突破的，希望如此，希望能快点！

厨房里，琥珀不知问了个什么蠢问题，逗得阿姨笑得都岔了气。

华音里今天其实还有件事，盛骅不愿破坏琥珀的心情就没说。阿亦的父母今天找到华音，要华音给个说法。书记脸一板：“阿峦出意外时，早已从华音毕业，这个说法从何谈起？”阿亦的妈妈指着书记的鼻子叫道：“琥珀现在华音进修，你们就有推卸不了的责任！”书记是做思想工作的，很有耐心，可这一刻也有了拍案骂人的冲动。他没有多说，一针见血地问：“现在先不谈这件事的真实度，我问你们，阿峦什么时候死的？琥珀什么时候来的华音？”

阿亦爸爸这时候说话了：“时间是不同，但琥珀现在华音，这是事实，我们要是把这事闹大了，华音也不会太好看。”

书记差点笑出来：“你想威胁华音？”

阿亦爸爸摇摇头：“我们没有那么大的能力。我们已经失去了一个阿峦，阿亦现在是我们唯一的希望。我们想把阿亦送去英国皇家音乐学院做公费交换生。”

这的确不是威胁，是交换。书记看着眼前的夫妻俩心里直叹，真是人才啊，难为他们想得出。他没想恐吓他们，就是讲得稍微夸张了点：“阿亦因为涉嫌殴打外国留学生，琥珀现在不想追究，但如果事情闹得越来越大，就由不得琥珀了，那么阿亦有可能会被起诉。那时就不是能不能出国交换了，怕是都不能顺利从华音毕业。”

阿亦的父母一听，立刻做出可怜巴巴状，让书记念在他们家阿峦死得那么可怜，就原谅他们吧！

书记对盛骅说：“我觉得他们不值得原谅。他们哪里是爱阿峦，分明是把阿峦的死当作索取利益的把柄。可是，又能拿他们怎么样呢？”

阿姨的韭菜合子很香，琥珀吃了两个。饭后刷了两遍牙，还觉得嘴里有股味。盛骅和她说话，她都不好意思正对着他的脸。

两个人都没有睡，一个坐在书桌前，一个歪在沙发上，一起看了部老电影。

过了两天，房楷送来两张票，邀请两人去大剧院看音乐剧——英文版的《乱世佳人》的首演。在此之前，琥珀看过法文版，盛骅说他看过韩文版，而这次的英文版竟然是由中国团队打造的。可能是因为这样的大胆尝试，首演这天，很多人的脸上都带着一丝质疑和期待。

演出效果没有让大家失望，特别是扮演斯嘉丽的那位女演员，不仅唱得好，而且扮相上几乎是费雯·丽的神还原。琥珀听到有人说这部剧会成为一部“立得住、走得开、留得下”的舞台剧精品。

盛骅也听到了，嘴角微微翘起，小声和琥珀说道：“和百老汇的舞台剧比，还是有点差距的，不过，我觉得很惊喜。因为它的感染力很大，让人想买票来剧场观看。看到没，我们中国的音乐也在向世界靠拢。这是音乐剧的开始，日后，我们的室内乐也会迈开大步走向世界。”他像是心情特别好，激动得连别人向他打了两声招呼都没注意到，还是琥珀小声提醒了他。他忙走上前，和人家握手寒暄。琥珀微笑着站在一边等他，不时有观众从她面前逐级而下，都在兴奋地谈论着今晚的音乐剧。

“琥珀？”已经下了两级台阶的虞亚蓦地转身，脸上挂着不敢相信的神情，“你怎么在这儿？”她脱口问完，发现自己说漏了一个字，完整的问话应该是“你怎么敢在这儿”。一个声名狼藉、没有廉耻底线的小三，堂而皇之地出现在这样一个爱乐人士聚集的场所，来看这么高雅的一部剧，她是心脏强大，还是认为阿峦那件事不过是小事，她可以毫不在意？虞亚的眼中闪烁着愤懑的光。

“看剧。”琥珀淡淡地回了她两个字，一身拒人于千里之外的疏离。

虞亚沉着脸走到她面前：“很有闲情逸致嘛，哦，我想可能是中国距离法国太远了，有些消息不太及时。你知道西方古典音乐协会对你的所作所为做出了什么决定吗？将你永远驱逐出古典音乐界，你再也登不了台，拉不了你的琴了。”

“你的消息倒是很灵通，谢谢你对我的关心！”琥珀倨傲地抬了抬下巴，直直地注视着她。

虞亚笑得很得意：“我的消息可不是一点灵通，我还知道其实你很久之前就拉不了琴了，你看过心理医生，还看过精神科医生，你病得可不轻，所以被驱逐，你也无所谓了。用我们中国话讲，烂泥反正扶不上墙，那就继续烂下去呗！”

琥珀瞪大了眼睛，随即，脸上浮现出难以置信的震愕，这一神情取悦了虞亚，她越发地开怀：“如果我是你，我会找一个偏僻的小镇，在那儿老死，而不是跑出来丢人现……”

“可惜没有如果，你永远成不了她。”盛骅漠然地越过虞亚，把她未出口的“眼”字塞了回去。

“盛教授，你可不要误人子弟。”虞亚讥诮地看着盛骅轻揽住琥珀的腰，“不要怪我没提醒你，黑就是黑，白就是白，一时的怜悯说不定会毁了你一世的英名。”

“这和你有什么关系？你提醒我，你是我的谁？”盛骅做了个疑惑不解的表情。

虞亚脸上的神情顿时精彩得无法形容，她张口结舌了半天，什么也没说出来，一扭头，丢下一句“我会等着好戏上演”就跑了。

琥珀震愕的目光落在盛骅脸上，她朝他伸出手，他及时地握住，说道：“我们走吧！”

“我的演出恐惧症……”网上热炒的是她和希伯、阿峦之间的三角恋绯闻，并没有提到演出恐惧症。这件事她没对阿峦提过，只有怀特先生和米娅知道，后来她向盛骅坦承过，还有怀特先生告知了许维哲……

虞亚从哪里得知，不言而喻。虞亚知道，就代表着全世界都会知道。对于正热炒的绯闻，这个消息已经算不了什么，就是……心里面灰暗而又苦涩，还有说不出口的难受。

“你现在有演出恐惧症吗？你拉不了琴？”盛骅带着笑意问道。

她不太明白他的意思，但她诚实地摇了摇头。

“欲戴王冠，必承其重。欲握玫瑰，必承其伤。我知道你是什么样，其他的有什么好在意的。”

这话说得好像他是她的天，是她的光。真是自大、张狂、不自量力，可是琥珀灰暗而又苦涩的心却为之豁然开朗。她靠向他，感知到他在摩挲着她的掌心，她没有怦然心动，而是感觉到整个人一下子就宁静如月。

有月的夜晚，往往代表着明天是个好天气。

第二天真的天气晴好，不仅阳光好，还刮起了小北风，带点微凉，很是舒适。阿姨翻看日历，感叹刚放假，怎么一晃一个月就过去了，都八月了。她说在中国的最北端，进了八月就入秋，晚上冷得要穿大衣，有时候还会下雪，这风怕是跟着雪过来的。风是不是跟着雪过来的不确定，倒是树叶跟着风落了一院子，留在树上的叶子越发显得硕大，茉莉花又开了一茬。

盛骅的目光透过浓密的树荫，他看着蔚蓝的天空对琥珀说道：“这样的好天气应该庆祝下，晚上我们出去吃饭吧！”说完，他就跑去厨房，让阿姨不要准备晚餐。

琥珀深吸了一口清凉的空气，是呦，好像很久没出去吃饭了，上一次在外面吃饭，还是和许维哲一起呢！她垂下眼帘，欠身摘去茉莉下面的几片黄叶，无声地叹了一口气。

吃饭的餐馆是琥珀听过多次却没去过的2003。

“还记得我吗，小美女？”一个身着上下两件套宽松僧装的青年男子朝琥珀露出一口雪白的牙齿。琥珀细细地打量了下，认出他是文医生的儿子，好像叫文杰。

“你好！”

文杰得意地朝盛骅抛了个媚眼：“所有见过我的人，一眼便是一生。”

盛骅嫌弃地瞅瞅他僧服都遮不住的大肚子：“是不是和你媳妇又抢食了，瞧你这肚子，又大了一圈。”

文杰连忙吸气，反驳道：“你什么眼神，我都瘦了几斤了。”

盛骅淡淡地睨过去一眼：“瘦是你的梦想，不错，请继续保持。”

“你从小到大都是一个讨厌的人。”文杰不悦地回了个白眼，对琥珀说道，“咱们不要理他，能离他多远就离多远。”

琥珀抿嘴轻笑，跟着文杰走进餐馆。

2003与其说是餐馆，不如说是个盛放回忆的纪念馆。装饰有点像旧式的茶楼，墙壁上挂满照片，角落里放着一摞发黄的报纸和边都磨得发毛的碟片，中间有几根红色的柱子，围绕着柱子，是一张张四方桌和条凳。那些照片都是2003年的留影，有空无一人的公交车、徐徐进港的只有机组人员的飞机、戴着口罩的医护人员、大门紧锁的学校、站在街边惊惶不安的清洁人员、医院里无助痛哭的父母……那些报纸、碟片也是2003年的，报纸里，无论是文字还是数据，都让人触目惊心。尽管很多碟片里的音乐和电影在今天都成了经典，但是不可否认，2003年对华城人来说，是满目疮痍的一年。

“那一年，华城有很多家庭都失去了亲人，很多人许久都走不出去，后来，文医生建议大家一起投资开了这家餐馆，不为营利，只是方便大家聚在一起，相互疗伤，抱团取暖！”盛骅拉开条凳，和琥珀一起坐下。

“他们应该被治愈了吧！”琥珀环顾四周，看到最里面的桌子上坐着四个老人，有一个在拉手风琴，其他三个在跟着哼唱，那是一首俄罗斯歌曲《莫斯科郊外的晚上》。

盛骅微微一笑：“我觉得效果很不错，甚至出乎意料。这儿现在是华城特色餐馆之一，外地很多在那年受过创伤的人都慕名而来，有些心情压抑的人也爱到这儿坐一坐。今天人算少的，平时一座难求，还不接受预订，有没有座纯靠运气。”

“那我们今天运气很好！”琥珀看到其他桌子上的客人也向里面围了过去，有人把桌椅搬开，挪出块空地，有几个跟着音乐跳起了交际舞。看着这样的场景，没有人会不觉得愉快吧，好像那些沉重的忧伤都跟着音乐、舞步释放了出来。

身后传来文杰“嘿嘿”两声干笑，一摞手写的菜单“啪”地扔在了桌子上。

“别忽悠人家小美女，盛大教授您可是咱们2003最大的股东，扯什么运气啊，你什么时候来没座了？”

“你也投资了？”琥珀很是惊讶，2003年，盛骅才多大啊，他那时不是在汉诺威吗?

盛骅拿起笔，在菜单上勾了几道菜，轻描淡写道：“我家在这片区域有一套公寓，后来拆迁赔偿了一个门面，就是这个2003。他们给我租金的。”

文杰张嘴欲说点什么，在盛骅凌厉的一瞥后，他撇撇嘴，把话题引向了菜单。

2003的菜品偏家常，还很杂，似乎无论你是南方人还是北方人，在这里总能找到一两道熟悉的家常菜。

文杰笑嘻嘻道：“我们就是要让每一个客人宾至如归。”

盛骅今天点了几道淮扬菜，都是这个时节的江湖河鲜，口味平和，清新且略带甜美。琥珀看了图片，品相也细致精美，她欢喜道："好像很好吃的样子。"

盛骅把菜单递给文杰。

文杰一转身就嘀咕上了："真是活久见呀，我以为你这辈子都是被别人巴结呢，想不到有一天你也会小心翼翼讨好别人。"

大厅里的气氛越来越欢快了，手风琴已经从《莫斯科郊外的晚上》转换到《红莓花儿开》，跳舞的人也多了起来。可惜男多女少，有几个头发灰白的老者在一边跃跃欲试，其中有一个看到了朝这边张望的琥珀，忙走过去，风度翩翩地一鞠躬："小姐，我可以请你跳个舞吗？"

琥珀下意识地看向盛骅，盛骅鼓励地眨了下眼睛："去吧！"

琥珀起身，优雅地把手伸向老者。老者其实不太会跳舞，不时就踩到琥珀的脚。每踩一下，两个人都停下来大笑一通。

这么快乐的琥珀，盛骅还是第一次看到，不知为何，他的心酸酸胀胀的。看了一会儿，他起身朝隔壁的桌子走去。正夹着一块酸菜鱼的刘队抬了抬眼，问道："你要不要先垫点？"

"不了，我那边也快了。"盛骅在他身边的位置坐下。刘队面前摆着一盘酸菜鱼，一个榨菜肉丝汤，还有一碗白饭。

刘队边说边塞进去一大口饭："我待会儿还有工作，吃完就走。"

"还是没有进展吗？"盛骅的目光追着琥珀舞动的身影。

刘队把嘴里的饭咽下，苦笑道："有心栽花花不开，无心插柳柳成荫。你老师那件案子进展不大，咱们在追查药物供应商这一块，却是揪出了一个大的犯罪团伙，过几天新闻里就会有报道了。"

盛骅把视线收了回来："江老师不是一直都单着的，三十多年前，他结过一次婚，还有一个儿子。可惜这段婚姻维持的时间不长。如果我没猜错，许维哲的母亲应该就是他的前妻。”

“许维哲是他儿子？”刘队一拍额头，“我是傻了不成，这年龄不对啊！”

“江老师的儿子在三岁的时候就夭折了。”

“他们是因为这个才离的婚？”

“可能有这个原因，不是全部，但江老师却是因此而不再登台演出。”

刘队放下筷子，脸色变得严峻起来：“关于你的江老师，你还知道些什么？”

“柳向栋曾经和江老师一起留学英国，听说他也追求过江老师的前妻，但那女人选择了江老师。”

“这么狗血？”

盛骅摊开双手，不做评价。

“这些事你为什么当初只字不提？”刘队目不转睛地盯着盛骅，好像要从他脸上细微的表情中找出确切的答案。

盛骅很平静：“如果可以，我希望永远不提。江老师这一生，已经够孤单了，我不愿他死后还被人说长道短。”

“你是察觉到什么了吗？”

盛骅沉默了好一会儿，才说道：“我发现了许多巧合，你们不是说，太多的巧合就不是巧合了。”

“比如？”

比如从江老师母亲那里传下来的在牛奶中放盐粒的吃法、说法，和许维哲家竟然一致；比如许维哲和他母亲入住在凯悦，那个雨夜，应该飞去南方出差的柳向栋，车上载着一个女子，行驶的方向恰好是凯悦；比如柳向栋情不自禁流露出的对许维哲的非同寻常的偏爱；比如梅耶提起的往事；比如江老师意外之后，许维哲的替补……这一件一件拆开来，好像就是巧合，可是凑一堆，往深处分析，能惊出一身的冷汗。如果再扩展开来，琥珀的演出恐惧症、一年多前的所谓的绯闻，突然都在这时候接二连三地爆出，是不是也碰巧了？可是要说出有什么联系，真说不出来。

刘队皱着眉沉声道：“看来我们的方向又歪了。”

“但愿是我想多了，人性不会那么丑陋。”

刘队看了盛骅一眼，不置可否道：“你没别的事了吧？”

盛骅站起身：“明日之栋琴行好像在准备转手，是真的吗？”

刘队“嗯”了一声，重新拿起了筷子。盛骅朝他点了下头，走向自己的餐桌。他们的菜已经上全了，舞也停了，琥珀一张俏丽的脸红扑扑的，正着急地四下找寻他。

盛骅笑着替她理了理散乱的发丝，问道：“开心吗？”

琥珀眨着眼，点点头。

吃完饭回家，琥珀看着一路的灯火，觉得在盛骅家待着的这一段时光可能是她一生中最好的时光，也许以后也会很好，但再好，都不会比现在更好。这段时光哪怕是她的自我催眠，哪怕是个假象，哪怕很短暂，哪怕如昙花、如烟花刹那芳华，她却能真切地感觉到快乐的触手可及。如果能让这段时光延续下去，琥珀愿意付出一切。

可惜，这只是奢望，该来的终是会来的。

夜色里，一辆黑色的车静静地泊在四合院的大门前。盛骅扭头对琥珀说：“好像来客人了。”

琥珀目视着前方，绞着的双手不由得握紧。

车里的人也看到了他们，后座的车门一开，怀特先生从里面走了出来，等着白色绝影驶近，然后走过来，拉开副驾驶座的车门，以完美无瑕的礼仪对着琥珀轻轻颔首，说道：“好久不见，我的小姐。”

第八章 夏夜的开阔

浓密的海棠树叶随着夜风沙沙作响，不知是天上的星光，还是胡同口射过来的灯光，在枝叶间欢快地穿梭着，斑驳地落了点在地上。空气里浮动着茉莉的清香，墙角传来夏虫被打扰后不耐烦的轻鸣，有那么一刻，怀特先生怀疑自己真是在华城吗？这样的大都市里怎么会有这么安静的一隅？他抬眼看向琥珀，那目光带着些许的疑惑，些许的怜惜，些许的无奈，些许的纠结……“直说吧，怀特先生。”琥珀把一杯带着焦香味的大麦茶放在他面前，然后坐了下来，腰杆笔直。

对于怀特先生的到来，琥珀早已做足了准备，但当真正去面对时，还是无法接受。她好像是昨天刚来的小院，怎么过得就这么快呢？

其实怀特先生来得比她以为的时间晚了好几天。

茶很普通，杯子却非常精美，六角形，造型挺拔，线面清爽，棱角分明，质地温润，很有东方的古韵。怀特先生的目光从杯子上抬起，又看了看室内的布置，最后才把目光落在琥珀身上。他该感到欣慰，她似乎过得还不错。怀特先生深深地吸了口气，很快便恢复了一贯的冷静和理智。他没有兜圈子，没必要，也不忍。“先出来的是阿峦那件事，我想找几家媒体澄清，也找了几个乐评家出来说话，可惜要么不给我机会，要么开出天价，要么是居心叵测地想挖掘更多的细节。没过多久，演出恐惧症的事情又被爆了出来，这下子，有如火借风势，一切都失控了。代言的商家纷纷提出解约并要求赔偿，原先的演出合同全部取消，甚至有几个变态的乐迷在你的公寓前游行示威，要把你驱逐出法国。”

怀特先生的话音里带着怒意和不甘，他是典型的法国绅士，这是真的气得不行了。

“对不起，小姐，我能力有限，让你……受委屈了。”怀特先生愧疚得说不下去。

琥珀听着落叶在院子里打旋，她的心除了有点悲伤，倒是很平静。

“该说抱歉的人是我，我让先生受累了。那边的事情都处理好了吗？”

沙楠是个败家子，月初家里给的生活费，不到月中，他就花个精光。琥珀常听他在耳边念叨：唉，一夜回到解放前。她现在的状况也差不多是一夜回到了解放前吧！

怀特先生叹了口气：“是的，一处理好我就和你联系，但你的手机怎么也打不通，我只好给华音的校长办公室打电话，他们给了我盛教授的地址。”说到这儿，怀特先生朝外面看了一眼。刚刚和盛骅打过招呼，盛骅这个主人把客厅留给了他们说话，自己去了后院。夜色朦胧，但如冠的大槐树不仅遮住了所有的灯光，一并也挡住了视野。他当然知道盛骅年轻，知道盛骅很出众，他庆幸琥珀是在华音进修，如果在巴黎，会发生什么他不敢想，可是华音就真的安全吗？他不敢确定，但实在分身无术，除了向上帝祈祷也没别的办法，想不到盛骅会把琥珀护得这么周全，真是不幸中的万幸。

琥珀眉毛轻轻一挑，问道：“你特地过来一趟是有事要处理？”她不会天真地以为怀特先生是过来接她回家的。这个时候，她可以去世界上的每一个地方，就是不能回巴黎，多么好笑！

怀特先生一下子震惊了，琥珀竟然这么敏感？随即，他就觉着有些透不过气来。“我来处理腕表拍摄广告的事。”

琥珀的双眸像夏夜的星子被云遮住，光辉迅速黯淡了。

“你所有拍摄的镜头都被剪掉了，他们找了莎丽·张和许维哲合作。许维哲不同意，说他接这个广告是因为你，他提出要么你的镜头一刀不剪，要么他也退出。腕表公司急了，找我过来说服许维哲，他们可以不要求我们付赔偿金。”想当初，许维哲还是自己推荐的呢。怀特先生不由得心生唏嘘，如今，腕表公司那边却俨然处处以许维哲为重。还好，这是个有情有义的人。

琥珀十分疑惑地看着怀特先生，不知是没听明白他的话，还是不明白许维哲为什么要这样做：“你见过许维哲了？”

“没有，我给他打了通电话，他很坚持。他联系不上你，非常担心，他说他想和你见个面。”

客厅里稍显温柔的光线里，琥珀静坐的身影淡远得像幅画似的。她突然问了句很不合时宜的话：“赔偿金额很大吗？”

怀特先生承受不住了，他宁可琥珀发火、埋怨、骄横、任性，而不要像这般懂事，强逼着自己去学会妥协。

“这些都有条文规定的，大不到哪里去。”赔偿金额是代言费的百分之一，代言费高，赔偿金额自然就高。腕表公司为了表达诚意，这次续签在原先的基础上还上浮了百分之二十，这样的话，赔偿金额自然跟着水涨船高。不过，怀特先生不想让琥珀知道这些。

琥珀笑了："那你去见下许维哲吧，替我谢谢他的关心，并带给他一句话，许维哲这三个字不只是他的名字，在他做出决定时，请征求一下他母亲和经纪人的意见。如果他还不明白，你就说我就是现成的例子，看上去像是只有我登不了台，可是你和米娅，还有那些演出商、唱片商，多少人受到了牵连。当我们站在舞台的灯光下，我们就已经不属于自己。"

"你可以当面和他说。"怀特先生委婉地提醒道。他们是好朋友，有些话他说不合适。

"不了，我准备离开华城了。"华音待不下去了，她还能以什么借口留下呢？当阿亦打她时，她没走，现在想想，大概是想再见下盛骅，想和他共度一段安然静好的时光，就像给自己圆梦一样，或是对自己最后的怜惜和抚慰。命运已然这么残酷，人总得对自己好点吧！如果可以，她也想举起手臂，喊几句坚强不屈的口号。但口号终归是口号，人得务实。别人也许有卷土重来、东山再起的机会，可她是没有的。阿峦的事情和演出恐惧症，于她是灭顶的灾难。再没有钢琴家愿意给她伴奏，再没有音乐厅邀请她去演出，再没有唱片公司给她出唱片，再没有乐团与她合作，她的口号喊给谁听，她的坚强又给谁看？

怀特先生心中一惊："小姐想去哪里？"

"想去的地方很多，我得列个清单，好好地排下顺序。"她像是很认真地在考虑这件事。

怀特先生等了一会儿，见她仍不出声，再也坐不住了，转身走了出去。院子里，草木气息比屋子里浓郁，也更幽静。怀特先生久久站立着，他仿佛看到一朵花在阳光下俏丽地绽放，却即将在夜晚孤零零地凋零。他很想留住她的芳华，却无能为力。

琥珀举起双手，相比较同龄人，她的手真的偏小。因为偏小，不能弹钢琴，她还哭了好几次。她是退而求其次学小提琴的。学习小提琴的初期，不像学习钢琴那样，往琴凳上一坐，“叮叮咚咚”乱弹一气都觉着好听。刚开始拉小提琴，像锯木头一样，听得人生都变灰暗了。进度很慢，还需要站立练习，半天下来，腿都不像自己的。也不知道自己是怎么熬过那段时光的。直到有一天，老师给她示范了一首《There Is No Night》，曲子以细腻的弦音刻画了开阔的景致与独特的人文气息。仿佛呼吸的每一口空气，都满溢着芬芳的气息。宁静的山野，飘荡的树叶，舒适的阳光，都在琴声的流淌中显现，好像心都融化了。她那时对音乐的认识还很浅薄，感觉到这首曲子除了小提琴也没别的乐器适合演奏了。事实上，很多年后，她还是这般坚持。从那以后，她真正喜欢上小提琴，琴技也一日千里，被别人称为神童。她开始上台演出，知名钢琴家给她做伴奏，她和世界著名乐团合作，到世界各地演出，她收到古董收藏家赠送的名琴，她有了小提琴女神的美誉……

如今这一切，都将成为过去了。

很多人都是失去方知珍贵，错过才知珍惜，不，她不是的。从六岁到现在，一开始她是因为小哥哥而去学琴，是小哥哥把她带进了音乐的大门，可是后来，她疯狂练琴的动力，是她彻底被音乐迷住了。她的每一年、每一天、每一时、每一分，如果掰开来，百分之八十的时光都是和音乐有关，可以说，音乐就是她的呼吸。当有一天，音乐从她的生命里被生生抽离，她还能自如地呼吸吗？

琥珀闭上眼睛，神色绝望而酸楚。以后，她当然可以自如地呼吸，当然可以拉琴，只是没有互动、没有灯光、没有掌声的演奏让音乐不再完整，变得寂寞、悲苦，没有意义也没有远方的生活，无望得如同死去。

怎么就把路走到这里了呢？

“琥珀！”

琥珀睁开眼睛，眼前坐着的人，不知怎么从怀特先生换成了盛骅，他好像已经坐了有一会儿，深邃的目光里映着她略白的面容。他的五官比平时平和，表情也比平时含蓄。树叶还在沙沙作响，茉莉的香气若隐若现，杯子里的茶已经凉透。

这样的场景以后也不会再有了吗?

喉咙一哽，胸口像被撕裂一般，眼泪差一点就夺眶而出，但她忍住了，弯弯眉眼，露出一抹新月般的笑容。

“不知道你有没注意过，巴黎的女孩好像从不穿长裤，一年四季，她们要么是各式各样的裙子，要么是短得不能再短的短裤。我妈妈说，就算是选购睡衣，也要选能显出她们曼妙身材的。她们只要睁开眼，就化着精致的妆容，从不让人看到她们蓬头垢面的样子。她们并不是个个都喜爱艺术，可是她们的谈吐要让人以为她们什么都懂一点。她们看起来慵懒，实际上自律、自制，永远都美得发光。”

“你想告诉我，你要成为她们中的一员吗？”盛骅的声音有点低沉。

一阵风吹进了室内，杯中的凉茶荡起丝丝涟漪。

“不知道我能不能融入进去。”琥珀自嘲地一笑，“我已经习惯随意了。”

“有的人改变是为了更好，你已经够好了，没必要改变。”

只有他这么认为吧，琥珀眼中笑出了泪花。以前总觉得他很严苛，对她吹毛求疵，其实他最宽容不过了，冷峻是他薄薄的面具，一拿开，便是春日暖阳般的温和。

“我该回去收拾行李了，明天我和怀特先生一起离开。” 她垂下眼帘，没有勇气与他对视，不然，她无法自如地说出下面的话，“这些日子，谢谢你的照顾。”说完，痛楚就像要喷薄而出，她急忙站起身，向琴房走去。

走到门口时，她听到盛骅在后面问道："琥珀，我想找人一起组个钢琴、小提琴二重奏，如果我邀请你加入，你愿意留下来吗？"

她是说过这个世界上没有人够资格和她配二重奏这样不知天高地厚的狂话，可如果对象是他，她怕是会急不可耐地说"愿意、我愿意"。可惜晚了，太晚了。她可以允许自己接纳他给她遮风避雨，却绝不愿意成为他的拖累。

"不管怎么惊天动地的新闻，过一阵，便过去了。我先低调一阵，等时机成熟再复出。你还是按照自己的步骤走，没必要为我……"

"不是为你，是为我。"盛骅冷冷打断她，客观地道，"成立一支高水准的中国室内乐乐队一直是我的梦想，我曾经寄希望于红杉林，但是事与愿违。我不想再花时间去寻找下一个红杉林，想来想去，和你组二重奏大概是实现梦想的最佳捷径。你的琴技和我差不多，我们对乐曲的诠释也有很多共同之处，练习一下，应该很快能找到默契，最重要的是你的档期刚好空着。"

档期……要不是对他有所了解，她真以为他在讽刺她。

"也许你说得很有道理，但我从没有和人合作过重奏，大概我是个保守的人，我现在也不太想去尝试。"她还是硬起心肠拒绝了他。

"你是在担心跟不上我的步伐，还是担心我们的演奏没人观看？"

她想告诉他，两者都有。他可是和向晚组过二重奏的，珠玉在前，她真不敢说无所谓。他们的演奏在中国，依他的声望也许会有人观看，但关注她八卦的人怕是比关注他们演奏的更多，这是对他的玷污，她不想看到这样。

"很抱歉。"她推开琴房的房门，看到自己的手在抖。

盛骅沉默了。是被她气到了吗？她忍不住回过头去，他还坐在那儿，沉稳地看着她，让人觉得他的一言一行都是深思熟虑过的，并不是临时起意。那又怎样，她不能那么自私。她张了张嘴，想说“晚安”。他抢在她前面开口道：“琥珀，如果有一天，你和一个陌生人一块儿掉进水里，我刚好在岸边，你说我会先救谁？”

他的眼角不见一丝笑意，他不是在开玩笑，是很严肃地发问。琥珀嘴唇翕动，不知道说什么好。

盛骅起身，大步朝她走去，站定在她面前，目光深沉而宁静，如亘古不变的无垠夜空：“我会救那个陌生人，因为我相信你有能力自救。”

琥珀讷讷道：“你明明知道，我不会水，怎么自救？”

盛骅差点给她气死，大声呵斥：“你听不懂吗？”

她怎么会不懂呢！他想告诉她，他做出这样的决定，不是出于怜悯和同情，而是因为对她的认可、期待和尊重。琥珀睁大了眼睛，心像被什么撞了一下，有点疼痛，却很震撼，就像乌云散尽后的天空，陡然一片明净，接着，泪水就下来了。

“我，值得吗？”她声音发颤地问道。值得你这般肯定吗？值得你这般郑重吗？值得你扛下所有的压力，为我撑起一片崭新的天空吗？

盛骅的嘴角慢慢地翘了起来：“我不是很确定，只能看你的表现再给结论。”

“放心吧，拉琴是我唯一的强项。”

“那真是刚刚好咯！”

她是这么的喜欢音乐，喜欢演奏，她动心了，她想抓住这唯一的机会，她想畅快地呼吸，她想双手接住他给予她的好。她想问他：“因为是我，你才如此决定的吗？是不是你很在意我？是不是你……有一点点喜欢上了我，在我如此狼狈落魄的时光里？”就自私这么一次吧，放下自尊，放下骄傲，做一株攀爬的藤蔓，成为他的负担，成为他的累赘，攀附他、依赖他，闭上眼睛，跟着他的步履。虽然不知道前方是条什么样的路，但是不管多么崎岖，总比深谷更接近阳光。

她仰起头，含着眼泪第一次尊敬地称呼他："盛骅教授，你成功地说服了我，以后……合作愉快！"

是合作，而不是请多指教！这才是自信张扬、永不言败的琥珀，那样的憋屈隐忍、小心翼翼实在和她不合适。盛骅微笑着轻语："这是我的荣幸，琥珀小姐。"

在转身离开时，他轻轻捂了捂胸口。还好把她留下了，刚才，他真担心她固执己见。

"你和小姐的二重奏？"怀特先生像听到巴黎发生了恐怖袭击事件似的，整个人都有点蒙。

怀特先生对古典音乐圈的影响力在西方，在国内，盛骅没指望他能帮上什么忙，他只是出于礼貌告诉他一声。

"是的，之后我们的练习会非常紧张，我想选择在一个重大的场合上把我们的乐队对外公布。如果可以，尽量不要打扰到琥珀，从独奏到重奏，她需要花很多精力去调整适应，有事请联系我们的经纪人谌言女士。"他递过去一张谌言的名片。

怀特先生像被雷击了一般，连经纪人都有了，那他的存在还有意义吗？这显然不是一天两天的事，小姐却没告诉他。

盛骅像是看穿了他的心思："琥珀也是刚刚才知道我的想法。谌言只负责我们二重奏的演出业务，琥珀的其他业务，未来还要辛苦怀特先生。"

还有其他业务吗？还有未来吗？说实话，怀特先生真不敢太乐观，他早已不制订计划，他觉得每一天能平安地度过，就是上帝的仁慈。

盛骅无意和怀特先生多说，他扶了扶眼镜，换了个话题："怀特先生觉得希伯是个什么样的人，我是指各方面？”

一提希伯，怀特先生脸上的神色全变了，他咬牙切齿道：“音乐上，以前顶多算个三流的演奏家，跨界失败后，就跌出十八线外了。人格更是卑劣，小人都比他高尚。”

“这样的人应该是无人问津，怎么突然被人关注了呢？”

怀特先生抬眼看了盛骅一下：“你想到的我也想到了，阿峦的事情过去这么久，突然被挖出来，是有心人冲着琥珀来的，希伯不过是枚棋子。”

“希伯是棋子，但不是傻子，他会心甘情愿为别人所用吗？”

怀特先生嘲讽道：“当然不会，他是个什么时候都会让自己的价值最大化的人。”

“他能有什么价值，不过恰巧被阿峦爱上了，而阿峦刚好是琥珀的朋友。阿峦这件事，希伯刚开始选择沉默，这说明他清楚说出来对自己没好处，那么他就不可能四处去嚷嚷，有心人是怎么知道这件事的，还是在这么久之后？”

怀特先生心中“咯噔”了一下，不太敢确定地问道：“你的意思是……”

“我没有别的意思，就是有点好奇。还有演出恐惧症，跟着抛出来，一环套一环，有心人似乎是想让琥珀死得不能再死，这是有多恨她，有多了解她！世界上没有无缘无故的好，也没有无缘无故的坏，更没人愿意做损人不利己的事，把琥珀置于死地，希伯得到了什么好处，有心人又得到了什么好处，怀特先生分析过吗？”

怀特先生的眼睛被灯光刺痛般眯了眯，站在那里半天都没言语。盛骅也沉默了下来。

许久后，怀特先生告辞，盛骅送他出门。怀特先生站在车边，看了看茂密的大槐树，郑重地向盛骅鞠了个躬。

院子里，夜风渐小，一切都寂静了下来。盛骅在院子里散了会儿步，他看到琴房的灯还亮着。这一夜，作为一个精明的经纪人，怀特先生要做的事有很多，估计要通宵作战，琥珀大概也不能安眠。但时光仍然稳步向前，这一天终是过去了。盛骅捡起台阶上的一片落叶，喟叹一声。

怀特先生的工作效率惊人，隔了一天，再次来到了四合院。琥珀在琴房看盛骅和向晚的双钢琴演奏视频，怀特先生没有打扰她，先去客厅和盛骅说话。

怀特先生指着笔记本的屏幕对盛骅说："阿峦这件事，琥珀小姐背了大锅，按理说，希伯也得不到什么好处。可是他在这个月的月初却低调地和巴黎一个名声稍逊于巴黎交响乐团的乐团签了约，在里面担任首席大提琴师。"

"那个乐团最近是不是接受了一大笔赞助费？"

怀特先生顿了一下，随即自嘲地笑道："真给你猜中了，不过不是一大笔赞助费，而是长达三年的赞助，赞助商是你们中国的虞氏集团。"

不需要猜，乐团也需要为五斗米折腰，不是有乐就能饮水饱。很多曾经盛极一时的名乐团，没有了赞助，最终不得不解散。迫于生计，乐团也会适当地降低原则，比如接受一个声名狼藉、琴技一般的首席大提琴师。

"希伯长相英俊，应该不缺女朋友吧？"

怀特先生厌恶道："阿峦之后的不清楚，我只知道上一个是个酒吧歌手，现在交往的是个平面模特。"

盛骅诧异道："他现在的女友不是虞氏集团的千金小姐？"

怀特先生看了看盛骅，欲言又止。

盛骅捏了捏额头：“看来是我浅薄了，虞氏是真心为古典音乐做点贡献，而不是出于儿女情长。”

怀特先生迟疑了半晌，为难地说道：“虞氏集团的千金小姐是……许维哲的乐迷，许维哲和法国这边经纪公司的签约，就是由虞氏集团促成的。”

盛骅轻轻“哦”了一声：“在中国的商圈，有南裘北虞一说，裘氏集团的公子恰好是我的学生，看来我得向他好好地建议下，在为古典音乐乐团推荐人才上，他们该向虞氏集团看齐。”

怀特先生道：“阿峦这件事，我希望是因为虞小姐妒忌许维哲和我家小姐的友情而无理取闹，并不是出于其他目的。”

盛骅看了看怀特先生，算了，不追根究底了，让他有所保留吧，他能说出这样一番话，就已经很坦诚了。

“怀特先生下一步的工作是什么？”

怀特先生道：“我准备回巴黎，看在希伯对琥珀小姐那么‘在意’的分上，他签约成为首席大提琴师怎么能那么低调呢，必须要好好地庆祝下。”

“这是一件事，还有他过去到现在的恋情，那些女友的前男友、现男友，也一并大炒热炒下。他不是喜欢这种炫耀的方式吗？那就以其人之道还治其人之身。”怀特先生大概是年纪大了，处理事情过于含蓄。对待希伯这样的人，就该毫不留情。他以为阿峦那事，于他不过是一笔风流债，当风流债一桩接一桩，风流就成了下流、龌龊，看他再怎么移花接木。

走出客厅，怀特先生拭了下额头上不存在的冷汗，庆幸地想，还好自己不是盛骅的经纪人。他不是认为演奏家必须单纯，除了音乐什么都不必过问，但是像盛骅这样思维敏捷、思虑周全、办事老到，哪怕一件小事，都得打起十足的精神来应对，这压力，真是吃不消。

还是他的小姐最好。

琴房里，琥珀已经记下了两页的笔记，她发现盛骅和向晚在演奏时，全程没有眼神交流。眼神交流是器乐合奏者之间的一种互动，它也是演奏时的身体语言，缺乏这种语言，音乐会逊色很多。充满魅力的音乐一般是感情充沛，丰富多彩的。合奏者随着乐曲的情感和旋律的起伏，及时得体地加以表现，并相互交流，这样的音乐作品更为准确也更为自然，观众也会因此受到感染，获得美感。还好向晚够漂亮，演奏时的姿态优雅曼妙，盛骅和下面的观众互动很多，虽然两人各弹各的，但画面并不违和。

琥珀在笔记本上写下“眼神交流”四个字，并加了双引号。

怀特先生不由自主地轻叹，他的小姐对于演奏总是这般严谨，要么不做，要做必然是做到最好。看她这么积极地为二重奏做前期准备，他忍不住眼眶发红。虽然盛骅给了他压力，但这样的人却让人内心不自觉地产生信任，觉得他言出必行。让小姐再次登台，盛骅是在拿自己的艺术生命和声誉作陪，这个代价太大。怀特先生握了握拳，他也得努力，不然以后在盛骅面前大气都不敢喘了。他家小姐可是世界知名的小提琴女神，如果不是……嗯，二重奏也不错，很多知名独奏家，同时也是知名的室内乐团的演奏家。

“你说许维哲坚持和腕表公司解约了，因为他们不肯保留我的镜头？”琥珀放下手中的笔，她以为怀特先生把话带给许维哲后，他会改变主意的。

怀特先生也是非常纳闷：“我把其中的利弊给他讲了几遍，他一句也听不进去。”

“周晖和凯尔在他身边吗？”琥珀若有所悟地问道。

“不在，为了他巡演的首场音乐会，周晖去了沪城，凯尔好像回英国了。”

许维哲是故意趁他们不在的时间，才和腕表公司解约的，如果他们在，这件事不可能成功的。这样和她共进退，是仗义还是傻呢？是傻吧！

“腕表公司本来掌握着主动权，许维哲这一解约，他们原先的项目等于就是一纸空谈。即使现在莎丽·张来拍，她在国际上的影响力无法和你比，在中国的影响力和许维哲不能比。”怀特先生承认自己有点幸灾乐祸，“我听说他们准备暂时搁浅这个项目，对我们的赔偿金也不再催了。这次咱们欠了许维哲一个大人情。”

“许维哲其他有没有说什么？”

“他说让你好好地休息，等你哪天想和他说话，就给他打个电话，他的手机二十四小时都开着机。如果想见面，在七夕节前他都在华城，他开车过来接你。”说到这儿，怀特先生自己都动容得不行，他当时差一点脱口而出把小姐的地址告诉许维哲，但还是忍住了，这儿毕竟是盛骅的家，“小姐，你还是把手机开机吧！”

“又不是联系不上我。”琥珀嘟囔了一句，拿起笔，点开屏幕。怀特先生一下傻了眼，谈话就这样结束了？

不然能怎样呢？许维哲是个成年人，他不会拿自己的演奏生涯当儿戏，她把话带过去了，他还是坚持，那么他必然清楚坚持的后果。或许他是借此试探一下周晖的底线也说不定，不知周晖知道后，会带来一场什么样的风雨？

来的是一场疾风骤雨。

周晖比许维哲矮多了，她几乎是跳起来掴了他一巴掌，力度很大，许维哲脸上肉眼可见地浮现出五道手指印。许维哲完全可以避开的，但他就站在那儿，等着这一掌落下来。

凯尔站在窗户旁边，与他们母子有点距离，想拦阻，已经来不及了。他瞠目结舌于周晖的暴躁和失态，不谈影响，就是许维哲这样的年纪，她怎么可以一言不发，说打就打？

一巴掌并不能让周晖消气，她指着许维哲，声嘶力竭道：“现在、立刻、马上，你给我打电话给腕表公司，告诉他们你的决定是冲动的！”

许维哲淡然地迎视着她：“妈妈，你不会以为我还是你一巴掌之后就会乖乖坐到琴凳上去练琴的年纪吧？”

周晖笑了：“哦，我是疏忽了，你长大了，翅膀硬了，可是你没有我，能飞多远呢？”

“不管飞多远，我看到的风景是我想看到的就行。”

“信口雌黄，大言不惭。你是不是觉得你为琥珀那个小三做出如此的牺牲很高尚、很浪漫？哈，你被勃朗姆斯上身了！你在古典乐坛还没站稳，就妄想做一个情圣，做你的大头梦去吧！许维哲，你知道你的愚蠢和无知会给我们带来什么样的损失吗？”

“妈妈你错了，是我的损失，你没有任何损失。该给你的，我一分都不会少。”

“你以为我的眼里就只有钱？”周晖脸上青一阵白一阵。

“不然是什么呢？”

周晖痛心疾首地举起手，准备上去又是一巴掌。

凯尔一个大步冲过来，抓住了她的手腕，原先他也有点生气许维哲的自作主张，此刻，他觉得许维哲的决定再正确不过。凡事总有第一次，既然周晖总要闹一场，这件事的后果并不严重，就让她尝试接受许维哲已经能独当一面的现实吧！

“周女士，当初我们接下腕表公司的合同是因为琥珀在古典音乐圈的影响力。后来，因为许先生在大剧院的首次演出成功，腕表公司看到了许先生的市场潜力，将重点放在了他的身上。现在琥珀迫于舆论压力退出，如果由莎丽·张来代替，等于是让她来沾许先生的人气，我们没有义务给她行这样的方便。”说到最后，他一字一顿道，“许先生现在不仅在西方，在东方，他在古典音乐圈，都已有一席之地。”不仅能站着，还能坐着。

周晖火气渐渐地消了，她抬起眼皮道：“我们这样解约，会不会惹恼了腕表公司？”

“许先生的影响力摆在这儿，他们只会加大价码，重新和我们坐下来谈。”

“先抑后扬？”

“可以这么说。”凯尔很有自信地道。

周晖睨了许维哲一眼：“我从沪城回来，连房门都没进。我累了，先回去泡个澡。”

说完，她离开了许维哲的房间。走廊上站着一个人，面带责备，脚边搁着个大果篮。周晖站住，不太赞成地低声问道：“你来这儿干吗？”

柳向栋叹息道：“孩子大了，就是做错了什么，你好好和他说，不能喊打喊杀的。”

周晖没好气道：“我生的，怎么教育是我的自由，你个外人，有什么资格说东说西的。”

“好好，我没资格。”柳向栋无奈地一笑，“我今天过来是有事和你说的。”

周晖很不情愿地把房门打开，让柳向栋进来。

“我准备把国内的生意全部结束，去新西兰和我妻子、孩子团聚，这样飞来飞去也不是个事。”柳向栋挠了挠头，试探地问道，“要不你和我一起过去？”

周晖像看神经病似的看着他：“你脑袋里装的是草吗？”

柳向栋“嘿嘿”地笑，自来熟地拿过矮柜上的一瓶矿泉水，拧开喝了一口，啧啧称赞：“斐泉的口感和别的矿泉水就是不一样。”

“喜欢就全拿走。”周晖不耐烦道。

柳向栋握着斐泉：“我不是开玩笑，你好好考虑下。现在维哲身边有凯尔，你到了该享福的年纪，有些事，能放下就放下吧！”

周晖一怔，上上下下地打量着他，嫌弃地翻了个白眼，说道：“你管得真宽。”

柳向栋摊开双手：“没办法，我放心不下你。”

“有什么不放心的，现在的我过得好着呢，比谁都好。你把你的日子过好就行。”周晖的语气不容人质疑。

柳向栋默默地凝视了她几秒，重重地叹了口气，打开门，佝偻着背离开了。

许维哲把原先虚掩的房门关紧，迎上凯尔不自在的目光。他们并不想偷听周晖的谈话，而是他们的房门敞着，说话的声音又那么大，想不听都难。

许维哲说道：“有一阵子，为了练琴速，我一遍遍地看《海上钢琴师》里斗琴的片段，虽然没看出什么心得，却记得里面有一句话——别人刻意隐瞒的事情，有时候并不是想害你，往往他们瞒住你反而是为了保护你。”

凯尔委婉地回道：“我早过了好奇的年纪。”

“谢谢你在我母亲面前替我解释。”许维哲欠身，也拿过一瓶斐泉，摇了摇，口感很特别吗？他真没觉得。

“应该的，我是你的经纪人。”

许维哲把瓶盖拧上又拧开：“我不是头脑发热才和腕表公司解除合约的，我只是想着，谁也不知道明天会发生什么，如果有一天我也遇见了像琥珀那样的事，我希望也有一个人能义无反顾地站在我身边，支持我，信任我。”

“琥珀小姐是无辜的。”在这之前，凯尔都没听过希伯这个名字，就这样一个人物，能让琥珀去横刀夺爱，简直是天方夜谭。

“你知道，我知道，其实稍微有点理智的人都知道，可是当谎言被传了一千遍，它就成了真的了。”许维哲撇嘴一笑，“是不是很幽默？”

“那演出恐惧症？”

“在青台，每天早晨，琥珀都面对着大海拉琴，她很喜欢《卡农》。我还曾邀请她在广告里和我合作，幸好她拒绝了，不然也被剪掉了，只能唏嘘一下。”

凯尔看得出许维哲对琥珀的心意，除了叹一声世事弄人，能为她做的也有限。他这次回英国，给许维哲签下好几个大品牌在亚洲地区的独家代言，还接到了几个国际大型活动的邀约。许维哲的事业呈蓬勃上升的势头，可以说是如日中天了，但不可否认，哪怕琥珀现在陷在困境中，论古典音乐上的影响力、号召力，许维哲还是无法超越她。

“凯尔，帮我个忙，好吗？”许维哲说。

“你请讲。”

“找个理由让我母亲回伦敦去，然后找件事让她做着，让她没空回国。”

凯尔沉吟了下便点点头，这不是件难事。他也不想让周晖在这儿，这位女士的杀伤力太可怕了。

“谢谢，你去忙吧。”

凯尔指了指自己的脸颊：“你那里要我帮忙处理下吗？”

许维哲摇了摇头：“明早就会消了。”又不是第一次，他很有经验了。不过，这一次是最后一次了，他发誓。

第九章

飘浮的舞步

●● ○

清晨五点起床，练琴两个小时。夏天的早晨天亮得早，那几只鸽子也起得早，在鸽笼前，头挨着头“咕咕”叫个不停。练完琴，琥珀会在院子里走一会儿。华城气候干燥，只要几天不下雨，夜里露水都是极少的。早餐后，她便开始研读乐谱，要在那些印刷在平面纸张上的复杂记号中勾勒自己的想象，解读来自过去的讯息，将它转化为立体的乐章。午后，一般是看二重奏的演出视频和默谱，做笔记。晚上还会练两个小时的琴。

这是她开音乐会前的每日日程，自从走上职业演奏这条路，一直都是这样的。这次也是如此，可是……琥珀却找不到一点真实感。她不是不信任盛骅，可能还是有些不安，毕竟她从没有和人合作过二重奏。

盛骅又是连着几天早出晚归，有一次还喝了酒，叫了代驾开车回来的。回来后，便进了卧室，灯都没开，像是直接睡了，疲惫至极。

今天家里请客，盛骅没有出门。客人是房楷和谌言，还有书记一家三口。阿姨今天也特地早到了，光菜场就去了两趟。几尾鱼买回来还是鲜活的，阿姨用水养着，说一会儿做糖醋鱼。虾也是劲头十足，在盆子里蹦来蹦去，阿姨不得不在盆子上加了个锅盖。菜要择，要洗，要切，高汤要先熬，有的凉拌菜要早点用佐料拌起来才能入味。阿姨忙得很，还抽空悄悄地告诉琥珀，这是她来这儿干活以来盛骅第一次在家请客。

琥珀心想，我不算客人吗？

阿姨也觉着自己话说得不太到位，补充道："你一直在这儿住着，算盛教授的半个家人！"

琥珀想问阿姨：还有一半算什么？

锅里汤在沸腾，热气都跑到院子里了。一院食物的香气，给这所清雅的院落添了点烟火气。琥珀在院子里站了两分钟，跑过去找盛骅。盛骅就早晨出来吃了个早餐，便进了琴房。又是满桌、满沙发的乐谱，盛骅坐在钢琴前，一边记谱，一边弹奏。再忙，他都没把那个二重奏的作曲集落下。琥珀问过他这样累不累，他说音乐很复杂也很深奥，就像一座迷宫，你什么时候进去，都会发现不同的景观，他不觉得累，也不觉得寂寞。

他的十指修长有力，击键轻巧灵活，即使坐着，也看得出身材的挺拔，双腿笔直……

盛骅看到钢琴上映着的影子半天都没动弹，他突然转过身去，与她的目光在空中碰了个正着，嘴角不禁上扬："有那么帅吗？"都看呆了。

"呃？还行！"琥珀的脸立刻红得像早晨落在屋檐上的霞光。

盛骅朝她挤了下眼睛："如果演奏时你也这样看着我，我会弹错音的。”

“怎么可能，我、我可是职业演奏家。”琥珀急忙反驳。

盛骅表示很怀疑：“是吗？我们现在就来模拟下？”

琥珀赌气道：“模拟就模拟！”她走进琴房，从琴盒里取出琴，“哪首曲子？”

盛骅递给她几页谱子：“韦伯的《邀舞》！”

琥珀抬眼看了下盛骅，这是一首兼具欣赏性和实用性的乐曲，既有优美平易的旋律，又有华丽热烈的气氛，是音乐厅常保留的曲目，也是大型舞会上的必备曲目。很多乐曲的曲名起得非常随意，有的直接就是编号，而《邀舞》就起得特别的形象，一下就把整首曲子的意境全包括了：邀请的过程、舞蹈的过程、舞曲结束后告别的场景。韦伯最初写的是钢琴独奏曲，后来被改编成管弦乐版本，再后来有了双钢琴版本，基本上保留了原有的结构与和声，但更加丰富而饱满，形象生动，意趣盎然。盛骅和向晚喜欢在返场时演奏这首曲子，把音乐厅的气氛再次推向热烈的高潮，观众久久都不愿离开。

《邀舞》没有小提琴独奏版，也没有小提琴钢琴重奏版，盛骅给她的谱子是管弦乐队里小提琴首席的乐谱。

“你拿错谱子了。”

“没错，你尽管按乐谱拉，其他的别管。” 钢琴作为乐器之王，经常会代替乐队给其他独奏乐器做伴奏。可是在室内乐里，钢琴却是和其他参与演奏的乐器处于平等的地位。她如果只拉首席的乐谱，那么盛骅的钢琴就必须放在伴奏的位置。这样的话，这首曲子就成了她的独奏，而不是她和他的二重奏。

“准备好，我们就开始！”盛骅话说得很有耐心，双手却已经放在琴键上，连双眼都微微眯起。

琥珀把乐谱夹在谱夹上，简单地护理了下琴弓，调了下音，不服输道："开始吧！"

盛骅睁开眼睛，上帝，她竟然在他眼中看到了一丝鼓励和笑意，就像在舞会上，男士看到喜欢的女孩，她很羞涩，他彬彬有礼地朝她伸出手……引子，中速，钢琴一个低的重复和往高的琶音，男士柔声询问：我可以请你跳支舞吗？小提琴突然插进来的高昂的旋律，是女孩的回答：谢谢！来回几次的重复，如同两人的交谈。然后，小提琴的旋律越来越热情奔放，钢琴的和弦越发饱满。接着，旋律突然一变，舞曲到了尾声，又回到了引子部分，两人不舍地分离、道别，有甜蜜，也有一丝丝的惆怅……

两个人四目相对，似乎还都沉醉在刚才的乐曲之中，似乎还感到有那么点不太尽兴，似乎在彼此的眼中都看到了浓烈的惺惺相惜或是爱意。

两声不和谐的掌声蓦地在门外响起，两人急忙收回目光，朝外看去。房楷倚着门框，有一下没一下地鼓着掌，起哄似的问道："今儿这算预热吗？哎呀，我们两口子运气真不错，蹭个饭，还顺带看了场世界顶级的演奏。"

盛骅"啪"地合上琴盖："两口子？证补了？"

房楷得意地举起左手，扬扬无名指上的婚戒："必须的，两个人住一起，总得有个名分。"他别有用意地瞟了眼脸上红晕还没退尽的琥珀，"我可不像有些小年轻，连句'我爱你'都没有就把人家小姑娘带回家同居。这个世界上，不以结婚为目的的同居，都是耍流氓。"

"说得好像你俩领证前没同居过两年似的。"盛骅淡淡地睇着房楷。

房楷耸耸肩，回答得很厚颜无耻："谁年轻时没犯过错，有位伟人说过，有错改之就是好同志。"

"领了证就不会犯错了？"以前没发现这人这么弱智，前不久还在借酒消愁呢，谌言才回来几天，他就嘚瑟得把尾巴翘上了天。说起来还是他帮了一把，早知道，作壁上观了。

房楷头一扭，谄媚地问谌言：“老婆，我最近表现很好吧？”

摊上这样一位老公，谌言也挺无语的。她回来的第二天就被房楷拽去了民政局，到了民政局，还没到上班时间，大门口的保安用一种怪复杂的眼神不时地瞟着他们。有没有证，谌言认为不重要。她和房楷曾经有过证又如何，还不是说崩就崩。她觉得一份坚韧的感情，是出自心甘情愿的专一，而不是被有形无形的绳索捆绑，不得不保持忠诚。房楷却认为证非常重要，他的心是专一的，再加个证，就是双保险。

他对谌言说道：“你就当我是杞人忧天，假如有一天，我俩之间再有了什么误会，有这层法律上的关系，你就不能说不见就不见，你得坐下来和我签协议，那样我就多了一个向你解释的机会。”谌言听得鼻子一酸，房楷说什么，她都说好。这一纵容，房楷就有了颜色立马开起染坊来，人前人后地显摆个没完，好像全世界就他有个老婆似的，说话还特幼稚。

谌言深深地吸了口气，挤出一丝笑：“好，特好，最好。好了，好同志，你挡着我的视线了。”她拍拍房楷的肩，让他往边上去一点。

房楷不满地嘀咕：“见色忘夫。”

谌言是第一次见到琥珀，传说中的小提琴女神就这样站在她面前，T恤，长裤，气质清丽，双眸纯净得像个孩子。她左看，右看，上看，下看，就连琥珀脸上的毛孔都细细地看了又看。她知道她年岁不大，却没想到看着会这般的小，还这般漂亮。瞬间，谌言的心软得一塌糊涂，她神往地对房楷说道：“以后我们也生个女儿吧，也让她学小提琴。”

琥珀眼睛倏地瞪得溜圆，盛骅抬手抚了抚额头。房楷则庆幸自己没接阿姨倒的茶，不然这会儿会直接喷出来。

“老婆，你这思维能慢点吗？咱们还是新婚呢，我想多过几天二人世界。”

“可是我都奔四了……”

房楷一把捂住谌言的嘴巴，深情款款道：“在我的心里面，你永远十八岁。”

盛骅胃中一阵翻腾，扭头对琥珀说道：“我们去前院看看书记来了没有？”再待下去，他担心他胃里的早饭要保不住。

琥珀也是如蒙大赦，房楷和谌言无论是说的话还是眼神，都让她不知如何应对。

走到大槐树的树荫下，她轻声说道：“他俩真恩爱。”总觉得东方人的感情很含蓄，像这样外露的很少见。

盛骅从鼻子里哼了声，说道：“老房子着了火。”

琥珀没听懂：“什么火？”

盛骅摸了下鼻子：“没什么。对了，谌言是我们的经纪人，她原先在日本给音乐杂志写专栏，对于室内乐在市场上的发展很有见解。我们的首场音乐会准备放在大剧院，她现在和那边接洽着，应该会很顺利。”

琥珀的心差一点从嗓子眼里跳出来，早晨还觉着没真实感，这下好像已站在候场区，耳边听到观众的掌声，下一秒就要登台了。她下意识地咽了口口水，还好，膝盖没有发软，大脑运转正常，也没觉着呼吸困难，就是……觉得脚步有些飘浮。

书记一家到了，最先进门的是糖球，他给琥珀带了一篮水蜜桃，个儿很大。他告诉琥珀这是他挑的，一个个捏过，很硬实。琥珀点点头，看得出来，指印都留在上面呢！才几天没见，糖球好像又高了点，轻轻一跳，都可以摘下海棠树最上端的叶子。书记呵斥了一句，让他叫人。他乖乖地先叫了声“盛哥哥好”，然后一下蹦到琥珀面前，问道：

“姐姐，你要和盛哥哥一块儿开音乐会了，是不是？”

琥珀看了看正和书记夫妇说话的盛骅，低下头笑道：“你怎么知道的？”

糖球招招手，让琥珀弯下身，热热的气息拂在琥珀的耳边，琥珀忍住痒，听他悄声道：“盛哥哥在我家和我爸爸说的，我在旁边假装做作业，然后偷听到的。盛哥哥说要和你一起开音乐会，华音的课程就不能兼顾了，他准备辞职……”

盛骅说过，他和向晚分开是为了把全部精力放在国内室内乐的推广上，因为一个人的力量有限，于是他进华音教书育人，希望更多的人知道室内乐并喜欢上室内乐，如今，他却要为了她而中断音乐教育事业。如果她问他为什么要这样做，他会说这是室内乐最直接的推广方式。就像刚才的合奏，她以为自己是一朵红花，可他却不是陪衬的绿叶。他的演奏潇洒而又强势，温柔而又周密，仿佛已经滴水不漏，可是她却一刻不敢松懈，连神都不敢分，不然就觉得跟不上他的节奏。他说得一点都没错，他要求的搭档是一个优秀、专业的演奏家，他不会因为她正遭遇不幸就降低半点要求，什么同情、怜悯，说笑吧！想和他并肩站在舞台上，你必须和他一样的杰出、勤奋。她懂，这不是他严苛，而是他对音乐的态度，也是对她的尊重。可是就只是态度，只有尊重吗？

书记站在游廊上，端详着飞翘的屋檐，一扭头，看到琥珀和糖球在说悄悄话，乐了：“物以类聚，人以群分，瞧，小孩和小孩凑一块儿。”

房楷和谌言也从琴房过来了，盛骅朝他们一挥手，房楷用手遮挡着阳光跑了过来，谌言跑去和书记的妻子打招呼。

“书记，他的辞职报告你批没？”房楷问道。

书记威武不屈地挺直了腰板：“想从我们华音挖走优秀人才，哼，没门。”

“没门就打个门，你老行个方便，大剧院那儿我都给他排上号啦！”

书记“呵呵”笑了两声，不紧不慢道：“那是你大剧院的事，和我无关。”

房楷推了盛骅一把：“你哑巴了！”

盛骅瞪了他一眼：“批啦！”

房楷叫了起来：“我们要诚信做人、踏实做事，书记，你不厚道呀！”

书记背着双手，踱到游廊的尽头，怅然地看着前面的屋脊，说道：“你和琥珀的二重奏不是一条不归路，可是你们却把它走成了唯一的一条道，聪明人不会这样做的，他们会给自己多点选择。说实话，我不知道给你批这个报告对不对。二重奏本来就小众，琥珀现在又被黑成那样，我想乐观、阳光点都不行。”

“方向已经变了，你们不知道吗？”房楷看看两人。

盛骅没有出声，书记扬眉问道：“西北风还是东南风？”

“对于琥珀来讲，是东南风，对于希伯来讲，就是西北风了。前天网上爆出他脚踩几只船，爆料者是他很早以前的前女友，说他出门吃饭从不买单，买衣服、开房也要女友付款。他还曾经交过一位有夫之妇，人家一开始被他的皮相迷倒，坠入情网，一相处，发现了他的真面目，提出了分手。他却威胁说要把两人幽会的开房证据发给人家老公，以此敲诈了一大笔钱才放手。更猛的是，他最近被神秘富婆包养，砸钱为他签下某乐团的首席大提琴师合约。这几道料一出来，他的脸书就被口水淹没了。爆料者只字没提琥珀，可是细心的乐迷却立刻提出质疑，他前面自己爆的和琥珀的绯闻，是真的吗？”

盛骅在心中暗暗给怀特先生点了个赞，老先生真是精益求精，这招以其人之道还治其人之身，把希伯之前的爆料不知甩了几条街去。

“这下琥珀被洗白了？”书记还是不太习惯口水战，磨叽半天，战况很不明朗。

“这事急不来，等他们慢慢恢复理智吧！不过，原先那些极端的疯狂分子倒是偃旗息鼓了。我想，琥珀现在走在巴黎的街头，大概不会被砸鸡蛋了。”

书记很不满意：“这算什么东南风，根本就是竹影扫阶尘不动，月穿潭底水无痕。”

“我还没说完呢！这热点一上去，媒体自然坐不住，逮着一个和音乐沾点边的就采访，很多乐评家和演奏家都闭门不出，可是有一位大师却主动接受了采访，他愤怒地斥责：‘一个人，日复一日，年复一年，忍受着严寒、酷暑，孤独、寂寞，才能真正学会一门乐器，而成为一个顶级演奏家，更要付出百倍的努力，这样的人，呵护都来不及，可是，一个跳梁小丑的三言两语，就能轻易地将她毁掉，让她一无所有。我不想评论跳梁小丑的品行，可是乐迷呢？那些美好的音乐没能美化你们的心灵，却把你们的双眼蒙上了吗？我以为古典音乐圈会是一块净土，原来它已经这般肮脏，这让那些留下大量不朽著作的音乐巨匠情何以堪？’那位记者可能大脑不太灵光，问大师：‘你说的那位顶级演奏家是希伯先生吗？’大师反问道：‘他配得上顶级吗？’哈哈，这位大师就是汉诺威的邓普斯大师。”

书记点头：“这位大师是个正直的人。”

“这位大师已经深居简出很多年了。”房楷意味深长地看了眼盛骅，他的脸上没有一丝变化，像是和邓普斯大师一点也不熟。哼，装得真像！

也许是这股东南风刮得好，这次的家宴吃得很是热闹。大部分菜是阿姨做的，盛骅也亲自下厨做了两道，其中有一道就是传说中的虾仁面饼。看似很普通，做法却繁复，得两口锅同时进行，一口将一种日式较硬的面条煮过之后，再堆叠成三厘米厚的面饼，放在锅里两面来煎。另有一口锅炖作为浇头的汤，里面有虾仁，还有新鲜的豆角。面饼出锅，滚烫的汤汁浇上来，面饼发出“刺刺”的声音，一股带有鲜味的焦香在空气中蔓延。面饼一上桌，糖球等不及凉，夹起一块就“吭哧吭哧”嚼起来，开心得眼睛眯成了一条线。

房楷“咦”了声：“今天太阳是从西面出的吗，你怎么舍得做这道菜的？哎哟，我都想好几年了。”说着夹起虾仁放在谌言的盘子里，“快吃，下一次吃不知到哪年哪月了。”

谌言恍然大悟道：“我还纳闷了，人家去趟日本，都买什么药妆、电子产品什么的，我说你怎么就买了几袋面条，原来是做菜用啊！”

“还有几袋？”房楷转身对盛骅说，“下个周末我们再聚一次吧！”

糖球来劲了，拍着手道：“好啊，好啊！”

书记瞪了他一眼：“没你的份。”

糖球眼珠滴溜滴溜地转了两圈，看向琥珀：“都给姐姐吗？盛哥哥，你对姐姐真好！”

正把一块面饼放进琥珀盘子里的盛骅，动作顿了顿，放下面饼后随即优雅地又给她夹了点豆角和虾仁。

房楷挤眉弄眼地问糖球：“你说他为什么对姐姐这么好？”

谌言连忙夹了块煮烂的芋头塞进房楷嘴里：“我的演奏家，谁敢对她不好？”

确实没这个胆量！房楷鼓着脸颊，举手投降。

糖球张开嘴巴大笑：“房叔叔，你和我爸爸一样，是个妻管严。”

房楷不以为耻反以为荣地咧着嘴笑。

书记默默扭头看妻子，这小子是大街上捡来的吗？

琥珀细细地嚼着面饼，嘴角高高地翘起，果真很香！

吃完饭，书记一家就告辞了，没几天新生报到，华音那边事很多，下午就有个职工大会，他要在会上讲话。他半揶揄半感慨地对盛骅道：“没有了你的导聆课，华音少了一道特别的风景。”

“但以后他们却可以看到我的音乐会，这也是一道风景。”

书记抬了抬眉梢：“现在就开始宣传了？”

“酒香也怕巷子深！”

“哈哈，我倒不担心巷子深，我就怕你这儿酒不够卖。”

“反正你的那一杯肯定有。”

“那我就等着喽！”

把书记一家送上车，房楷和谌言也要走了，房谐那边大剧院晚上有演出，谌言约了拍海报的摄影师见面。

“你确定不要我找几个靠谱的媒体朋友先透点音乐会的风声？”谌言问道。

“现在透点风声出去，只怕别人捕风捉影，后面还要澄清，还是让我自己来公布。”

谌言点点头，眼神中浮现出一丝担忧：“那个场面可不小呢！”

“是有点大，还很吵，还是现场直播。”可是效果也会非常好。

客人都走了，阿姨把厨房收拾干净也走了，满院除了树影和阳光，还有站在游廊上的琥珀。看到他，她笑问道：“下午要出去吗？”

他走到她面前，微微俯视着她：“不出去。”

“那我们再来一遍《邀舞》？”

几遍都可以！在她沉静而清澈的目光里，他觉得自己的时间特别特别的珍贵，珍贵得不能挥霍一分一秒。

裘逸过了一个很沮丧的夏天。父亲对他说，生意场上没有永远的强者，也没有永远的弱者，起起落落很正常。这话一点也没安慰到他，他跑去泰国，找了个海边度假，每天下海游泳游得像条死鱼，回房间一沾床就睡沉了。几天下来，整个人晒得像个黑球，只有牙是白的。一回国，就听说盛骅辞职了，再悄悄一打听，盛骅要开音乐会，有了新经纪人。

裘逸见到盛骅时，眼眶红红的，配上他那张黑脸，盛骅嘴角抽了抽，给他倒了杯茶："委屈了？"

委屈大了去了，裘逸吸了吸鼻子："教授不是说我很适合做音乐经纪人吗？我肯钻研、有资金，也懂音乐，教授怎么就不考虑我呢？"

盛骅温和地道："我有考虑过，但是我的情况很特殊也很复杂，你还不够成熟，很多事都处理不了，我等不了你。"

裘逸急了："不就是几个喜欢以挖苦吐槽别人为乐的渣滓吗？你的音乐会，我把票全包了，看他们还吐个毛！"

盛骅看着他笑。

裘逸低下头，闷声闷气道："我懂的，教授，我的经验是很少，教授的音乐会和红杉林的演出不同，级别很高，观众也不同。"

"嫌弃红杉林了？"

"怎么可能，我一直和他们几个都联系着呢！"

"哦？说说！"盛骅起身又给裘逸加了点茶。

"季颖中整天窝在我租的公寓里，除了吃饭就是练琴，他大四，也没课，他师姐给他找了个地方实习他也不去，我都怀疑他要得自闭症了。沙楠那家伙，倒是有家公司要签他，说他琴拉得不错，嗓子也可以，综艺感也强，但人家提了个要求，在签约前让他先去整个容，好几个地方都要动刀子。他吓坏了，回到租处就做了一夜的噩梦，梦见自己血肉模糊地被扔在垃圾堆边，醒来后就给我打电话，一通大哭。我让他回来，他说那也太没面子了，他还没混出名堂来呢。我估计再撑个几天，他就回来了。”

“秦笠呢？”

裘逸看了看盛骅，端起杯子喝了几口水，搓了搓手掌：“他已经回校几天了，我看到他寝室的门开着，阳台上挂着衣服。他隔壁寝室的一个哥们告诉我，他回来那天把寝室好好地打扫了下，扔了不少东西，大部分是以前赵怜惜送他的。”

“这是准备把过去的一页彻底翻过去了？”

“他是个节约而又务实的人，赵怜惜送他的，都是必需品，不是华而不实的礼物。他把它们都扔了，我觉得他没有放下过去，而是逼着自己去斩断。这样的人对自己狠得下手，也非常理智。”裘逸对季颖中和沙楠有把握，但秦笠，他真的没有信心，红杉林可能真的要夭折了。

“他对自己狠，是因为重情。一段没有价值的恋情，他都这么不舍，他喜欢了那么多年的音乐，会轻易放弃吗？”

裘逸眼睛一亮：“如果有一天，红杉林重出江湖，教授和琥珀小姐还愿意回来做音乐指导吗？”

盛骅掩下眼底的苦涩：“这真是个令人心悦的目标。”

两个人是约在一家茶馆见的面。茶馆有点偏，但好停车。裘逸今天开的是辆改装过的大吉普，巨无霸似的泊在那儿，衬得别人的车像玩具似的。盛骅失笑摇头，裘逸有些喜好真让人不敢恭维。

“问你个事，虞氏集团的千金小姐你认识吧？”

裘逸紧张地盯着盛骅：“你是不是听说了什么？”

“我听说她也很喜欢古典音乐。”

裘逸把头别到一边，舒了口气，说道：“她喜欢的不是古典音乐，她喜欢的是演奏古典音乐的人，那就是一花痴，满世界追着人家跑，她都成我们圈子里的笑话了。见过痴的，没见过这么痴的，完全疯魔了。我一哥们说，要是一母苍蝇从那男的面前飞过，她都和它有仇。”

“她父亲不管她？”

“外面是有南裘北虞一说，但她家和我家不一样。我们家是祖祖辈辈做生意，一步步才有了现在的规模。她爸原先是体制内一普通职员，后来娶了她妈。她妈家境很不一般，靠着她外公给的资源，她爸赚了第一桶金，然后才开始发家，进军房地产，发展迅速，几年内就在北方站稳了脚跟，估计其中离不开她外公的功劳。她外公是前年病逝的，半年之后，她爸喜欢上了一个女明星，不是玩玩那种喜欢，是真爱，她爸和她妈离婚了。她妈是净身出户，名下的股份和财产全留给了她。所以不管她在外面怎么折腾，只要不触到她爸的底线，她爸都由着她。”

“动用大笔资金呢？”

“她爸现在带着女友在国外游学呢，公司业务有职业经理人管理着，她想动用大笔资金，走程序呗。”裘逸迟疑地看了盛骅一眼，“她爸也是个古典音乐迷，她家对于演奏家的赞助都是大手笔的，好像还特地成立了一个什么音乐基金。教授，你是不是想让她赞助你的音乐会？”

“我又不是她喜欢的演奏家，她愿意吗？”

裘逸大感意外：“你、你也知道……”目光一抬，不禁拍桌大笑起来。

茶馆对面一家生活广场上方的巨大电子屏幕上，正滚动播放着虞氏集团预祝许维哲先生沪城个人独奏音乐会演出圆满成功的视频。

酒店位于江边，到了深夜，仍听到船在江中行走的鸣笛声。不觉得吵，反而有种隐居山野的宁静，许维哲有点不适应这种宁静，子夜一点还醒着。沪城在南方，华城在北方，南北方的夏天气候差别不大，温度居高不下。不过，沪城的热不像华城那边利落，闷在皮肤里，汗出不来，很难受。音乐厅里有冷气，倒是不用担心会有人中暑。很是凑巧，亚洲音乐盛典和他的音乐会在同一天，也是七夕节，可以容纳八万人的体育馆，即使开了冷气也没什么用，举办方怕是要做足防暑降温的准备。

虽说是在同一天，但一个在华城，一个在沪城，一个是流行音乐，一个是古典音乐，完全没有冲突。要不是彩排时听音乐厅的工作人员说起，许维哲都没想起关注一下亚洲音乐盛典。

这次音乐会的海报设计非常大气，故事感十足，还融入了东方元素。茫茫宇宙中，两个身着古装的男女各自站在一个星球上，向对方伸着双手。星球最下方是他坐在钢琴前的一个剪影，标题是：来自星星的你——许维哲与钢琴的七夕邂逅。

海报一出来，陶月不知在哪儿看到的，立刻上传了一张到微博，她的很多同行和粉丝都转发了。凯尔有她的联系方式，提醒许维哲感谢一下。许维哲打过去，她半真半假地说票就不要送了，到时在海报上给她签个名，然后再上一次她的节目。许维哲笑道："我的底上次全给你了，再上就没价值了。"陶月说上次没弹琴，这次来不要露底，弹几首曲子就行。许维哲和她客套了几句就挂了电话，并没有把她的邀请当真，也没有时间。这次全国巡演结束，差不多要到十月了，他该回英国为新年音乐会做准备了，日程很紧。那时候，琥珀也在巴黎吧，他可以挑个阳光灿烂的日子，坐火车，穿过英吉利海峡去看她，两人一起喝个下午茶，散散步。

轻轻的敲门声响起。

许维哲下意识地看了下时间，凌晨两点了。

"凯尔？"他住的是套房，凯尔在外间，他在里间。

"是我！"凯尔无奈的声音在门外响起。

许维哲披上睡衣，神情有些严肃。明晚就要演出了，不是重要的事，凯尔不会惊动他。

门一开，许维哲首先看到的不是凯尔，而是虞亚一张紧张兮兮的脸。

凯尔小声道：“我说你睡了，可是她说无论如何都要见到你，不然，她就活不到明天了。”

许维哲抚额，虞亚和她住同一家酒店，晚饭时刚打过招呼，不过才几小时没见。“怎么了？”他耐着性子问。

虞亚目光急切地在屋内巡睃了一圈，看到他手机放在离床很远的一张矮柜上，松了一口气，拍了拍胸口，问道：“你这两天没上网吧？”

许维哲与凯尔面面相觑。

“没上就好。网上的传闻你不要相信，都是假的。耳听为虚，眼见为实。你休息吧，做个好梦，明天我给你送花来。”虞亚摆摆手，轻松活泼地走人了。

“她梦游了？”许维哲问凯尔。

凯尔不解地摊开双手。

许维哲关门，为了明天的音乐会，上床努力睡觉。凯尔把灯都熄了，在黑暗里睁着眼睛，又起身拧开床头柜上的台灯，拿过手机，点开网页。西方音乐圈的热点新闻，这几天都是希伯，他早看过了。凯尔翻了几个网页，呃？那个希伯被富婆包养签约乐团的新闻不见了，连评论都没有，干干净净，好像从来就没存在过。他明明昨天还看到的，乐团还出面回应，说首席大提琴师是根据实力招聘的，被网友好一通嘲讽。难道被删掉了？能把这样的热点新闻删掉，需要付出不菲的代价吧！这个念头一闪就过去了，凯尔没有允许自己多深究，这是别人的事，和他无关，他有他的事要做。

但是第二天，凯尔哪怕是有几分钟的闲暇也要上网看看新闻。网上很平静，音乐会也很顺利，晚上七点准时开场，鲜花堆满了走廊，全场座无虚席。虞亚的位置在贵宾座的中间，她穿了件红色的长裙，明艳动人。许维哲的序曲就掌声如雷，他的第二首曲子是勃拉姆斯的《降A大调圆舞曲》。勃拉姆斯是严肃沉静的，有人说贝多芬的作品很男性，那勃拉姆斯就是男性中的男性，这样的一个男人，他的圆舞曲却出人意料的简朴和清新，有着另一种韵味的明朗和绚丽。凯尔掀开幕布，看着台下观众，没有一个走神，没有一个轻声悄语，他们专注地倾听，都像是被音乐所迷醉了。他一颗心这才缓缓落地，可以说，首场音乐会几乎是超预期的成功。接下来是中场休息，下半场的两首曲子也是许维哲很擅长的，音乐语言精致，技巧高超。

他微笑着回到休息间，点开手机屏幕。他给手机设置了新闻推送功能，只要是和古典音乐有关，不管是国内还是国外，热点新闻都会被推送过来。手机里有一条推送的视频新闻，他怕有声音，没想点开，可一看是盛骅的，他的指头一动，视频打开了。

舞台这么开阔，观众席荧光棒舞成了弯曲的星河，这是亚洲音乐盛典的现场？也不知是谁录的视频，隔得很远，舞台上的人很小，只听到嘈杂的人声，琴声一点都听不见。直到盛骅从钢琴旁站起身，主持人递过话筒，让他说几句，凯尔才看出那是盛骅。

“谢谢大家的热情，也许大家的热情不是因为我的演奏，而是因为天气，琴声实在太小了。”

观众“哄”地都笑了，笑声中，不时有人喊：“盛骅，我爱你！”

盛骅点头：“我听到了，你们爱我。我不曾演过电影、电视剧，也不曾有歌曲在大街小巷传唱，我知道大家熟知我，是因为古典音乐，这让我感动，也为之自豪。在我们国家，喜欢古典音乐的人原来已经这么多。今天是七夕节，我看到下面很多人都是结伴而来，我想我在古典音乐上是不是也应该找个伴？”

“是！”下面异口同声道。

“好吧，我听大家的。我决定从今晚起，就找个伴一起组成一个二重奏乐队，名字就叫Moon。”盛骅微笑地看向舞台的一侧，朝那边伸出手，“下面，就有请我的搭档——小提琴钢琴二重奏Moon乐队的另一位成员，世界著名小提琴家——”

“琥珀！”凯尔身后响起一声惊呼。

他回过头一看，许维哲一张脸，在灯光下苍白得毫无血色。

第十章

忐忑的光明

天特别的蓝，云白得刺眼，阳光一泻千里。不，何止是千里，天地连成了一线，视线之内，没有树，没有路，没有任何标识，沙漠像海洋一样浩瀚辽阔，如山脉一样连绵起伏。汗水已经流尽了，影子都像被阳光炙烤得萎缩了，可是脚步却依然向前，仿佛前面有一块绿洲在等着似的……这是一种强大的信念，还是一种愚蠢的执念呢？

琥珀细细地用毛巾把掌心的汗擦净，接过谌言递过来的琴。她闭上眼睛，缓缓调整呼吸。其实无关信念、执念，只不过是人对生存的本能渴望。当人生到了无路可走的地步，只要能够向前，不管是踩着荆棘，是跋山涉水还是逆风前行，都会毫不犹豫地迈开步伐。

心酸吗？委屈吗？怎么会呢？和别人比，她不知幸运到哪里去了。她睁开眼睛，看着舞台中央演奏的盛骅。上一个流程是一位刚拿了年度最佳歌曲奖的男歌手演唱了他的那首得奖歌曲，他的歌迷来了很多，然后和他来了个集体大合唱，那分贝把琥珀的耳膜都震疼了。盛骅在他之后上台，谌言脸黑成了锅底，盛骅的演奏完全被还沉浸在刚才合唱中的歌迷的叫喊声淹没了。很奇怪，琥珀却每一个音都听得很清晰。《船歌》，节奏飘逸，船桨击水之声隐隐可闻，弱拍和强拍交替起伏，宛如水波荡漾之态，充满浪漫情调。事实上，肖邦创作这首歌曲时，他和乔治·桑的关系已经快要破裂了，他为了挽回她而创作了这首乐曲。炽热的真情，亲切的温存，可惜还是回天乏力。

这是肖邦所有作品中最要求表现手法及用心来演奏的乐曲，这个场合，并不适合弹肖邦，但盛骅还是选择了肖邦。也许他知道别人不会关心他弹了什么，他只想弹给自己听，弹给她听，这就足矣。

“还好吧？”谌言轻声问琥珀。盛骅的《船歌》已经演奏结束，主持人走上台去，再等一会儿，就该琥珀上台了。

琥珀朝她点了下头。今天的演出人员很多，后台非常嘈杂，和音乐厅肃静的候场区完全不同。她还没上场，下一个歌舞类表演的演出人员已经涌地过来了，“叽叽喳喳”地说个没完。琥珀在伴舞的人群里看到了赵怜惜的面容，赵怜惜下意识地避开了琥珀的目光，但下一刻她又转过来看向琥珀，脸上浮现出一丝冷笑。那意思好像是“我是从一个芭蕾舞演员沦落成一个歌手的伴舞，可是你那样的小提琴女神跑到流行音乐盛典上打酱油，又比我好到哪里去”，她还和旁边的女孩咬起了耳朵，那女孩吃惊地张大嘴巴，一脸匪夷所思地瞪着琥珀，接着，很多人都看了过来，她们大部分显得很震惊，也有面带鄙夷的。

作为一个职业演奏家，琥珀并不害怕被别人打量，别说这几个人，即使待会儿面对下面几万人的目光，琥珀也能做到从容得体地应对。

命运的安排就是如此神奇，琥珀想起自己初来华城的那天夜里，她看着从雾霾中驶过来的那辆拉风的跑车，车窗玻璃徐徐降下，露出她以为不可能会有交集的盛骅的脸。这是神奇的开始，现在，她发现她的演出恐惧症神奇地痊愈了。没有窒息，没有耳鸣，没有腿软，没有虚汗，感觉不到压力，甚至都感觉不到紧张，她只觉得是一种享受，享受种种无法表达的憧憬、希望、畅想，都可以尽情地用音乐来表达的美好感受，享受音乐所带来的生活的情趣和生命的力量，享受与盛骅合奏时唯有他知的默契。

有人说，一个人的伟大和渺小，完完全全取决于他自身与音乐的交往程度。她认为，一个人的幸福与悲哀，也取决于对音乐的认知程度。音乐，曾经带给她痛苦和恐惧，那是她把音乐看得太过高远，其实，音乐很容易接近，也很亲切，前提是要有一个懂得倾听你音乐的人。

这个人，她已经遇到了。

谌言轻拍了下她的肩，舞台上，盛骅朝她伸出了手。他们重奏的曲子，还是那首韦伯的《邀舞》。他这样的姿势，很像在舞会上邀请她共舞一曲。可不就是共舞吗？他的眼睛满含着笑意，像是鼓励，也像是很期待，更像是很欢喜。舞会上那么多的女孩，他只想和她共舞，只看到她。

她拿着琴朝他款款走去。

琥珀今天穿了件大红的露肩长裙，长及脚踝。谌言说，在中国，大红色代表着大吉大利。璀璨的灯光下，大红的长裙就像一团行走的火光，再加上她的优雅与自信，不知道是被她惊艳了，还是被盛骅刚才的介绍惊到了，刚刚还沸腾的体育馆内蓦地一静。

盛骅在心里面忍不住赞了一声：好样的，我的女孩。他把另一只手臂也打开了，等着她走近，他要在几万道目光下，给她一个大大的拥抱。

琥珀看到了他张开的手臂，熟悉的，是他一如既往的强大的气场，陌生的，是他眼中亮得惊人的光泽。她的心怦然加速了。下一刻，她被拥进了他的怀中，她感觉到他不弱于她的心跳，隔着衣衫，一下一下撞击着她。接着，她仰起头，在他的脸颊两侧分别吻了下。

寂静的体育馆突然掀起了一股浪潮，先是抽气声，后来是掌声，还有叫声，也许还有骂声。不过，琥珀才不在意呢！盛骅的身子却突然绷紧了，眼睛倏地瞪大。琥珀不禁有些羞窘，颊吻在西方只是一种礼仪，虽然盛骅在西方生活了很久，但不代表他就西化了，他不会是被她的热情给惊到了吧？

盛骅如坠深渊！

一团漆黑。没有疼痛，也没觉着发胀，突然，一切景象就从他眼前消失了。盛骅紧紧地闭上眼睛，再睁开，还是一团漆黑。那不是暮色四临之后的黑，而是深渊般的黑，黑得时间和空间都像是静止的。这一次，和上次交通意外时的短暂几秒不同，长得像天荒地老。

盛骅惊得魂魄都散了，全身的温度都像被抽走了。他根本就没意识到琥珀吻了他，也听不到四周的声音，额头上瞬间就布满了冷汗。脑子里“轰隆隆”巨响，心跳快得都不能呼吸了，这是病情加重了吗？是不是从此以后就再也看不到光明了？纵使再沉稳，再坚毅，这一刻，盛骅也崩溃了。但他知道他还不能崩溃，至少现在不能，他必须要撑到下台，至于以后……但愿还有以后，哪怕是短暂的以后，他不奢求，一年就好，哪怕仅仅半年，到那时就兵来将挡，水来土掩。

痛楚像潮水般漫进心田，盛骅第一次觉得自己是如此渺小、卑微。

“盛骅？”琥珀低低的声音在他耳边响起，带着不安。

他命令自己镇定下来。他就站在钢琴旁边，转过身就能坐下。本来就是背谱演奏，八十八个琴键，他熟得不能再熟，闭上眼睛都能演奏，所以……一切都会好好的。他安慰地朝琥珀一笑，温柔又迷人。

琥珀心头一松，丝毫没发觉盛骅的变化。

盛骅在琴凳上坐下，手放在琴键上。闭上眼睛演奏和完全失去视力的演奏还是不一样的，闭上眼睛是彻底的沉醉，失去视力心则会悬在半空中，手指战战兢兢。盛骅不由得想起向晚，她没有演出恐惧症，但她是个完美的人，不允许演奏有一点瑕疵。她演奏的时候会死命地凝视着自己的指尖，所以他们从来没有眼神交流。今天的观众也许都不是资深古典乐迷，也许从不听肖邦，但不代表就可以蒙骗他们的耳朵。

盛骅深吸了一口气，手指轻轻落下，很正确，中央C。他扭过头，琥珀站在他身后不远的位置，一袭红色的长裙，微卷的长发披散在两肩，眸如星辰。可惜他看不到，他只能勉强去辨识她的方位，挑了挑眉，好像在提示她舞会要开始了。她应该会回以他一笑吧！

确定了中央C在哪里，盛骅的心就定了一大半。低音区，柔和、轻盈的序奏，从容不迫的旋律，绅士出场了。琥珀的眉微微地拧了下，盛骅的弹奏有一丝的慌乱。她看了他一眼，他仿佛感觉到了她的目光，侧过脸也看向她，嘴角微翘。

大概是听错了，琥珀脸一红，忙举起琴弓。乐曲的画风突变，欢快、明亮、激昂的琴声立刻给人呈现出一场盛大、隆重、欢腾而又华丽的舞会场面，男士们西装革履，英俊挺拔，小姐们浓妆艳抹，曼妙多姿……

这是琥珀在中国的第一次正式演出，尽管她现在声名受损，但，哪怕是再挑剔的乐评家也不得不承认，盛骅和琥珀的二重奏是殿堂级的演奏。在这样的万人体育馆，流行音乐的主场，巨星云集，即使很多从没感受过古典音乐的耳膜也被震撼了，原来古典音乐也可以这么魅力十足，听得都想恋爱了。

第二十二小节，绅士和小姐熟悉了起来，相谈甚欢。盛骅加进了装饰音，旋律更为恳切、真挚。额头的汗越来越密，指下一滑，错了一个音。毫无预期，黑暗倏地被撕开了一道口子，越来越大，光明呼啸而来，他贪婪地睁大眼睛，眨都不敢眨，生怕这是自己的错觉。还好，一切都不是假象。钢琴的每一个键、他弹奏时弯曲的指节、手背上的青筋，都是那么清晰。眼眶在发烫、发热，当他的目光一投向琥珀，她立刻就接收到了。

她的睫毛湿湿的，她哭了？因为喜悦吗？

指下的旋律越发地欢快，她像跟着他的步伐，一圈又一圈地旋转。

演奏中的她，很美。他看了一眼，又一眼……他要把她的样子牢牢记住。

最后一个和弦在指下慢慢结束，回音还在体育馆内回荡，掌声已经响起来了。盛骅站起身，与琥珀一同谢幕后，两人再次拥抱。琥珀觉得这次的拥抱，盛骅很用力，像饱含着一种失而复得的激动。

很多人在下面叫嚷着“再来一首”，盛骅挥挥手，与琥珀相携下台。谌言看着两人，感慨道：“虽然今天现场的音响效果一般，但我真的不能再苛刻了，重奏很完美。”

盛骅指着谌言，对琥珀说道：“这就算完美了，后面的音乐会，看她用什么词形容？”

“那定是一场听觉、视觉的盛宴！”谌言信心十足道。

下一个节目要开始了，伴舞先上场。赵怜惜从琥珀面前走过去，琥珀淡淡地站在那儿，看都没看她。本来就不算相识，以后想必也没相识的可能，她们生活在两个不同的世界。赵怜惜快速地眨着眼睛，把溢出来的泪水堵回去，不然会把脸上的妆弄花的。和区平分开后，她脚踩两只船的事也传了出去，芭蕾舞团待不了，老家不能回，她好不容易才找到这份伴舞的工作，可不能丢了。芭蕾舞，不过是曾经的一个梦罢了，秦笠，也是她曾经的一个梦。呵，她做过不少的梦，现在，她活得很清醒，因为她知道，有些梦，不是努力就能实现的。

赵怜惜甩甩头，扬起一脸的笑，跟着队伍奔向舞台。

盛骅去了趟洗手间，放了满满一池的水，整个脸都浸在水中。他用纸巾把脸上的水珠一点点地拭净，抬起眼，镜子里的人，面容平静，眼底却涌动着浓浓的悲怆。他扔掉纸巾，从口袋里摸出手机。

洗手间里有一扇窗，半开着，有一股水汽飘进来。他朝外看了下，外面不知什么时候下起雨来，雨很大，可以说是暴雨了。他把窗户关实，犹豫了下，还是拨通了岛本医生的电话。

没让他久等，岛本医生很快就接听了。听完他的叙述，岛本医生很久都没出声。盛骅无奈地笑道："岛本医生，你好歹告诉我一声，这次的失明，是因为压力所致，还是以后就时不时地会来一下，频率有多高？"

过了半晌，岛本医生出声了："我说很高，你会立刻来日本做手术吗？"

盛骅挠了下额头："不带这样吓唬人的，我从日本才回来多久啊，你可是说给我一年的时间……"

"我说过很多话，你怎么只记得这句？"岛本医生愤怒地打断了盛骅，"生命属于你自己，我只能建议你，却不能强迫你。"

"对不起，我道歉。"盛骅好声好气地和岛本医生商量着，"我手里还有点事，一结束，我就去日本。这个失明，有药控制吗？"

岛本医生咬牙切齿道："没有。"

盛骅笑了："医者仁心，不能见死不救！"

"盛骅，你手里的那件事非要现在做吗，不能延迟？"

盛骅沉默了下，说道："是的。"

岛本医生叹了口气："每天的药量加倍吧！"说完，他就挂了电话，像是准备放弃盛骅了。

盛骅悻悻地勾了下嘴角，把手机放回口袋。外面的雨声像是更大了，听得人很心烦。但他还要打起精神，演奏只是今天的序曲，正章还没开始呢！

这个盛典，本来就聚焦了各大媒体。媒体今天只想拍几张美照，写点花絮，没想到，盛骅突然投放了一枚重型炸弹，记者们都眼冒绿光了。终于，他们在停车场入口堵住了正准备离开的盛骅和琥珀。

看着眼前一堆的长枪短炮，盛骅悄声对琥珀说："我们只是作为嘉宾来演出下，这下，喧宾夺主了。"

"以后估计要被人家拉进黑名单了。"虽然对媒体的围攻并不意外，但还是有点不安和内疚。不是因为她，盛骅是不用面对这些的。

"太优秀有什么办法呢？"

应媒体的要求，两人很配合地站好，让媒体拍照。

镜头"咔嚓咔嚓"响着，闪光灯闪个不停。抢先出声的是家网络媒体的记者，他们以深度挖掘娱乐圈八卦见长。盛骅和琥珀不属于娱乐圈，可是八卦很劲爆啊！

"琥珀小姐，你听得懂中文吗？"记者穿了件棉质的格子短袖，像洗缩水了吊在身上。

琥珀点点头。

"你和盛骅教授今天的演奏很精彩，听盛骅教授说你们准备组成一个二重奏乐队，叫Moon，这个名字有特别的意义吗？"

盛骅赞许地看着记者，看着貌不惊人，却懂得循序渐进。

"琥珀小姐听得懂中文，但不代表她就能说好中文，还是我来回答吧！我一开始想给乐队起名叫他和她，琥珀小姐瞪了我一眼，说干脆叫男和女好了。"

记者们哈哈大笑起来。

"后来我们又各自起了几个名字，意见就是不能统一。还是朋友家的孩子说，不如叫Moon吧，因为姐姐很喜欢看月亮。我想想，也不算难听，就接受了。"这话真不是盛骅编的，是书记家的小糖球说的。琥珀在书记家待了几天，夜里不睡觉，就趴在阳台上看着月亮，不知怎么给小糖球发现了。

"盛骅教授很绅士哟！"记者顿了下，目光紧盯着琥珀，"前一阵子，网络上有几个关于琥珀小姐和希伯先生的帖子，因为帖子是从国外网站转过来的，不知真假。我想请问琥珀小姐，你的朋友阿峦自杀，真的是因为接受不了希伯先生爱上你吗？"

这样的质疑，琥珀的耳朵都听出茧了，但再一次听到，心头还是控制不住地涌上了羞辱感和气愤，她的脸一下就冷了下来，下巴高傲地扬起。盛骅的手不着痕迹地落在她的腰间，和煦地一笑："谢谢这位朋友帮我们炒作话题，室内乐在中国目前市场是很窄，但我们乐队还是想靠自身的魅力踏实地一步步向前。古典音乐之所以被称为古典，是经过几百年时光洗礼的，一夜爆红对它不合适。"

记者急眼了，他哪有帮他们炒作啊，他是在挖掘八卦："盛骅教授，你不要顾左右而言他，你明明知道我问的是什么。"

"很抱歉，我真不是很明白。"盛骅还是笑吟吟的。

"就是网络上说琥珀小姐插足希伯先生和阿峦……"

"网络上还说琥珀小姐有演出恐惧症呢，你说她有吗？"盛骅收了笑意，语气变冷。

那记者张口结舌，无法回答。琥珀刚演奏结束，几万双眼睛都看到了，明摆着演出恐惧症是别人居心叵测的诬陷。同样的，什么插足、小三、杀人犯，这些传闻也就得推敲一下了。

"国内的观众对琥珀小姐还不算太熟悉，你想提高琥珀小姐的知名度，出发点很好，你可以夸她的音乐，夸她那把价值连城的名琴，如果你不懂古典音乐，怕自暴其短，那就夸夸她长得漂亮，这个总会吧？为什么要选择用这样龌龊的方式呢？你还有没有一点媒体人的职业道德？难道恶心了别人让你很有成就感？”

盛骅一句比一句加重的问话，问得那名记者的脸青了发白，白了又发青，恨不得找条地缝钻下去。其他忙不迭地想揪着琥珀绯闻发问的记者，你看我，我看你，识时务地把已经到了嘴边的问题都咽了回去，改问了几个无伤大雅的问题，盛骅都微笑着一一回答了。

最后，一个兴奋得脸红红的女生问道：“盛教授，你和琥珀小姐是恋人吗？啊，我不是要炒作这个话题，世界上很多二重奏的演奏家，先是搭档，后来日久生情发展成了恋人，感觉你们也有这个可能。盛教授对琥珀非常体贴，而琥珀小姐对盛教授非常信任。”

琥珀保持着得体的微笑，心却在轻轻地颤动。

盛骅挤了挤眼道：“音乐是用来表达自我的一种方式，多关注我们的音乐，我想你会找到答案的。”

这是“是”还是“不是”呢？琥珀不由得抿紧了唇角。

那女生倒是很满意这个答案：“好的，我一定要来听你们的音乐会。我很喜欢你们的演奏，虽然不太听得懂，可是画面很养眼。”

“那就来饱饱眼福吧！”盛骅轻揽着琥珀，朝记者们点点头，走进停车场。上车前琥珀回了下头，有些愣怔。

“看什么呢？”盛骅扶着车门问道。

“只有这样吗？”那种百口莫辩只能任由别人指责、谩骂，不得不躲藏在别人发现不了的角落里的日子就这样结束了？她可以在明朗的早晨去公园晨跑，被别人认出来也不用惊慌。走在街头看到熟悉的人，可以上前问好，而不是慌乱地把目光避开，生怕别人过来问这问那。阳光从树梢间穿过来洒在她身上，她仰起头，闭上眼睛自由自在地呼吸。多么清新的空气啊，带着泥土清新的芬芳，还有草木的清香。

“不然你想怎样？”

琥珀垂下眼帘：“怎么会这么简单呢？”她愿意信任盛骅，但她对自己讲，不要抱太大的幻想。怀特先生不是没有想办法，可是一切的努力都是徒劳，只能眼睁睁地看着情况越来越坏，坏到她以为再也好不了。

盛骅正色道：“哪里简单了，不过是你在拼命罢了。不管多绝望，你都没有想过放弃音乐，哪怕一点亮光，你都用上全部的力气。这样的你，才让我对我们的演奏充满信心，才让我回答他们时底气十足。”

琥珀心道：如果没有你，哪里来的一点亮光？她朝他笑了笑，他应该喜欢她吧？无须问了，一定是。

驾驶座上的谌言按了下喇叭，这两人，有什么话不能上车再讲？在外面说个没完，也不看看还有媒体记者在那儿候着偷拍呢！

谌言特别喜欢房楷送她的这辆跑车，这车她一个人开很拉风，但是再载两个人就有点勉强了。来的时候盛骅让她开他的白色绝影，谌言睨了他一眼：“怎么，我这车委屈你了？”盛骅摸摸鼻子，得罪经纪人，后果很严重，这个可是有先例的。他个头高，只能坐副驾驶座，琥珀就只得窝在后排了，还得把驾驶座翻上去才能上车。

跑车驶出停车场，雨势一点也没减弱，刮雨器刷个不停，视线还是有点模糊。谌言开得很慢，车里可是有两个国宝级的演奏家，她得小心又小心。

像是怕干扰她，一路上，盛骅微闭着眼睛在休息，琥珀托着下巴，看着车窗玻璃上的水流出神，两个人都没有出声。谌言用了比平时多了一倍的时间，才把两人安全地送到了小院。

车里只有一把伞，谌言撑着伞把盛骅先送到门廊下，准备再回身接琥珀，盛骅喊住了她。

“你回去后和房楷商量下，看能不能把音乐会再往前提一提。”

“为什么要提前？”如果提前，海报拍摄要提前，宣传要提前，票务预售那边也要提前，一堆的事。谌言有一点轻微强迫症，定下来的事被推翻，心里面就会很烦躁。

雨小了一点，压在头顶的乌云渐渐地散去，有一丝月光从绽开的云缝间露了出来，浅白又羞涩，不一会儿，又缩进了云朵里。

“今天的采访是琥珀第一次正面回应那些传闻，明天的报道出来后，她的形象应该会有所逆转。虽然这是在中国，但是这边的乐迷一定会急切地与西方的乐迷分享这件事。再加上邓普斯大师的那番话，也许没办法一下子恢复琥珀的名声，但是西方古典音乐圈必然会格外关注我们的音乐会。Moon首场演出之后，你就准备我们的亚洲巡演，差不多在新年左右结束，然后，琥珀就可以好好地准备她的十周年独奏音乐会。演出成功她就能回归到她原先的轨道。不提前，时间会来不及的。”

琥珀的水准，演出肯定成功，谌言不担心，她就是不太明白：“你让她回归原先的轨道，那你辛辛苦苦组建这个二重奏乐队有什么意义？”

“怎么没有意义，凭我和她的影响力，演出商们必然会对室内乐感兴趣，各大音乐院校也会看重室内乐的教育。”盛骅憧憬道。

“然后你回华音继续教你的书编你的曲？”谌言觉得盛骅疯了，兴师动众地成立了一个乐队，却只让它存活几个月。

盛骅眼神很平静：“比较而言，我还是喜欢那种日子。”

“这样挥霍自己在古典音乐上的影响力为她的复出铺路，你这种行为叫为他人作嫁衣，你蠢不蠢啊？”谌言气得把头扭过去，不想看他。

“不是谁都能有幸为他人作嫁衣的。”盛骅笑了下，“辛苦你了，谌言。还有，现在不要和她说起这些，让她专心准备音乐会。”

谌言没好气地道：“我才懒得管你们的事，出尔反尔，朝秦暮楚，早知道不回国了。”

盛骅揶揄道：“这个我可不认呢，你是为了房楷回国的，做我的经纪人不过是顺带。”

谌言严肃道：“我觉得你并不是真正喜欢室内乐，你如果真的想把国内的室内乐发扬光大，就应该把琥珀留下来。”

盛骅摇了摇头，目光一点点暗了下来：“每个人的能力有限，我大概对自己估计过高了。”

“这个时代，强调的是自我、自信，谦虚可不算是什么美德。”谌言恼火地把伞上的雨珠抖了一地，跑到车边把琥珀接了过来，再见也没说就走了。

琥珀纳闷地看着跑车后面的尾灯：“你们吵架了？”

盛骅没否认，淡淡道：“我让她早点和房楷生个孩子，免得房楷整天疑神疑鬼的，都快神经质了。她觉得我没资格说这话。你笑什么？”

琥珀摸了摸嘴角：“有吗？”

“牙都露出来了。”盛骅推开大门。雨水稠密，砖缝间冒出点青苔，他提醒她会打滑，让她小心脚下。

琥珀应着，声音软软的。

盛典组委会有盒饭供应，但两个人的节目排在前面，也没顾上吃，这会儿都饿了。冰箱里除了一袋面包，还有瓶鲜奶，没其他的了。鲜奶倒在玻璃杯里，面包稍微烤了下，又切了点西瓜，就算晚餐了。

外面的雨声有一下没一下的，可能不是雨，是屋檐在滴水，单调却耐听，很是安静。

“这么开心？”盛骅看到琥珀吃得满眼笑意，不禁也乐了。

“是呀，觉得这样的日子真好，很幸福。”

“要求真低。”

“我还有个小小的要求。”

“什么？”

“以后，我们每场音乐会的首支曲子，都用埃尔加的那首《爱的致意》，行吗？”她的眼睛越来越明亮，亮得他都不敢直视。

真给盛骅说中了，媒体连夜赶写的报道一出来，立马上了热搜第一名，不仅遮挡住了盛典上众星的星光，就连在同一天举行的许维哲的“来自星星的你”的音乐会也被衬得黯然失色。

众星心里面微酸，倒还能接受。流行音乐与古典音乐，虽然说是音乐的两个种类，没有高低之分，但是很多人还是认为古典音乐更高深、神圣一点。他们只是国内著名歌手，人家两个可是世界著名演奏家，这没有可比性的。可是许维哲是古典音乐界正当红的新星，不少乐评家已经称他为现代中国古典音乐的“首席”，宣传的力度那么大，各大平台为他加油，当晚各界名流齐聚沪城给他捧场，许维哲的表现也出色，第二天在音乐界掀起巨大波澜应该是情理之中的。确实有不少音乐人士在社交平台上发表了洋洋洒洒的评论，可惜根本无人关注，水花都没溅起几滴，大家的视线都被盛骅和琥珀夺去了。

那只是一首韦伯的《邀舞》，几分钟的演奏，网络上的话题却是一个接一个，有评论演奏的，有谈盛骅的改编的，有谈琥珀的传闻的，就连琥珀的那把琴也占了一个话题。

一度激昂的心情转瞬即逝。

周遭一片寂静，凯尔抬眼看向站在窗边的许维哲，他不知是该说点安慰的话，还是该找个话题，这样子沉默着太让人难受了。

如果不考虑许维哲，单单站在凯尔的角度，他都得为盛骅把握的这个时机和场合拍手叫好，可以说是教科书级别了。他上了下国外的音乐网站，那个二重奏视频已经被转发了上万次，盛骅倒没什么人提，满屏都是琥珀的话题。他有种直觉，虽然琥珀并没有为自己辩解什么，但她很快就可以华丽大变身，而希伯会死得透透的。

可是怎么能忽视盛骅？没有盛骅，琥珀现在会是什么境遇？凯尔如果对中文熟稔，此刻，他必会用“谈笑间，樯橹灰飞烟灭”这句话来表达他对盛骅的感觉。这个人强大得可怕！

回到英国的周晖也一直关注着许维哲的音乐会，在给凯尔的电话里愤怒道，谁给了那两个江河日下的人胆量来和我们打擂台？凯尔也气愤，但他的理智是经过千锤百炼的，人家盛典的时间是一年前就定下来的，许维哲音乐会的时间是上个月才确定的。盛骅是盛典邀请的嘉宾，所以真不能说是盛骅打擂台。但盛骅在盛典上和琥珀携手出现，两人合奏，再加上那一番话，必然是精心设计的。如果单单是他演奏一曲，不可能有这样的反响。可是这是人家的自由，又不在同一座城市，应该碍不着他们啊，谁知偏偏就碍着了。

周晖很不满意凯尔的回答，她觉得是凯尔的工作做得不到位，她要立刻回国亲自盯着。凯尔怎么劝阻，她都不听，还是许维哲把手机拿了过去。

“妈妈，柳向栋被限制出境了。”

周晖一下子哑巴了，许久才声音发颤地问：“因为什么事？”

“说是协助调查江闽雨受害案。他虽然被限制出境，但没有失去自由。”

“他过来找你的？”

“他来看我的音乐会，在庆功酒宴上提了这么一句，让我转告你，他很好。妈妈，你想回国？”

周晖平静了下来，叹了口气：“我老了，回国也帮不了你什么，就不来回折腾了。不过，不管回不回国，妈妈都是为了你好。”

“我知道。”

接完电话，许维哲就站在了窗边。今天沪城的天气有点阴沉，江面上起了雾。隔着雾看江对岸的高楼，像海市蜃楼，很不真实。说不出来的情绪，像是失落，像是凄怆，又像是苦闷，就像清水中的一滴墨，不可遏制地弥漫开来。

一件事，慎之又慎地开始，步步小心，想圆满地画个句号，竟然这么难！

凯尔在咳嗽，像是欲言又止。许维哲回过头，抬起略有些沉重的眼皮，询问地看向他。

“该去机场了。”凯尔指了指手表。

对，去机场，巡演的下一站是长沙，行李早就收拾好了。凯尔让酒店叫了车，上车的时候，许维哲皱了下眉头，问道：“你看到虞亚了吗？”

这一说，凯尔也发现每天都要在他们面前晃悠一下的虞亚今天没有出现。

“可能出去了。”反正到了长沙就会遇上。

许维哲“哦”了一声，习惯性地打开装着乐谱的行李箱，翻看乐谱。但他显然定不下心来，看几行便朝车窗外看一下。到达机场时，他拎着行李下车，突然对凯尔说道：“我想先飞华城，然后再从华城飞长沙，时间足够的。”

凯尔心道：不是时间的问题，而是去了华城，又能怎样呢？

许维哲看着巨大的电子屏上翻动个不停的航班消息：“就想看她一眼，没想怎样。”虽然不一定能见到。

还算顺利。下了飞机，许维哲试着拨打琥珀的手机，总算开机了，电话接得也很快。听到他的声音，她愣了下，便同意见面。他还要飞长沙，便选了个机场与市区中间的位置，是家日式红酒屋，旁边还有个花店。他进去选了盆白鹤芋，也有人叫它一帆风顺，叶片是深绿色的，叶柄很长，春夏开花，现在花期刚过，放在屋子里，可以吸收废气。

琥珀是谌言开着那辆耀眼的跑车送过来的，谌言没有下车，看了看手表："两小时后我来接你，够吗？"

琥珀朝楼上看了看，她觉得可能一个小时就够了，但她点了点头。虽说谌言现在是她的经纪人，但她在谌言面前，远没有在怀特先生面前放松。谌言对她，敬业、尽职，但是也会保持一定的距离。可以说，她们俩目前处在相互观察、相互磨合的阶段，谈交心还有点早。

"稍微收着点，注意不要让别人拍到……你懂的。"谌言耸了下肩，一脚油门踩下，跑车冲出了琥珀的视野之外。

琥珀静默了片刻，推门进去。

许维哲选择了二楼的一个包间，服务生送上红酒和下酒菜，便替两人拉上了纸门，空间一下子狭窄起来。

两个人异口同声道："你……"

许维哲朝琥珀比了个"你先说"的手势。

"那是送我的吗？"琥珀指着摆在一边的白鹤芋。

许维哲点了下头，细心地给她讲述了这花怎么养。上一次见面还是在青台，他们已经近三个月没见面了。虽然没有见面，但他每天都会给她的手机发早安、晚安，问她今天好不好，再告诉她自己今天过得怎么样。当她昨晚把停工很久的手机充上电打开时，他的短信一下子全涌了出来，足足有一百六十四条。她一条条地读完，然后就删掉了。他很关心她，他说喜欢她，是很真挚的，可是……

琥珀把花盆接过来："我会好好养的。"

许维哲故作轻快道："我可不敢当真。"

琥珀对他一笑，很短促，很疏离。许维哲心里面狠狠地一痛，随即又有些恼怒："你是不是在怨我？"

琥珀低头不语。

"你怨我把你演出恐惧症的事透露出去，让你雪上加霜？是的，是我把这个消息透露给虞亚的。那是在青台，你拍摄结束回华城了，希伯跳出来爆料，她正好来看我，又一次向我表白，我说我喜欢的人是你，她要什么有什么，而你，几乎一无所有了，我不能丢下你不管。她说一个绯闻而已，你上不了台，还可以去教书，在家带学生，怎么就一无所有了？我说你有演出恐惧症，很严重，从很久前，你就拉不了琴了。我是故意和虞亚这样说的，依她张狂骄横的个性，必然要大肆渲染这件事。我知道你的演出恐惧症已经痊愈，我看到你在酒店里拉琴了。这样，让事态演变到极限，我再邀请你来我的音乐会做嘉宾，所有的谣言自然不攻自破。我把每个细节都考虑到了，还是晚了一步。琥珀，你就这么不信任我？"

琥珀吃惊地抬起头，显然，她没想到事情背后的出发点是这样的。

"不是信任不信任的问题，这是你在中国的首场个人音乐会，邀请的嘉宾应该是锦上添花，而不是我这样一个负担。"

"于是你就选择了做盛骅的负担？是因为他的琴技比我好，声名比我高，比我有担当？其实，还是你觉得他更值得信任吧！"许维哲的愤怒喷涌而出。

琥珀避重就轻地回道："我觉得他在室内乐上的造诣很高，和他合作，可以学到很多东西。"

许维哲的心里面一片荒凉，荒得寸草不生，突然什么都说不出来了。他直视着她，想起他们在奥地利的初见，想起他去巴黎看她，那些青翠的小植物，水果的清香，她扬起脸时唇角边的笑意。他们在塞纳河边走过一座座桥，看对岸巴黎圣母院上的浮雕在阳光下闪着光，他们在街角买一杯咖啡，吃刚出炉的小羊角面包……一切是那么美好，那么快乐，就这么让它成为过去？

他想起周晖有次喝醉了，边哭边说：“你知道比悲伤更悲伤的是什么？是空欢喜。”

他和她的相遇，也是一场空欢喜吗？

他问过她能不能给个机会让他喜欢她、照顾她，能不能做他首场音乐会的嘉宾，她都没有回复他。

不需要回复，一切只是他一个人的独角戏，她从未参与进来。

菜慢慢地凉了，酒还在瓶中，两只玻璃杯摆在桌边，空落落的。

他直视着她的眼睛，自嘲地一笑，问道：“是不是，你从未把我当朋友？是不是你从未喜欢过一点？是不是你从未考虑过给我做嘉宾？”

三个问题，她都没回答，或者说她都回答了。

琥珀眼睛里看不出任何情绪，许久，她垂下眼帘，扶着桌沿站起来：“我该走了。”

他看着她的手去拉推拉门，很快就要从他的眼前消失。他突然跳起来，冲出去，一把把她拉进怀中。他说不出恳求她留下的话，他只是用力地将她抱紧。她并没有挣扎，一动不动，很安静地让他抱着。

不知道过了多久，也许是一刹那，也许是一个世纪，他一根手指一根手指地松开，退后一步。

她回过头，朝他温婉地笑道：“维哲，谢谢你给过我那么多温馨的时光，我不知说什么好，愿你总能到达希望的终点。”

她走出了他的视野。第一次，她和他道别，他没有相送。

他想独自待会儿，却不能如愿，凯尔催促的电话一遍遍地打过来。

他走出红酒屋，他记得进来时，阳光就高挂在那儿，现在也还在，好像从未偏离。

琥珀还没离开，捧着那盆“一帆风顺”站在对面的马路边。许维哲贪婪地看着她，任由凯尔的电话响着。

谌言的车来了，车上多了个人。看着从副驾驶座上下来的盛骅，琥珀一愣。

盛骅瞅了瞅她手里的植物，嫌弃地勾了勾嘴角，给她拉开副驾驶的座椅，让她坐到后排。确定她坐好了，盛骅又把座椅摆正，这才缓缓地转过头来，对上许维哲的视线。他并没有过激的举止，可以说非常礼貌，也许笑意很浅，但轻轻地颔首任谁也挑不出刺来，可是许维哲却从中读出了一丝……警告？他想，如果此时他再演奏一曲《鬼火》，盛骅绝对不会再弹莫扎特，他会弹戈多夫斯基改编的《肖邦练习曲op25》中的第六首。这首乐曲把三度双音技巧移到了左手上，还必须弹得轻巧动人，难度超越了《鬼火》很多。

呵——他现在觉得他有资格做他的对手，准备迎战了？

许维哲眼神一变，甚至有些阴郁。

去机场的路上，凯尔告诉他，大剧院刚刚在社交平台上发布了预告，两周后，盛骅和琥珀的小提琴钢琴二重奏音乐会将在音乐厅举行。是那个可以容纳一千八百个观众的音乐厅，而不是只有四百多个座位的小剧场，这是多大的胆量和豪气啊！两周后，他们巡演也刚好到华城。上次的亚洲音乐盛典，是个巧合，这次怕是故意为之。凯尔咂嘴，这下，怕是真要打擂台了。

许维哲笑了，幸好爱情不是一切，幸好一切都不是爱情。蓝天依旧，白云依旧，海洋依然波澜壮阔，擂台，打就打吧！

第十一章 旅程的见证

理想很美好，但现实很骨感。只是，琥珀怎么也没想到，会骨感成这样。

大剧院的公告一出来，盛骅也自觉地把状态调整成备战音乐会模式。他不再外出，除了晚上编会儿他的二重奏曲目，休息个几小时，其他时间，他和琥珀几乎是形影不离。

早晨，他和琥珀是各自练习。按道理说，是各练各的声部。琥珀发现不是这样的，他练习的是曲子的总谱。更变态的是，他对自己不仅要求背谱演奏，渐渐地，他就进入了盲奏状态，全程紧闭着眼睛，一个人弹得忘乎所以、不亦乐乎。

说好的二重奏呢？说好的眼神交流呢？

练习一般是四个小时，然后两人坐下来交流对曲子的分析，差不多一上午的时间就过去了。下午他们就开始合奏，还好，他记得只弹自己的那部分。可是这让琥珀更加抓狂了。那首她自以为合奏得很完美的《邀舞》原来是一个大大的误会，不过是他耐着性子陪她玩了一回，根本不是真正的二重奏。二重奏时的他吹毛求疵，一步不让。他说："亚洲音乐盛典上的观众是为了他们喜欢的明星而来，不是为了听你的音乐而来，只能算是业余的，而来听室内乐的观众则是专业的，你也必须拿出专业的态度。"

对一个进入职业演奏行业长达十年的人说她不专业，也太可笑了。

他们的第一次争吵，是因为音乐会的曲目。盛骅不由分说就剔除了《爱的致意》，他觉得这首曲目可以考虑作为返场曲，但不能作为开场曲。开场曲要带一点炫技，他选择的是巴齐尼创作的演奏难度极高的《精灵之舞》。这首曲子原先是为小提琴而写，后来被改编成二重奏，小提琴在精彩的钢琴演奏配合下，显得十分有趣，动感十足，能让观众的耳朵一下子就愉悦起来。琥珀承认，这是正确的选择，可她还是生气了。

第二次争吵，是在重奏时，盛骅说她还是独奏性太强，演奏时的呼吸、音色、揉弦、句法，甚至是演奏方法都不统一，完全不顾及同伴。室内乐要求的是平等、和谐、包容，而她太自大、自我、自私。他严肃道："这可不是你一个人的秀场，你要学着习惯有一个同伴。"

琥珀挑衅地看着他，然后肆意张狂地演奏了一遍小提琴的独奏版，倨傲道："我是很久不上台演奏了，但不代表我不知道室内乐。真正的独奏是这样子的，我已经很包容你了，你跟不上我的节奏，这有什么办法呢？"

两个人不欢而散。

第三次争吵、第四次争吵……哪怕是为了磨合一个小的细节，两个人都能吵上一通，各抒己见，互不相让。吵完，两个人会冷战半天，吃晚饭时，你不看我，我不看你，有事都托阿姨传话。

自从两人同时开启音乐会备战模式，阿姨便也住了进来，负责他们的饮食起居。阿姨觉得不过是活比以前多了点，自己可以轻松胜任。可是这一天比一天浓的火药味把阿姨吓住了。两个人练习时阿姨去倒个茶，蹑手蹑脚地进去，再蹑手蹑脚出来，大气都不敢乱喘。对于阿姨来说，一天里最美好的时光，莫过于早晨去菜场买菜。哪怕下着暴雨，阿姨的脚步都是轻盈的。

争吵，琥珀认为没什么，都是为了让乐曲更加完美。很多独奏家，在演奏室内乐时都会因为见解不同而争得面红耳赤，因为室内乐不仅是独奏家之间的合作，它还包含着竞争、挑战。独奏家的个性里都有着霸道、强势的一面，不过是因为惺惺相惜，选择性地放弃了一部分自我，去包容、接受别人的加入。

但是吵多了，也会伤感情。琥珀也不知自己怎么就那么沉不住气，像个炸药包似的，一点就着。是想让盛骅正视自己吗？正视自己是一个可以和他并肩偕行的优秀的演奏家？

心里面还是有一点惴惴不安的，这“一点”在一天天地悄然发酵着。有一天，她得知盛骅全程录下了她的练习和他们的合奏。录像之后，他反复观看，过了两天，他递给她一张纸，上面密密麻麻，一条条地列着她需要注意并改正的事项。

琥珀捏着那张纸，气得全身都在抖，她再也忍受不下去了。

“你录像是为了留下证据吗？证明你是对的，我是错的。我错了又怎样，我不改正又怎样？你心里面是不是很失望，觉得我愚不可及？放弃我吧，盛骅，取消那个见鬼的音乐会，或者你另请高明，不要再管我，请让我自生自灭。”她把小提琴往沙发上一扔，高声叫着阿姨，让阿姨把她的行李搬进客房。她要远离琴房，远离盛骅，她罢工了！

盛骅看着她把乐谱扔得满屋都是，用力地摔上房门。愤怒让他的胸口剧烈起伏，他铁青着脸，克制地深呼吸，然后拿起桌上的车钥匙，一言不发地转身就走。很快，门外响起白色绝影的发动声。琥珀追过去，只看到白色绝影飞速疾驰的一个背影，怕是有八十迈，这可是在胡同里，平时进来最多二十迈。

“他、他疯了……”琥珀指着白色绝影，对跑过来看是怎么一回事的阿姨说道。

阿姨担心道：“他不会离家出走吧？”

离家出走倒不至于，不过盛骅确实不想在家里待着，再待下去，必然又是一通大吵。他也没看方向，出了胡同口，开着开着，上了高架桥，顺着车流一直往前，然后跟着车流下来。当他停下时，发现附近是个公园。公园里有一个很大的湖，岸边一排参天大树，树下有几个老人拎着鸟笼在看人下棋，一只胖狗在一边自己追着自己的尾巴玩。

盛骅慢慢降下车窗玻璃，看着西坠的夕阳冷静了下来。他意识到自己犯了个错误，因为琥珀身上一连串的事情，她在他面前无助地哭泣、绝望地崩溃，让他以为琥珀是弱小的，需要他的保护和引导。其他事上也许是这样的，可是音乐不行。她和向晚不同，在和他组成Snow前，向晚从没有独奏过，而琥珀已成名十年。不管什么演出恐惧症、什么瓶颈，不可否认，在音乐面前，琥珀都是一个独立的强者。他应该好好地听取她的意见，尊重她的想法，而不是好为人师地指指点点。是他疏忽、急切了。

盛骅抹了把脸，长长地吐出一口气。手机响了，谌言的电话，像是在边炒菜边打电话，不知炒了什么，“噼里啪啦”的，听着就觉得特别香。

“晚上能不能抽个几十分钟出来，我有事和你说。”

“我现在在外面，开到你那儿半小时左右。”

盛骅看了看前后，准备掉头上高架桥，听到电话里谌言让房楷把冰箱里的排骨拿出来烧，再加个汤。房楷嘟囔着：“谁这么不识相，挑着饭点上门，摆明了就是想蹭饭。”

盛骅敲门的时候，排骨刚好出锅。菜摆了一桌，最中间放着谌言喜欢的炸花生米，当然少不了佐菜的梅子酒。谌言腰上扎着个用房楷的旧衬衫改造的围裙，很有贤妻良母的样子。

趁着谌言进厨房拿酒杯的时候，房楷小声警告盛骅：“我老婆虽说是你的经纪人，但一码归一码，谈工作请出去谈，这儿是我的家，是我和她的秘密空间，你少插足。我只忍你这一回，下不为例。”

盛骅淡淡地看了他一眼，目光一转。公寓还是那套公寓，变化却很大，玄关处摆放的高跟鞋、阳台上晾着的衣衫、沙发上多出来的靠垫、花瓶里的花、茶几上紧挨着的马克杯……一切无不显示着屋里多了个女主人，好像连空气都不一样了。再看房楷，从原来成天在外鬼混的高冷雅痞，摇身一变，成了个爱宅的居家好男人，好像还胖了一点。

“结婚真那么好吗？”盛骅问道。

房楷一怔，连忙点头：“当然。不然女娲娘娘当初造人的时候，就不会造完了女人又造男人。这个世界有了男人、女人，才会变得更加和谐，充满希望。是不是看到我和谌言这么幸福，你也想结婚了？”

盛骅真不想看他那副得意的嘴脸：“你以为人人像你那样没出息？”

房楷开心得不行：“别逞能，我知道你妒忌我，罢了，不和你计较，看你可怜巴巴的，允许你下次再来蹭顿饭。”

盛骅不再说话，这天实在是没办法聊了。

谌言厨艺是色相不错，味道差强人意，盛骅吃了一点就不再动筷子了。房楷乐滋滋地把汤汤水水一扫而光。盛骅摸摸鼻子，大晚上的，像这种吃法，不胖才怪呢！不过人家有老婆了，老婆不嫌弃，胖就胖呗。

饭后谌言倒了两杯茶，和盛骅进书房谈事情。房楷挽起衣袖，进厨房洗碗。盛骅刚坐下来，房楷切了盘水果就进来了，站着不走，还分外谦虚："请忽视我的存在，你俩聊你们的。"

谌言翻了个白眼，一把把他推出书房。

这一次Moon的一切事务，谌言不仅事事亲力亲为，每一个细节都是雕琢又雕琢，同时还开创了古典音乐界的一个先例，她接受了几家视频平台对音乐会进行现场直播的提议，这方便了很多没有买到票和没办法到达现场观看的乐迷。

谌言说："我选择视频平台，而不是电视台，是因为视频平台的受众广，不受地域限制，这样子可以一下子增加两百万的观众，你知道两百万是个什么概念吗？这代表全世界喜欢古典音乐的乐迷都在观看你们的音乐会，你们的二重奏会真正成为很多人享受的大众艺术。"

今天谌言把盛骅叫过来，是告诉他，她找到一家唱片公司，准备录制一张现场音乐会的唱片。

盛骅听她说完，笑了笑："票房预售不好吗？"可以说，谌言把能挖掘的每个利润空间都掘尽了。

谌言没有隐瞒："到今天为止，三分之一还不到，很惨淡！我分析了下，主要原因还是大家对室内乐兴趣不浓厚，当然也和有人用有色眼镜看琥珀，以及你定的那个购票规则有关。为什么非要一个人只能实名买一张票？如果我想请朋友一起去听音乐会，还得让朋友不仅要掏身份证，还得自己掏钱，这请的是哪门子客？"

"不是卖出三分之一了嘛，再加上网络平台的转播、唱片的录制，咱们又不亏。"盛骅一点也不惊讶。

“不亏？人家给的只是白菜价。”

“你也不是第一天才知道，艺术本来就是理想主义，少功利心，不屑平庸，不屑虚荣，远离欲望。”

“抱歉，我不是艺术家。”

“现在，你在为艺术家服务，境界自然也该提升了。”

谌言放弃和盛骅争辩，怎么说他都有理，她换了个语气，苦口婆心道：“盛骅，其实你没必要防得这么严实，出不了什么事的，大剧院的安保系统还行。”

“我知道。”盛骅淡然一笑，没有多做解释。谌言以为他防的是一些极端分子会伤害琥珀，这个他倒不担心，他防的是裘逸那位大少爷，要不是他定了这个规定，怕是首场音乐会的票就会给裘逸包圆了，然后裘氏集团中层以上全部出席。另外还有一个虞大小姐，她倒不会喊打喊杀，可是破坏力极大。她现在应该分身乏术吧，她的关注点是许维哲的巡演。

谌言和他还挺心有灵犀，无比羡慕道：“和咱们惨淡的票房相比，许维哲的巡演就真是让人眼红了，简直是一票难求，粉丝数一天比一天壮大。你看这几天的热点都有他，杂志的封面也是他，他还上了《晚间新闻》。年底国内有一个国际大型活动，我听说本来准备邀请你在开幕式上演出，现在人家向他抛出了橄榄枝。我看不用多久，他在国内的声望就能超越你，成为国内名副其实的首席演奏家。”

“我又不是什么高山，超越我能说明什么？”盛骅不以为意。

谌言没好气道：“我是替你可惜。为了一个八竿子打不着的琥珀，付出这么多，不知道是脑子进水，还是鬼迷心窍。”

盛骅的神情严肃了起来：“谌言，你这样是不对的，你也是琥珀的经纪人，你得把心放公正点。”

“好，好，只要你不后悔，我自然能做到公平、公正。”谌言从书柜里拿来一个长长的纸卷，“海报今天出来了，明天起，开始进入狂轰滥炸的宣传阶段。”

盛骅莞尔：“差不多就行了。”

谌言抬眼看向盛骅，欲言又止。

“怎么，还有什么坏消息？”盛骅轻轻挠了下眉梢。

“不算是坏消息，就是这两天西方的一些评论有点过激，说琥珀真的已日薄西山，没人请她演奏，沦落到和一个过时的钢琴家演奏二重奏。”

谌言不过寥寥数语，但盛骅知道真正的评论怕是比这难听很多，估计是嘲讽了琥珀，顺带也把他狠狠地讥诮了一番。

“事实胜于雄辩。”他一点也没往心里去。

谌言“扑哧”笑了：“我真是佩服你强大的自信。”

“不是我强大，而是事实会胜于雄辩。这几句酸溜溜的话轻得没有一点分量，和前些日子的惊涛骇浪比，不过是一场毛毛雨。”

谌言点头，这倒是事实。

“迫于压力，希伯签约的那家乐团还是和他解约了。不过，他被金主包养的那个绯闻被抹得干干净净，看来是金主坐不住，怕了，不得不出手再帮他一把。因为再这样下去，迟早金主也会被扒个干干净净。我还以为金主有多强大呢，不过如此。可惜啊，帮也是白帮，希伯这个名字现在等于在外面加了个黑框，形同死人。”

“你不甘心？”那些人应该知道了，祸水东引的游戏不是能随便玩的，玩得不好就会玩火自焚。

谌言哼了一声：“我是有点意难平。”

“又不是热血青年，还血气方刚呢？”

“你是说我很老吗？”谌言怒道。

盛骅摊开双手：“你是年轻是老和我没关系。”他拉开门，指着站在门外假装看电视实际偷听的男人，“在意的人是他。”

房楷恶狠狠地剜了眼盛骅，上前安慰老婆：“关于年龄这个问题，我们早就聊过，就是到了八十岁，在我眼中，你一如初见。”

盛骅打了个冷战，忙不迭地换鞋出门。正等着电梯，听到门响，一回头，房楷横眉冷对地立在门口。盛骅挑挑眉，以为他替老婆报仇来了，没想到，他神情一变，以房经理的口吻一本正经道：“今天刘队来大剧院了，调看了江闽雨出意外之后三天的监控视频。”

盛骅蹙起了眉，之后不就是许维哲替补江老师登台吗，难道刘队发现了什么？他的瞳孔骤然一缩。

“许维哲演出当晚，他的母亲在中场离开，上了一辆大别克，连许维哲的庆功宴也缺席了。那辆大别克的车主是柳向栋。演出前一天，他的母亲来大剧院和梅耶大师洽谈，向几个工作人员都打听过江闽雨出事的经过，问得很细。”

那时，江老师已经出了意外，周晖上了柳向栋的车，只能说他们是旧识。打听出事经过，正常人都会有这种好奇心。依然什么也说明不了，就像柳向栋事发当天，人在南方出差，有人证有物证，找不出一丝嫌疑。

“这事你知道就行，其他别管。刘队这样做一定有他的道理，咱们等结果好了，你还是多想想你的音乐会。”房楷也是一头的雾水，只是觉得巧得出奇。

“音乐会怎么了？”

房楷两道眉拧起，放下，冷冰冰地打量了盛骅几眼：“如果你当初不坚持放在音乐厅，选择小剧场，就不会这样难堪。”

“不，音乐厅刚刚好。”不是琥珀不能在小剧场演出，而是他希望尽他所能给予她最好的。她是世界级的小提琴家，从来都是在知名的音乐厅演出。现在，他和她的二重奏，当然是选择中国最好的音乐殿堂，他不愿她受一点点委屈。

房楷撇了下嘴："如果你说你没爱上她，谁信呢？"

盛骅身子一震，电梯门开了，他将手挡着门，扭过头，认真地对房楷说道："结婚好像真的不错。"

盛骅回来得并不晚，前院留了盏壁灯，昏黄的灯影下，枝叶轻轻地摇曳着。阿姨还在厨房洗洗涮涮，琴房的窗子透着灯光，隐隐传出小提琴的声音。听到脚步声，阿姨走出来，语带责备道："你走了后，姑娘就把自己关在琴房里，一直在练琴，晚饭也没出来吃。"

"晚饭做了什么？"

"凉面，我特地到山西面店买的面，做了香菇肉酱的浇头，还有莲藕猪蹄汤。"

盛骅的胃下意识地一抽搐，连忙按了几下。在阿姨眼里，唱歌的、弹琴的、画画的都是一类，她知道盛骅和琥珀最近很辛苦，决定给他们补补。刚开始是蜂蜜泡红参片兑水喝，每天每人一大杯，然后是买了一堆梨，又是炖，又是榨，吃得两个人打个嗝，都是一股梨子味。盛骅告诉她，梨和蜂蜜都是润嗓的，他们是演奏，用不到嗓子，用的是手。于是阿姨就开始买猪蹄，买鸡爪鸭爪，说以形补形。

"汤就免了，做点面，倒杯热茶。"

"面是现成的，茶也是现成的。"阿姨麻利地把面放进盘子，浇上酱汁，倒好茶，统一放进一个白色的托盘里，准备自己送过去。盛骅一抬胳膊，接了过来，夹着的纸卷掉到了地上，阿姨拾起，展开一看，惊叹道："这是你们拍的婚纱照啊，哎呀，真好看。"

盛骅稳住托盘，说道："不是，是海报。"

"我瞧着和婚纱照差不多，人家婚纱照都没你们这拍得好。"阿姨赞得盛骅不禁也抬眼看了下。

给他们拍照的摄影师是业内最好的，海报设计师是他女友。几乎她设计的，他都能拍出她想要的效果。海报的设计非常简洁，盛骅一身黑色的燕尾服半倚着巨大的三角钢琴，琥珀一手拿着小提琴，一手轻搭着他的肩，头微微朝他侧着。两个人明明都是眼含笑意深情地注视着前方，却给人一种他们是在深情地凝视着彼此的感觉。在画报的左上角，是一轮明月，凑近了看，会发现那其实是一枚用两尾鱼组成的圆形玉佩。右上角是用花体写的“今宵月更圆——Moon的小提琴与钢琴二重奏音乐会”。

海报是在摄影棚拍的，拍摄那天，另一个棚有个孕妇来拍孕妇照。不知怎么想的，把个大肚子画成个大西瓜。琥珀很好奇，目光总是朝那边瞟，一直进入不了状态。摄影师急了，问琥珀是不是也想怀孕了，琥珀脸一红，目光虽然不再往旁边瞟，但是看着镜头的眼神是飘忽的。摄影师气乐了，无奈之下，让盛骅站到她面前，说：“你俩是搭档，你不想看我，一定会想看他。”

海报上的合照是摄影师后来合成的，想不到效果会这么好。

琴房的门并没有上锁，轻轻一扭就开了。琥珀站在谱架前，谱架上半边放着乐谱，半边放着盛骅给她的那张纸。她似乎是对着盛骅列出来的条目，一条条地在反复练习，乐谱上记了一堆的备注。听到声音，琴声一止，她下意识地扭过头。看到是盛骅，眼睛一亮，然后迅速又暗了，视线倏地一收，把乐谱往纸上一盖，自顾自又拉起琴来，拉得还和原先的一样……明明刚才她有更正。

她故意的！她用行动告诉他，她还在生气中。

盛骅失笑，把托盘放在书桌上。阿姨的酱汁熬得很浓郁，即使出锅好一会儿了，香气依然香浓。琥珀紧抿着嘴唇，可是喉咙却控制不住地蠕动着，应该是在吞咽口水。

盛骅的心蓦地一软，上前握住她的手，柔声道："有什么话待会儿再说，先吃饭。"

琥珀死死地握着琴把，小下巴一抬，个头矮他半头，却做出一副居高临下的样子："你向我道歉。"

"不该指出你的错处？"

"不。我知道室内乐和独奏不同，室内乐是演奏家与演奏家之间的交谈，细腻亲切，有着清晰细致的声部交替，要求很高，很严谨。乐评家说，如果你不弹室内乐，你可能会是好的演奏家，但不会是好的音乐家。因为室内乐是让演奏家从个性过渡到全面。这些我都知道，我也有努力去适应！不说三重奏、四重奏、五重奏……我只说我们的二重奏，我的理解是像花样滑冰里的双人滑，每一个托起、旋转都要精准到位，都是对对方全身心的信任，如果有一点点的防备和躲闪，都会造成重大失误，甚至受伤。我是这样信任你的，你也这样信任我吗？！"琥珀一股脑儿全吼了出来，都不带喘口气，吼完觉着更饿了。

"好，我道歉。"盛骅诚恳道，"我没有摆正自己的位置，还把自己当成是你的导师，而不是你的同伴，这是我的不对。"

琥珀不敢相信自己所听到的，有那么几秒时间，她愣愣地看着他，转不开目光。她见识过盛骅犀利的言语，她知道他才华横溢，显然他自己也非常了解，所以他总是表现出冷静从容，好像这个世界上没有任何事能难倒他。如她跌落到低谷，他说不要担心，一切都会过去的，果真，他把她从低谷中拽了回来，让她再次有了演奏的机会。这样的一个人怎么会道歉呢？

"琥珀，我要向你说声谢谢，也要向你说声对不起。"盛骅把琴从她的手里拿走，小心地放在沙发上，双手轻扶着她的肩，一双深邃的黑眸笔直地看着她，"室内乐虽说是古典音乐中最高级的音乐形式，可惜很多时候，它是聚光灯外的黑暗之处。想在黑暗之处繁花盛开，是我的理想化。我的理想并不是空想，很务实，室内乐是高级，可是又很接地气，一间屋子，几把乐器，就可以演奏室内乐了。不必是高大严肃的音乐厅，不必盛装出席，演出成本相对较低，形式灵活多样，轻易地就能进入大众的视野。室内乐是既养音乐家，又养观众。但是目前很多人还不知道室内乐。谢谢你的加入，让我迈出了重要的一大步，让很多人见识到室内乐的魅力。对不起，琥珀。我应该给你更长的时间去适应、体悟、调整，可是我太急切，在这么短的时间内，就要让你登台演奏。这个演奏，不只是你从独奏到演奏室内乐，还是你的复出，对于你来讲，压力很大，我……”

“我原谅你了，我、我不生气了。”和他吵架，她气愤，却没流泪，看着他夺门而出，她委屈，也没流泪，可是他这几句话，一下子就让她湿了眼眶，让她心里面生出一种冲动，想上前紧紧地抱住他，安慰他，亲吻他。

她不敢！舔了舔干裂的嘴唇，掩饰地端起桌上的水，“咕咚咕咚”地喝了几大口，然后坐下开始吃面。

华城的九月，白天还有点热，晚上却荡漾着薄薄的秋意，这样的凉面，最多再吃个一两次。盛骅还是怕她凉着，起身又给她加了点热茶。然后拉了把椅子，坐在她旁边，拿过谱架上的乐谱，看她写的备注。

琥珀瞟了他一眼，快速地把嘴里的面咽下，郑重地对盛骅说："你不要太着急，以后有我呢！我们可以让二重奏一个系列一个系列地来，让别人无法抵挡它的魅力。”

她的话成功地把他的视线从乐谱上移向了她：“比如？”

“莫扎特系列、勃拉姆斯系列、舒伯特系列……还有爱情系列，《此情可待》《一步之遥》《爱情的故事》《浪漫曲》等等，是不是很能打动人？”

盛骅笑道："也可以来个炫技系列，众所周知，李斯特那些变态的钢琴曲，很多灵感是来源于帕格尼尼的小提琴演奏，如果把帕格尼尼的小提琴曲改编成二重奏，会燃烧全场的。"

琥珀激动地拍了下手："人生如同旅程，上坡，下坡，宽广大道，羊肠小道，跌倒，慢步，奔跑……我们也可以来个旅程系列，从奥地利到意大利，然后俄罗斯、德国、法国……这样一路走下去，这么多的曲目，我们到五十岁怕是也演奏不完吧？"

五十岁，距离他还有二十三年，距离她是二十九年……漫长的岁月，漫长的旅程，如果有她同行，想必不会寂寞吧！只是，人生不如意事十之八九，但最不如意的是：我有一堆的计划，还没开始，便注定夭折。

"你怎么不说话了？"相处久了，盛骅哪怕是丝毫的变化，琥珀都能察觉到。

"噢，我想应该告知你一声，我们的票房不是很理想。"他不想让她一直待在象牙塔里，无论是人还是植物，只有经历风雨才能长得茁壮。

"你很难过？"

"没有。"大剧院三分之一的票房抵得上一个小剧场了，其实并不算太坏。

琥珀耸了耸肩："他们还不知道我们有多好，等演出结束，他们会后悔的。"

盛骅大笑，忍不住伸手揉了揉她的头发："女神，你很自恋哟！"

"这不是你一直以来给我的心理暗示吗？你让我觉得我是这世界上最好的演奏家。"

盛骅在心里默默说道：不只是演奏，在我心里，你的一切都是最好的。

和盛骅冰释前嫌，琥珀心花怒放地睡了。盛骅看着她熄了灯，这才回到卧室，关紧门，拉开矮柜最上面的抽屉，从里面拿出两个药瓶，每瓶倒出十粒药，十粒是白色，十粒是黑色，他苦着脸分成两次咽了下去。然后，他迟疑了下，像鼓起勇气般又从瓶里各自倒出十粒，这次，他分成四次才咽了下去。满嘴的苦涩，喝了很多的水才冲淡了一点。药瓶放了回去，他从抽屉里拿出一个相框，里面的照片是一对夫妻和一个十岁左右的男孩。夫妻并排站在后面，男孩站在两人的前面，在他们的身后，是盛开得如火如荼的海棠花，一串串的花朵，从枝头垂挂下来，搭配着三人脸上的笑，更显娇艳。盛骅伸出手，轻轻地抚摸着三人的脸庞，嘴角不由自主上翘。许久，他才把相框放了回去，关上抽屉。

药吃得太多太快，像堵塞在胸口不好消化。他走到窗边，夜空中，寥寥几颗星子，月亮还没出来。无数个这样的夜晚，他抬头仰望天空，感觉到孤独像海浪，一浪高过一浪地席卷而来。

这夜过后，两个人都把状态调整了一下，重新定位，有商有量，仍然会有争执，但再没争吵过。到底是职业演奏家，很快就“深入”音乐，默契十足，配合越发完美。房楷和谌言来听过一回，谌言觉得唱片的发行量可以考虑加大一点，她有种预感，这张唱片会卖得非常好。

音乐会的曲目也真正定下来了。开场是《精灵之舞》，接着是《流浪者之歌》、维瓦尔第《四季》里的《秋》。中场休息之后，先是《邀舞》《此情可待》，然后压轴是名曲《云雀》，返场曲是中国的《梁祝》。

房楷看过后，朝两人扫了一眼，嘿嘿一笑，说：“这曲目心机满满，方方面面都兼顾了，有炫技，有煽情，还隐含着很深的寓意。”

琥珀没有听出房楷的意味深长，她只听出了赞扬，嘴角高高地翘起，一个人傻乐着。随着演出时间的临近，盛骅从她的演奏中能够感受到她越来越强的自信心。不知道是因为有他的相伴，还是把曲目拆开重新组合，融入了她新的诠释，哪怕是炫技的曲目，她都能轻松驾驭。她的状态已经恢复到她鼎盛时的状态，现在只差一个舞台。

演出前两天，盛骅开车带琥珀去大剧院熟悉场地。闭关练琴这么久，出来后才发现秋意渐深了。路边的银杏树叶已经成了金黄色，枫叶青中泛着红，风里带着草木的香气。路上经过一家剧院，盛骅放慢了车速告诉琥珀，后天许维哲就在这里举行他巡演的最后一场音乐会。音乐会的票开售五分钟内就售空了，但现在仍有不少乐迷在售票处前徘徊。盛骅说他们在等黄牛票。位置不错的黄牛票，现在已经卖到了三五千一张。这场音乐会，许维哲还邀请了一位著名钢琴家和他一起四手联弹。为了给乐迷一个惊喜，到现在还没公布嘉宾是谁。

“我们的票卖多少了？”琥珀问道。

“好像快要一半了。”

“挺好的。虽然观众席坐不满，但我觉得我会很享受我们的音乐会。”有你专心倾听就够了。

说话间，一辆黑色的加长房车从白色绝影旁边超了过去，一个拐弯驶进了剧院。

“他也是来熟悉场地的吧！”琥珀喃喃道。

像是感觉到了琥珀的注视，刚从车里迈出的许维哲倏地扭过头来，朝这边看了过来。琥珀不确定许维哲是不是看到了自己，但她看清了许维哲。也许是巡演超前的成功，让他看上去和以前很不一样，像是多了很多东西。比如从前温和的眼神就多了几分凌厉和果决。

琥珀收回目光，睇了睇盛骅，他专注地开着车，俊朗的面容上一片平静。她悄悄吸了口气，确实没什么可在意的。

大剧院到了，盛骅没有立即进音乐厅，而是在外面站了一会儿。

琥珀静默地看着他，她知道他一定想起了江闽雨，想起了那个周末的点点滴滴。

“走吧！”盛骅率先走向入口处。

音乐会巨大的海报就贴在入口处，海报左右两边是两个人的详细介绍。盛骅说，谌言就差把幼儿园拿过的奖状都写上去了。两个人名字的下方都是长长的一大段，特别是琥珀的，奖多得差点都写不下。

琥珀坦然道：“观众至少会认为我们值那样的票价。”

“你也太低估自己了。”

琥珀俏皮地朝他挤了下眼睛：“我要是把话都说了，乐评家哪有发挥的空间。”

盛骅心里面一阵激荡，真想对她说一句：久违了，琥珀。

琥珀挑挑眉梢，从他身边越过去，大步走向舞台。宽敞的座椅，高耸的穹顶，一流的音响，璀璨的灯光，还有乐池、钢琴……她顺着楼梯走上去，半跪下来，俯身亲吻着地板，这才是真正的舞台，历尽千山万水、寒风冷雨，她终于回来了。

盛骅仰起头，深呼吸，再深呼吸。老师，你在看吗？再过两天，我和这个女孩将在这里演出二重奏。你如果在，一定会说，你以我为傲。我知道你在这里留下了很大的遗憾，我不能为你弥补，但我会尽力将你的梦想延续下去。命运给我的时间有限，老师，请保佑我们可以走得更久、更远，不再留下遗憾。

“下面有请著名钢琴家盛骅先生演奏维瓦尔第《四季》里的《冬》。”台上，琥珀模仿报幕员朝他做出一个请的手势。

他轻笑摇头，走过去，坐到钢琴前：“为什么想听《冬》？”

“我想让我们的寒冬早早过去，然后开启春日的旅程。”琥珀一语双关道。

盛骅忍不住伸手弹了下她的脑门儿，没舍得拒绝她，弹起了

《冬》。其实维瓦尔第的《冬》并不凛冽，甚至是洒脱、欢快、温馨的。第二乐章，像是大雪纷飞的夜晚，一家人围坐在火炉旁交谈、说笑，安静美好的时光。第三乐章，是孩子们在雪地里玩游戏，小脸冻得红通通的，一个个裹得像熊。

琥珀没有带琴过来，站在一边，眼神灼热。她想起在手机上看到的一段像是两个和尚之间的对话。

何为思念？日月、星辰，旷野雨落；可否具体？山岳、河流，烟袅湖泊；可否再具体？万物是你，无可躲。

其实无须躲，也不舍得躲，她要占满他的视线，让他真真切切地看到她对他的思念。

《冬》快要接近尾声，冰裂雪融，春天像个急脾气的小姑娘，拔腿朝这里奔跑着……

“啪，啪，啪！”观众席上传来三声很有节制的鼓掌。

盛骅站起身，定睛看去。不知什么时候，观众席上坐了一个漂亮的女子，她优雅地朝盛骅微笑道：“好久不见，盛骅。”

“向晚？”盛骅飞快地眨了下眼睛。他走了两步，回过头，对一脸严峻的琥珀说道，“给谌言打电话，让她送你回去。”说完，他就急急地走下了舞台。

向晚站了起来，远远地瞟了琥珀一眼，然后把目光移向盛骅。

“什么时候来华城的？”

“傍晚，从机场直接过来的，运气真不错，竟然真的就遇见了你。”

“怎么不给我电话？”

“你有时间接吗？”向晚凄怆地一笑，目光又瞟向台上的琥珀，“盛骅，她，你不觉得该给我个解释吗？”

琥珀寒毛直竖，身上的每一个细胞都进入了迎战状态。

第十二章 右岸的故人

很难想象，向晚竟然是许维哲请来的那位传说中的神秘嘉宾。

盛骅举着夹子在烤架上翻动烤肉的动作一顿，随即便恢复了正常。把烤好的肉放进向晚面前的盘子里，并把放着新鲜生菜的小篮子挪了过去。向晚很喜欢吃韩国烤肉，用蔬菜卷着，里面放上一片大蒜，她不蘸酱，她认为这种原味最好。但她很少吃，用她的话说，吃一次烤肉，在水里泡个两天，走到人前还是有股烤肉味。每次吃完烤肉，向晚要拖着盛骅在街上走到半夜，散散身上的烤肉味，顺便把烤肉的热量消耗掉。他们边走边聊，天南海北，却很少聊音乐。职业就是演奏音乐，若是闲暇时刻还是谈音乐，那音乐再美好也爱不起来了。

"音乐之外的世界，你向往过吗？"向晚把一头长发甩向一边，眼睛亮亮地问盛骅。她是真正的大美女，台上台下都是，哪怕在深夜的街头，灯光昏暗，也一样光彩熠熠。房楷对盛骅那时的心如止水感到诧异，盛骅淡淡道，大概是朝夕相处，他审美疲劳了。盛骅对向晚摇摇头。音乐之外，也许辽阔，也许伟岸，也许神奇，他可以当窗外的风景一样去观赏，不会心向往之。

向晚道："窗户那么窄，你能看到多少？"

盛骅回道："我想看的都能看到。"

向晚嗔怪地看了他一眼："你现在的样子，好像你在巴黎的左岸，而我在巴黎的右岸。"

从哲学上来说，左岸是虚的，右岸是实的；从艺术风格上来讲，左岸是淡泊辽远的，右岸是奢华明丽的；从经济潮流上来说，左岸是守恒的，右岸是新潮的。

这样截然不同的两个人，应该像两条平行线一样毫无交集，可是邓普斯大师对盛骅说："你的个性太鲜明，步子太大，即使你愿意妥协、愿意迁就，别人和你合作也很难磨合。你适合独奏，但不适合室内乐。如果你坚持搞室内乐，依你现在的年纪、资历，成名已久、演奏技术成熟的音乐家看不上你，可是和你差不多的又跟不上你。"他把汉诺威所有学乐器的学生筛了个遍，最后发现了向晚。向晚演奏技巧不错，可贵的是她"擅变"。独奏时她表现一般，但和人合作时她却能轻易地适应对方的节奏。邓普斯大师戏谑道："她就像是一颗地球，虽然她有水、有山、有平原，可是她习惯绕着太阳转。你就是她的太阳，她是为你量身打造的地球，你看，你们都来自东方，有着同样的肤色、眼瞳、头发。"

邓普斯到底是大师级的演奏家，他熟悉音乐市场的规则，也能一眼看穿一个人的本质。盛骅和向晚组成Snow不久，很快就惊艳了欧洲的古典音乐市场。

江闽雨第一次看他和向晚双钢琴合奏后没有点评，只是对他说：

“两个人也好，有什么事两个人一起担着。职业演奏家，不只是要面对上台演奏这件事，还有很多很多你想到想不到的事，一个人，很多时候难以招架。”

说实话，向晚真的是一个省心的搭档，她练琴刻苦，盛骅改编的乐曲，她能在极短的时间内领会。要说美中不足，就是两人之间在音乐上“碰撞”不出火花，没有高手过招的爽感。盛骅宁可她和他争执、辩论，甚至咆哮、拂袖而去，也不希望她是这样温和、周全和体贴。他和邓普斯大师聊过这事，邓普斯大师说是他苛刻了，像这样知音般的同行，可遇而不可求。他自己都一把年纪了，到现在还没遇上。

盛骅觉得自己确实是苛求了。他和向晚合作的几年，应该算是成功的，拿过很多奖，在各个顶级的音乐殿堂都举办过音乐会。他们发行的唱片很畅销，遍布世界的各个角落。职业演奏家其实是很孤独的，虽说有个名义上的家，但是一年之中，有一大半的时间在外演奏，酒店比家还像家，搭档和经纪人比血缘上的家人还像家人。

盛骅和向晚分开时，向晚送他去机场，道别时说：“和你在一起的时光全都很耀眼，因为天气好，因为天气不好，因为天气刚刚好。”

他记得自己好像是疑惑地看了她一眼，便转身走了。后来他在导聆课中间休息时，听一个男生向一个女生也说过这几句话，察觉到他的注视，男生红着脸向他解释：“这不是我的原创，是韩剧《鬼怪》里的一句台词。盛教授，你看韩剧吗？”

盛骅没看过韩剧，但向晚爱看。她很小就出国了，她唏嘘道：“我对韩国的记忆只能从韩剧中来加深。”向晚向盛骅描述过几部韩剧，盛骅的感觉是：太狗血了。

人生原来比韩剧还要狗血，他和向晚这对昔日的搭档竟然在华城“撞车”了。

向晚意兴阑珊把烤肉夹起来，又放回盘中。

"'撞车'这样的事情，一般在音乐市场较为成熟的国家和地区才会发生，看来'中国将拯救古典音乐市场'的言论，真的不是空穴来风。我们这算是狭路相逢吗？"向晚轻笑着偏过头去，对面坐着两个中年男人，西装革履，说的是韩语，像是在谈论合同的细则，你来我往，语气很激烈。

盛骅拿过湿纸巾，拭了拭手指："是相逢，但路不狭。"

向晚转过头看向他："一个是室内乐，一个是独奏音乐会，这是两个方向，撞不上？"

"不是两个方向，是听众群不同。"

向晚一笑，很是善解人意。她可能认为盛骅因为票房不理想，丢不起这个脸，硬掰了个托词。

盛骅淡然地端起茶杯喝着，没有多说。票房的事，谌言后来又做过进一步的研究，真不能全让室内乐背锅。她调查了下，许维哲的观众以琴童和他们的父母居多，他们是为了多一个现场教学的机会。其他的就是他的粉丝们，队伍也不知什么时候壮大的，这些人日常表白也就罢了，他们疯狂到包机来看他的音乐会，一场不落。这是个很奇特的现象，一位古典音乐演奏家得到了像当红流量明星一样的待遇，这是古典音乐已经到了全民皆追的程度呢，还是许维哲是古典音乐界的一股清流？而盛骅和琥珀的观众，大部分是中老年人，谌言说他俩是中老年人的偶像。

盛骅慢条斯理地问："我需要自卑、内疚一下吗？"

谌言深明大义地一挥手："不必了。年轻人没有定性，今儿爱他，明儿爱你，过几天也不知道会爱谁。那些琴童的父母带孩子去看音乐会出发点是不错，但也得看音乐是否适合孩子。你没看到座位上孩子苦着个小脸，动来动去，家长在一边边玩手机边打呵欠吗？这样的票卖得再好，有意义吗？中老年人却是理性的、长情的，愿意花钱来看音乐会，那是一辈子的真喜欢。”

盛骅冷漠道：“你在寻找自我安慰。”

谌言言之凿凿：“反正我被安慰到了，我现在挺骄傲。”

“你笑什么，我说错了吗？”向晚大为光火地瞪着盛骅。

“你说什么了？”盛骅从回忆中回过神，他笑了吗？

向晚语气硬邦邦地说：“我说，必须承认，许维哲很优秀。”

盛骅缓慢地眨了下眼睛，优秀是相对于良好而言，不知道向晚口中许维哲的优秀是和哪些人比较得来的。

向晚的话中多了点怨气：“首场演出一鸣惊人，接着十四场国内巡演，场场座无虚席，这还不够优秀吗？”

盛骅笑了笑。

“我说过我六月之后便没有其他安排，准备来中国发展，让你帮我接洽下。你答应了，于是我便等着你的电话。从六月等到九月，等来的却是许维哲的电话。我想过拒绝他的，但后来我还是答应了，因为对于我来讲，这是一次值得珍惜的机会。我不能再把时光挥霍在无望的等待上。”

盛骅轻轻点了下头：“抱歉！”

向晚疾言厉色：“你确实该对我抱歉，你根本没把我的事放在心上，但每个人的能力有限，这件事我可以不计较。你真正应该感到抱歉的是，在Snow解散的时候你答应过我，除了我，你不会再和别人搭档演奏室内乐，你记得吗？”

“对不起，是我食言了。”

“当初，因为我练习时不在状态，你说了我两句，我赌气地回道：既然你觉得我不好，不如我们分开各自发展。你看了我两秒之后，点了点头，说好。后来我向你道歉，向你赔礼，说我说的是气话，不要当真。不管我哭成什么样，怎么道歉，你还是说我们是成人，言出必行。现在的你为什么就不言出必行呢？”

盛骅诚恳地坦白：“因为我没想到我会遇见琥珀。”

向晚一怔，真希望她没有听到他的回答，这比欺骗、背叛还要让她难受。她讥讽道：“你果真是……埋怨我，不想再忍受下去了。我那句气话正合了你的意，是不是暗地里庆幸了很久？可惜今天的琥珀不是昔日的琥珀，你是遇见了她，却没有遇见最好的她。”

“你现在说的也是气话吗？”

向晚冷冷地眯起了眼，突然站起身，拿起身后的包转身就走。到了门边，她又折回走到餐桌边，微微弯下身对盛骅说道：“不管你在音乐上建树多高，你真的不是一个绅士。”

说完，她背挺得笔直地离开了。在别人惊艳的注视下，即使生气，她也很美。

她盘子里的烤肉一块也没有少，生菜还是原样，茶已经凉了，她似乎就是来这儿陪盛骅坐了坐。

整个晚上向晚没有提过江老师一句。在汉诺威的时候，向晚有事过来找他，江老师总是很热情。经济虽不是特别宽裕，但每次都请她去餐厅吃饭。向晚打电话过来要是盛骅不在，江老师就会等他回来时急忙催着他回过去。于是，向晚有什么着急的事、为难的事，都是先找江老师，效率比直接对盛骅说高多了。江老师出意外前几天，还在委婉地劝他把双钢琴组合再成立起来，那一定是向晚的意愿。她和江老师是常联系的，江老师过世的事，她不提，不代表不知道，只是知道了，她能说些什么呢？节哀顺变？还是算了！

盛骅两指轻捏了下太阳穴，招手买单。出来时，刚好看到向晚上了一辆黑色的车，大概是许维哲那边来接她的车。她和许维哲的双钢琴演奏，应该会很顺利。虽然这两年她一直是独奏，但她状态调整得很快。她是聪明的，在许维哲巡演的最后一场登台，一如那时许维哲替补江老师和维乐合作，作为中国首秀，没有比这更好的舞台了。

聪明人总是知道自己在什么时候该做出什么选择，但有些人却能把生活过得像过山车，让人什么时候都提着颗心。比如……盛骅嘴角噙着笑，掏出手机给谌言打电话："我这边已经结束了。你把琥珀送回去了吧，她晚饭怎么解决的？"

谌言丈二和尚摸不着头脑："我在和摄像师们聊直播时机位怎么布置呢，怎么扯到琥珀了？"

"她没给你打电话？"

"没有啊！她怎么了？"

盛骅收了线，一张脸倏地就比夜色还黑。

裘逸笑得嘴都咧到耳朵根子了，费了很大力气，才让自己看上去不像个傻子。他不是没和显赫的人物同桌吃过饭，但是琥珀主动给他打电话，约他一块儿吃饭，这真的让他有点受宠若惊。就是这吃饭的地点……左边是家手机大卖场，正在搞节日大促销，没见什么人进去，喇叭倒是叫得整条街都在颤抖。右边是家二十四小时便利店，生意很不错。在这两个店之间，有家袖珍的饼屋，像是硬塞进去的。这饼屋线上、线下两边开花，不仅线下客人络绎不绝，线上过一会儿就有外卖小哥来拿货。卖得最好的，据说是款泡芙，香草味的。但今天没做泡芙，没几天就要到中秋节了，店家应着时节做月饼，什么口味都有。

饼屋门口撑了把太阳伞，伞下放了张小圆桌，还有两把木椅，两人一人占了一把。裘逸记得琥珀对花生过敏，特意问了店员，最后选了四个蛋黄肉松的月饼，感觉比较安全，另外要了两杯奶茶。这就是他们的晚餐。裘逸都在西餐厅订好位子了，可是琥珀说她被关了这么久，想透透气。

琥珀咬了口月饼，小心地用手接着饼渣。嗯，好像比胡同口那家糕店的糕好吃点。“你常来这儿买点心吗？”琥珀问道。

月饼做得很小，裘逸两口就解决了一个。他看着琥珀速度也不慢，正伸手拿第二个，眉头不禁微微一蹙：“第一次。我以前听秦笠说过，他的前女友好像很喜欢这家的点心，他常来……琥珀小姐，月饼这东西吃多了伤胃，两个足够了。”裘逸抢在琥珀伸手拿第三个月饼前忙不迭抢过来塞进嘴巴，痛苦万分地吞咽着。月饼除了有着圆满、吉祥的寓意，想找出个其他的闪光点很有难度。味道一般也就罢了，热量还不低，对于后天要穿修身礼服上台演出的某个人来说是碰不得的。她不但碰了，还碰了又碰，这是不知还是故意为之？

琥珀吃出感觉来了，虽然没反驳，目光却一直朝店里瞟着，像是准备再来两个。裘逸眼珠滴溜滴溜地转，想找个法子转移琥珀的注意力。这一转，他的视线突地直了，看着从远处慢慢走近的一个人，瞧着像是……秦笠？

还真是！秦笠也看见了他们，脚步一滞，下意思地想扭头离开。晚了一秒，裘逸那边已高声打招呼。他自嘲地一笑，走了过去，向琥珀点点头。好像自红杉林在华城之恋最后一次演出后，琥珀就没见过秦笠。他并没有瘦得形销骨立，但是眼睛里没有了原先那种对生活充满憧憬的神采，人像被一团灰暗裹着。琥珀看到他背了把琴，是把旧琴，琴盒都裂了个大缝。察觉到琥珀的目光，秦笠坦然道：“我运气不错，在旧货市场淘的，虽然旧，但是把好琴。我现在有好几个家教，不能没有琴。”

“你这是家教刚结束？”裘逸打量着他。

“嗯，正准备回华音。肚子有点饿，就到这买点儿点心。”

裘逸心里面嘀咕：怕是不为买点心，为的是能和那个赵飞燕偶遇吧！他恨铁不成钢地撇了下嘴。早玩完了，还想着她，怎么就这么死心眼呢？

他的表情太丰富，秦笠想装看不见都不行，无奈道："我和她早已经没有任何关系了，但人有惯性思维，一时半会儿改不了。"

都过去几个月了，什么样的习惯不能改变？这分明就是藕断丝连。

"你们后来就再没见过面？"

"我没见她。"关于赵怜惜，秦笠不愿多讲，可是每一个熟悉他的人总会关心地问一下，于是他心里勉强愈合的伤口，免不了一次次地被扯开。他不能怪罪别人，只能尽量地躲着他们。

一直沉默地坐在一边的琥珀突然开口道："我见过她。她现在不跳芭蕾舞了，给人家做伴舞，候场的时候和同伴有说有笑。"

秦笠直直地看着琥珀："是吗？"

"她应该有了新的朋友圈，新工作适应得很好。"

秦笠心里一揪，随即很快释然。这是一种坚强，更是懂得遗忘。遗忘了，就可以轻快地上路，重新出发。这才是生活里的强者，永远不会被真正击倒，永远不会被诱惑，永远不会无路可走，也永远不会全身心地去爱一个人。她对他谈不上背叛、欺骗，最多只算是个选择，说穿了，他只是她那辆叫作青春的列车经过的一个站台，她只是经过，从来就没想过留下。那么，他在痛什么呢？秦笠突然笑了，感觉自己像演了一出独角戏。

"他没事吧？"裘逸愣住，没人说笑话啊！

"没事。"琥珀抽了张纸巾，擦了擦手指。

秦笠直把眼泪都笑出来了，才止住笑。不知是装的还是真的，他好像心情一下就好起来了，邀请两人一块儿去吃夜宵。裘逸都没看琥珀，一口拒绝。

"那下次再约，我回华音，你们？"秦笠把琴盒换了个肩膀。

“我们……”

“我们也去华音看看吧！”琥珀插话道。

袭逸犹豫了一下，想想阿峦事件过去很久了，琥珀都开音乐会了，华音里应该也很安全，再说还有他和秦笠在，天还这么黑，难道还护不住个琥珀？

“行，但是说好，你不可以单独行动。”

“我能去哪儿行动？”琥珀自嘲地摊开双手。

袭逸和秦笠匆忙对视一眼，都叹了口气。

从饼屋到华音很快，袭逸进了大门便把两人放下了，自己找地方停车去。琥珀和秦笠沿着林荫大道慢慢地向里走。琥珀看着路边一盏盏的路灯，看着不远处静静屹立在夜色中的教学楼、图书馆、博物馆，不知从哪里飘过来的琴声、说话声，这一切如此熟悉，却又如此遥远。

她平静道：“这个世界上最容易的就是被取代，少了谁，地球还是像摩天轮一样转个不停。上届的学生可能还记得我在这儿呆过，津津乐道关于我的一些事，新的一届怕是觉得我就是别人杜撰出来的一个传说，再过几年呢，估计都没人提了。时间真的可以把一切抹得干干净净，大概是当局者迷，作为当事人，有时却徘徊在过去里，久久不肯离开，其实不过是不舍，想好好珍惜。以后生活也许会越来越好，可是这些经历，我遇到过的人，我当时的喜悦与忧伤，却是不可复制。”琥珀悠悠地把目光转向秦笠，朝他微微一笑，“秦笠，你没有做错。可是你有没有想过，当你在珍惜你和别人的过去时，也有人在珍惜着与你的过去？”

“琥珀，我……”

“虽然袭逸忍住了，但我知道他刚刚有好几次想问你什么时候回红杉林。不要让他等太久，他对红杉林真的很有感情。”

秦笠低声道：“我也是。”

“我知道。”

“可是我真的没有自信。”

“我也没有，我后天就要开音乐会了，大剧院，顶级的音乐殿堂。”琥珀的声音微微发颤，透露出一丝不安。

“不一样，你有盛骅。”

“没啥稀罕的，你有我。”隔了两棵树的距离，借着朦胧的灯光，有一个圆溜溜的脑袋从树后面探出来，说了一句，又缩了回去。

琥珀和秦笠愕然地停下脚步，接着，几步奔了过去，只见剃了个大光头的沙楠背着个大大的背包眨巴着眼睛站着，面对两人质疑的目光，生气道：“有啥奇怪的，每逢佳节倍思亲，这快过节了，我回家团圆不行吗？”

秦笠不太确定地指了指他的头，吞吞吐吐道：“你这变化有点……大！”

“不就换了个发型嘛，我可没整容，我这从上到下都是原装的，不信你摸摸我的鼻子、耳朵……”沙楠拽着秦笠的手就放在他鼻子上。

秦笠忙附和道：“是，原封未动，就是……”

他话还没说完，沙楠突然往地上一蹲，咧着嘴“呜呜”地哭了：“差一点我就不是原来的我了，瞧见没有，头发都剃了，字也签了，下一步就要进手术室了。我怕我帅得让你们自惭形秽，再也不和我交朋友，我……我是个讲义气、重情谊的人，于是牙一咬，毅然回国。我都是为了你们……”

秦笠拼了命才按住抽搐的嘴角，弯下身把沙楠拉起来：“一个寝室住这几年，你是什么样的人，我们都知道。”

沙楠用袖子抹了把眼泪：“知道就好，以后要对我更好点。”

“想得美。”停好车赶过来的裘逸刚好赶上这一幕，冷笑道，“说的比唱的还好听，你分明是怕疼才逃回来的。”

沙楠急了：“瞎说，我是真的……教授，他们怀疑我，你呢？我是回来得突然，但我对你是绝对的真爱，为了你，我连沙华音都不要了，我还订了你和盛骅音乐会的票，我……”沙楠此时像个孩子，脆弱得很。

“我相信你，真的。”琥珀用眼神暗示了下秦笠，秦笠也点了点头。裘逸不敢苟同地翻了个白眼。

“只要你们相信我就够了，其他人的意见不重要。”沙楠不甘示弱地瞪了眼过去。

秦笠小心翼翼地问道：“音乐会后，还回韩国吗？”

沙楠理直气壮道：“教授又不在韩国，我干吗回去？”

裘逸简直要为他的大言不惭鼓掌了，这脸皮厚得让城墙羞愧：“琥珀小姐之前也没在韩国，你去了干吗？”

“观光旅行。”

裘逸差一点昏厥过去，咬牙朝他竖了个大拇指：“算你狠。”

沙楠脖子一昂，拍了拍秦笠的肩，挑挑眉道：“这不算什么，我们接下来倒真要做件狠事——我们的红杉林韬光养晦够久了，该重出江湖了。”

裘逸嗤笑一声：“就你这发型，一进江湖，就给人揍扁了。”

沙楠摸了摸脑袋，期期艾艾地问琥珀：“真、真的很难看？”

琥珀安慰道：“暂时的，两个月就长回来了。”

沙楠立刻欢喜起来：“那我就再等两个月。”他拽着琥珀的衣角，让她往边上去一去，小声道，“教授，不经历一些破事，真的不知道自己内心想要的是什么。以前我真的是狂妄自大、好高骛远，以为自己是颗金子，搁哪儿都能闪闪发光，原来没这回事。教授，浪子回头金不换，这回我一定踏踏实实地待在红杉林，你说裘大经纪人还会要我吗？”

琥珀朝袭逸那边看了看：“我觉得他此刻一定是欣喜若狂的。”

欣喜若狂的袭逸艰难地控制住情绪，问秦笠：“你说沙楠那家伙是喊个口号，还是来真的？”

“看样子是真的。”

袭逸用力地拍了下树干，差一点儿跳起来：“季颖中那边一直候场中，现在沙楠回来了，这铁三角就差你了，怎么样？”

秦笠看着袭逸迫不及待的眼神，斟酌了下，回道：“我听过不少室内乐的唱片，也看过室内乐的视频，但还没在音乐厅看过顶级室内乐的现场演奏。我觉得这一次，我们都该慎重点，要看自己够不够资格从事室内乐，有没有坚持的动力，所以我想在盛骅和琥珀的音乐会之后再回答你，可以吗？”

“当然，到那时迫不及待的人就是你了。”如果是别的，袭逸还没把握，但是对盛骅和琥珀的音乐会，他太有信心了。

这真是一个迷人而又收获多多的秋夜！袭逸和琥珀目送着秦笠和沙楠走进宿舍楼，看到寝室的灯亮起，听到沙楠像个荣归的将军，一路呼朋引伴，像是准备通宵狂欢。琥珀由衷地叹道：“沙楠性格真好！”知错就改，还能适时地自我调节。

“阿亦……她还好吗？”

“她父母让她休学一年。”

“为什么？”琥珀吃了一惊。

袭逸支支吾吾道：“不太清楚，听说是和华音有点不和谐。”

大概还是因为阿亦打人的事，他父母担心阿亦被华音严惩，休学一年平息下。一年后，沙楠就毕业了，沙华音可能就真没了。琥珀想起当初沙楠说起沙华音时的幸福和兴奋，心头一沉。

袭逸只将琥珀送到胡同口，从胡同口到四合院，还有挺长的距离，这个时间，胡同里的行人很少了。琥珀诧异地看了袭逸一眼，袭逸

“嘿嘿”笑了两声：“琥珀小姐，你今天打电话给我，是单纯地想出来透透气，还是和盛教授闹别扭了？”

“我没有……”

裘逸笑嘻嘻地朝外面努了下嘴：“我猜是闹别扭了吧！今天，不只是你主动给我打了电话，教授也打了两通，他还让我不要告诉你。”

琥珀心道：这样出卖你的老师好吗？

“这别扭闹得还不小吧？瞧，教授都紧张得跑这儿站岗来了。”裘逸吐了下舌头，“我假装没看见，给他留点面子，不然他那张冷脸能对着我半年不解冻。”

裘逸把琥珀一放下便飞也似的跑了。琥珀默默站了一会儿，朝避着灯光站在广告牌后的盛骅走过去，她哪只眼睛都看不出他紧张了。

裘逸那辆巨无霸的车，那惊天动地的轰鸣，那雪亮的车灯，即使在湍急的车流里都能一眼就辨认出来，但盛骅站着没动，只是眼睛眯了眯。

“你站在这儿干吗？”几十步的距离，琥珀已经把情绪管理得很好了，语气平和，给人的感觉像是什么事也没发生。

“数车！”

“过去多少辆了？”

“六十七！”

琥珀本来想说“你很无聊吗”，话到了嘴边，她换了个问法：“你很寂寞吗？”

盛骅点点头。琥珀难以置信地瞪大眼睛，怎么可能，你今晚该是有朋自远方来，不亦乐乎！

盛骅慢悠悠道：“寂寞并不是指有没有人陪着，而是心里的一种无奈，不可言说的无奈，不被理解的无奈，无处着落、无枝可依的无奈。”

哎哟，他说得让她生出罪恶感和同情感了。琥珀忍不住辩驳：“把人丢下就走的那个可不是我。”

盛骅认真地端详着她：“你这是怪我吗？好吧，以后去哪儿，都带上你。”

“我、我……我才不要去当闪光灯，不对，是路灯。”

“是电灯泡。”

“管他什么灯什么泡，没有你，我一个人也可以过得很好。”

盛骅眼中闪过一丝笑意：“嗯！但我不行，没有你，我真的是很无聊，很寂寞。”

琥珀正要回击，鼻子一嗅，一股呛鼻的烤肉味：“你吃烤肉了，臭死了！”

她越过他，走进胡同。盛骅扶了扶眼镜，嘴角一点点地翘起。

走到院门口，琥珀才想起自己没有钥匙，阿姨这会儿早回去了，她只得气呼呼地站在门边等着盛骅开门。盛骅开了门，身子突然一转，一把拉过琥珀抱了抱：“我们是搭档，一起分享音乐，那么，要臭也一起臭。”

琥珀急得大叫：“我才不要，快放开我！”

盛骅松开她，大笑而去。

人生的旅途上，很多时候我们都是一个人独行。僻远的小镇、繁华的都市，脚步匆匆疾行。有一天，当你遇到一个人，即使正穿行在干旱贫瘠的荒野，你也会情不自禁地放慢脚步，好似眼前处处鲜花盛开。其实事物的本身是不变的，变的只是人的感觉。

人，生而孤单，却会因为一个人而治愈。

“十四场音乐会，十四座城市，每四天换一个地方，行程虽然紧密，演奏质量却一直保持着极高的水准。你这是和谁在较劲？”陶月今天只是观众，不是主持人，大概是职业习惯，聊着天，就带上了问题。

许维哲正在扣衬衫的袖扣，他已经化好妆了。第一首曲子是他的独奏，第二首才是他和向晚的四手联弹，然后是双钢琴合奏。巡演的最后一场，他没有紧张，只有意气风发。

“较劲这个词用在我身上不太合适，我不是那种和别人和自己对着干的人。我觉得这是我对音乐态度的一种改变。以前，我虽然也非常喜欢音乐，但作为职业，总是不得不考虑市场的需求，很多时候很无奈。现在，我觉得与其把音乐当成谋生工具，不如把音乐作为尽情生活的方式。”

“于是你就任性地邀请向晚来做你的嘉宾？她够漂亮，还是盛骅的前搭档，在别人眼里，太多的看点了。”陶月语气虽是揶揄，话却很是犀利。

许维哲照了下镜子，确定衬衫、长裤的每一处都很完美，这才拿过礼服，淡淡道：“我考虑得没有那么仔细，只是她的档期刚好合适，交流也没问题。”

陶月懒洋洋地从沙发上起身，走近许维哲，替他理了理礼服的前襟：“那你真是很幸运，就是不知高傲的盛骅教授此刻是什么感受？”她歪了下头，长发的发梢微微拂过他的脸颊，一股神秘的香味幽幽地在周遭浮荡开来。

许维哲不着痕迹地往边上避了下：“还有半小时音乐会就要开始了。”

陶月微微一笑：“是呀！我们拍个合照吧，我觉得今天会是个特别有纪念意义的日子。”她掏出手机，期待地看着。

许维哲怔了下，还是同意了，准备叫凯尔过来拍照。陶月娇媚地捂着嘴巴：“不要告诉我，你不会自拍？”她一手挽上许维哲的胳膊，一手举手机，“看着镜头，来，笑一下。”许维哲看过去，突然，她头一扭，吻上了许维哲的脸颊。镜头“咔嚓”一声按下了。

“没别的意思，就是圆了一个粉丝对偶像不切实际的愿望。”陶月说道。

许维哲有点无语。

陶月开心地带上更衣室的门，一抬头，虞亚两臂交叉地倚着墙，面若寒霜地瞪着她。陶月一愣，眉头轻蹙了下，然后笑道：“虞小姐也是来看音乐会的？”

虞亚一言不发，双目危险地眨了下。

“看来虞小姐很忙，那就不打扰了。”陶月保持着得体的笑容，优雅地准备离开。

“站住！”虞亚从齿缝间挤出两个字。

陶月心里面暗暗苦笑，脸上却不露半分：“有事？”

“我听说你是个集邮女，上过你节目、被你看中的男嘉宾很难幸免，本来和我没半点关系，但是你竟然把手伸到了我面前。”虞亚目光朝更衣室的大门一瞥。

陶月脸上的笑意一敛，她也算是名主持了，走到哪儿别人都是笑脸相迎，哪里听得下这番恶语相加。

“真不知道是谁替我这样广而告之的，实在是抬举我。我不过是一个微不足道的小主持人，拿着微薄的薪水，能说动嘉宾上我节目就要偷笑了，其他的能干吗？我又不是经济实力雄厚的虞小姐，看中谁就能包养谁，中西方一网打尽……”

虞亚一记耳光甩过去：“你不是传媒大学毕业的吗，难道你们老师没教过你怎么好好讲话？”

“虞亚！”陶月捂着脸，难以置信地瞪大眼睛。

“你也配直呼我的名字？”虞亚呵斥道，“信不信我明天就能让你铺盖都不拿，赤条条地从媒体界滚出去？”

陶月闭上眼睛深吸了一口气：“虞小姐以为自己能主宰宇宙吗？”

“不能，但主宰你的命运肯定是可以的。”

陶月轻蔑道：“一个连自己父亲都不待见的人，也就只能靠砸砸金钱操控别人的命运来寻求存在感了，真是可悲。”

“你说什么？”虞亚声音尖得都破音了。

“不是吗？你上次见到你父亲是什么时候？你过生日他给你送过什么礼物？你最近过得怎样，他有过问吗？哦，他的新女友恰好也上过我的节目，我们私下常联系，在她眼里，你父亲是一个风趣、睿智、儒雅、温柔的男人。”

这一句句话就像刀一样，一下比一下深地刺进虞亚的心窝，她疼得五脏六腑都移位了。

“你这个让人恶心的、不要脸的臭婊子，我今天不把你撕碎了，我就……”她双眼血红，发疯般地向陶月扑了过去，这时，一双大手紧紧地拽住了她的手臂。

“够了，虞亚！”

虞亚眼眶立刻就湿了，她抬起眼，嘴唇颤抖：“你不仅让这个女人进你的更衣室，你还帮着她。我和她，孰轻孰重，你分得清吗？”

许维哲没有回答她，平静地看向陶月。陶月理了理身上的长裙，好像刚刚什么事也没发生似的说道：“我好像需要去补个妆。回见，许先生。”她看都没看虞亚，转身走了。

直到她消失在走廊的尽头，许维哲才放开虞亚的手腕，一字一句道：“虞亚，虽然你为了我的音乐事业做了很多，但是我不是你的私有物。”

虞亚一颗就要夺眶而出的泪珠僵在眼角，许维哲疏离、冷漠的口吻，让她愕然。

许维哲继续说道：“不是今天我刚好目睹了你无理取闹的行为才对你讲，而是我一直以来，考虑了又考虑，我觉得不能再当你是个被宠坏的孩子，总是包容、忍让着你。你该知道，你只是我的一个乐迷，无权这样对待我的客人，更无权干涉我交友。”

“我只是……一个乐迷？”她眼角的那颗泪珠一下滚落了下来。

“是的！”

“如果我不愿意……”虞亚一甩头，发狠道，“你能把我怎样？我告诉你，只要敢靠近你的女人，我一个也不会放过！”

许维哲脸色一下变了：“你对向晚做了什么？”

“她不算，她对你没兴趣，她喜欢的人是盛骅，你请她过来，不过是想挑衅盛骅和琥珀。”

许维哲暗暗松了口气：“虞亚，你可能不知道，在你父亲向我现在所在的公司推荐我时，他们已经和我接触过几次，很多条款都已谈妥。你父亲出面，他们不过是顺水推舟。”

虞亚的心一下乱成一团：“你干吗告诉我这些？”

“我想告诉你，我并不欠你什么，我们之间，除了音乐，以前没有别的，以后也不会有别的，我该去候场了。”

虞亚想吼、想哭、想骂人、想打人，可是她却像根木头钉在原地，动弹不了，她只能眼睁睁地看着许维哲从她面前走开。

向晚已经在候场区了，两架大三角琴并排放在舞台中央，大幕还拉着。

许维哲走到向晚的身边，轻咳了两声，小声道：“我可以解释下。”他刚刚眼角的余光看到走廊的另一侧闪过一片裙角，那颜色正是向晚身上的晚礼服的颜色。

向晚没有惊疑，温婉地一笑：“我和你一不是故交，二不是新友，你邀请我，肯定有你的目的，而我接受也有我的目的。我们各取所需，我很清醒，你呢，也清醒吗？”

许维哲愣愣地看着向晚，向晚轻轻颔首，像朵云一样飘走了。凯尔拿着手机走了过来，很是纠结道：“是那位柳向栋先生的电话，我让他等音乐会结束后再打来，他说等不了那么久。他、他一直在哭。”

许维哲眼角连着跳了两下，他把手机接了过来，里面传来老男人无助的呜咽：“是维哲吗？我实在撑不住了，我决定去自首。你放心，这事和你没半点关系，你什么也不要管，我就是和你道个别。”

第十三章 秋夜的盛宴

●● ○

一场高规格的音乐会，在开场半小时前，观众已全部就座……琥珀握着幕布的手一紧，黯然地看着空了一小半的观众席。坐着的一大半里有不少华音的学生和老师，像书记、徐教授，连宋书宁也来了，还有红杉林……应该还有盛骅在音乐圈的一些其他朋友，都是来友情捧场的，不是他们，观众席会空荡得更加让人难堪。大剧院建成以来，不知道是不是头一回被人这么冷落？下面有人在咂嘴，说：“可惜了，可惜了……”可惜什么呢？这典雅的音乐厅竟然用来举办一场室内乐？还是可惜盛骅怎么和她搭档了？

并不是琥珀敏感，其实她的心脏现在已经被锤炼得很壮实了，而是很多事，她自己无所谓，可是扯上盛骅……不要把这样的结果都推到室内乐市场不成熟上，多多少少也有她的关系。被谩骂，被诬陷，她都能高高地昂起下巴，轻蔑地看着那些人。那时，她的内心有着强大的自信，此刻，看着稀疏的观众，她不想沮丧也沮丧了。虽然演奏家靠琴技证明自己，但是座无虚席的观众席、持久不息的掌声，也是对演奏家的一种肯定。不管之前心理建设得有多好，眼前的这一切让她不得不面对——她还是做了盛骅的累赘。依盛骅的才华、名气、人脉，不该被这样对待。

“还有二十分钟。”琥珀听到谌言在身后对谁说道。

谌言今天很谨慎，一小时前后台就开始清场了，除了工作人员，其他人员不得进入后台区域。房楷也属于其他人员，被赶走时，脸都气青了，说君子报仇，十年不晚。谌言回道：“我是女子，你不知唯女子和小人难养也？”房楷哼哼道：“好男不和女斗。”

琥珀转过身，和谌言说话的人是盛骅。他朝她挑了下眉，好像嫌弃谌言很烦似的。

谌言提醒了盛骅一句，又扭过头对琥珀说道：“你再检查下琴弦，你可是有在音乐会上把琴弦拉断过。”

“那个场面已成经典。”盛骅笑道。

谌言看了看两人，没有多说。

等她走后，盛骅走到琥珀身边，从还留了一条缝隙的幕布往外看：“第一次做经纪人，她有点紧张。”

琥珀的心跳倏地加速，她不安地看着盛骅，看到那些空着的观众席，他很难受吧？

“你也紧张？”盛骅收回目光，把幕布拉实。

“我、我还好。”盛骅的神情连一丝涟漪都没有，琥珀下意识地咽了口口水。盛骅个头本来就高挑，配上合体的黑色礼服显得更加挺拔了。他今天没有戴眼镜，眼睛看上去很大，很亮。

“琥珀，我们很幸运！”盛骅忽然感叹道。

琥珀瞪大眼睛，他这是苦中作乐还是自我解嘲?

盛骅走到舞台中央，此时，舞台上方的灯还没亮起，光线很暗。三角钢琴放在正中，他抚摸着琴身，轻声道：“二十世纪二十年代，小提琴家克莱斯勒来中国访问，首场演出，台下竟然都是外国观众。中国观众不是不喜欢西方音乐，而是他们不了解。和那时的情况相比，我们今天演奏的室内乐，大家也不是很熟悉，却好很多。”

这哪有什么可比性，琥珀啼笑皆非：“我……”

盛骅竖起食指贴着嘴唇，做了个噤声的手势。他走过去，拉过她的手，和她一起走到钢琴边：“看，这是属于我们的舞台，钢琴就在这里，你无论是坐着、站着、走着拉琴，一个侧身就能看到它，它绝对不会乱跑。”

琥珀不禁莞尔，它要是会跑，要出人命的。

“很多乐评家喜欢把同类型、同一时段的演奏家放在一起评论，其实音乐里不存在竞争。今天所有的曲子经过我们的演奏，不管呈现出什么样的风采，它都是独一无二的。不要去比较，享受就好。”盛骅喉咙微微动了下，声音变得低沉，“我在英国演奏的时候，有一位钢琴家也与我们‘撞车’了。他已经很老了，那场是现场录音。他的第一首曲子是贝多芬的《降E大调第十八奏鸣曲》，弹完第三乐章时，他中断了演奏，对观众说‘请让我休息一下’，说完，他艰难地扶着钢琴站起来，慢慢走回后台。过了一会儿，主持人上台说，钢琴家因为心脏不适，不能继续演奏贝多芬的奏鸣曲，改弹舒曼的《黄昏》。然后，钢琴家上台了，他的《黄昏》演奏得凄楚，带着几分无奈，百感交集，下面的观众有人开始抽泣了，他们已经预感到这是钢琴家最后一次演出。最后，演奏家强忍着心脏的剧痛，返场演奏了一小段舒伯特的《即兴曲》，他尽力为自己几十年的演奏生涯画上了一个完美的句号。这场音乐会前后只有二十七分钟，被称为最有价值的音乐会现场录音。琥珀，今天台下的观众，是坐得不满，可是他们是因为室内乐而来到这里，还有很多很多的观众可以通过网络直播平台同步收看我们的音乐会，我们可以把我们准备的曲子全部演奏完，还可以返场，以后还有一场接一场的音乐会等着我们，我们还有什么可遗憾的呢？”

无论何时何地，她有一点情绪的波动都逃不过他的眼睛，他知道她不安什么、沮丧什么、担心什么，及时耐心地宽慰她。一个人怎么可以细腻、温柔到这种程度？她知道自己是优秀的，但还没优秀到可以成为谁的独一无二。何德何能，让他如此珍惜？琥珀的眉宇陡然生动了起来，她目不转睛地看着他的眼睛，说道：“我……已经准备好了，现在，可以把你的舞台分给我一半吗？”

盛骅松开她的手，退后一步，左手放在胸口，行了个绅士礼：“这是我的荣幸，琥珀小姐！”

两个人相视而笑，再次执起手，走向候场区。

站在不远处的谌言看着两人，背过身去，长长地舒了口气。和是不是第一次无关，她就是不由自主地捏着把汗，担心演出前有什么状况出现，担心演出中琥珀出现什么状况，担心……有的没的，各种担心，不过，现在好像没什么可担心的了。大幕马上拉开，灯光亮起，请来的主持人即将上台，琥珀和盛骅看上去不错，她可以分点心关注下许维哲的音乐会了。许维哲的音乐会是七点半开始，比这边提前半小时，感觉像处处要压他们一头似的。说不比较那是骗人的，特别是那些粉丝，那些乐评家，就爱赞一个踩一个。

感谢热情的粉丝，虽然没有平台直播，但是网上已经有人上传了一个接一个的片段。

许维哲今晚的音乐会是李斯特专场，不过不是那些为大众所知的激烈的炫技性作品，他选择的是李斯特浪漫、柔情的一面。开场就是李斯特《旅行岁月》里的一首《华伦城之湖》，像湖水波浪一样的单调节奏，好几次反复平静的旋律。就连谌言也不得不叹一下，只有有着强大的自信，有着坚实的观众基础，才敢用这样单纯而朴实的乐曲来做开场曲。乐曲很美，这套组曲是李斯特与一名美丽、幽默而又聪明的公爵夫人私奔到日内瓦后创作的。这个在欧洲音乐史上有着“恺撒大帝”之称的男人，那时满心满眼大概都在冒着粉红泡泡，一缕风、一朵花或一首诗，都能让他灵感大发。

许维哲的表情并不夸张，但内在的激情和高超的技巧演绎充分展现了强大的音乐表现能力……谌言中肯地评价：还不错。粉丝的赞语却是穷尽了天下华美的词语，谌言忍不住酸溜溜地撇了下嘴。

接下来，便是向晚和许维哲的双钢琴演奏。谌言知道向晚是美女，可是当盛装的向晚从舞台的一侧娉娉婷婷地走上来，站在璀璨的灯光下时，还是让人惊艳得都忘了眨眼。观众席在片刻的安静之后，掌声再次响起，有些人激动得都站了起来。更疯狂的是，向晚和许维哲演奏的竟然是李斯特那首《爱之梦》。

谌言不知道这曲目是谁定的，实在是谙熟当下粉丝的心理。这样的俊男靓女，这样的曲名，这样的画面，琴技重要吗？音乐重要吗？一切一切都不重要。哪怕他们仅仅是对视一眼，下面的观众都想尖叫。如果单单从市场的角度出发，就这一曲，这场音乐会已经成功了。许维哲请对了人，向晚也来对了，盛骅和琥珀的这场音乐会估计会……谌言把手机往口袋里一揣，如果音乐太合群、太大众，那就失去了品位。

舞台上，盛骅已经在钢琴前坐定，琥珀站在钢琴的对面，两个人隔着钢琴相互轻轻地颔首。不过是开演前例行的礼仪，谌言却仿佛看到两人深深地拥抱了下，她抿嘴轻笑，不是偏心，她有种直觉，这场音乐会才是高品质的真正意义上的音乐会。

果真是一场视听盛宴！

无论是诙谐俏皮的《精灵之舞》，荡气回肠的《流浪者之歌》，还是正应时节的《四季》里的《秋》，每一首都是那么的酣畅淋漓、华美绝伦。钢琴与小提琴并驾齐驱，互相竞奏，一唱一和，让听的人下意识就屏气凝神，沉浸在音乐所营造的特定的氛围之中。以至于上半场结束，中场休息时，很多人都回不过神来，时间怎么过得这么快？还要多久下半场才开始？很多人暗暗庆幸，幸好来现场了。

沙楠扭扭脖子，动动僵硬的脚，刚才半点也不敢动，生怕一动就错过了精彩的细节。“爽不？”他用胳膊肘碰了碰旁边的季颖中。今天，红杉林久违地聚齐了。

季颖中头发长得都能编麻花辫了，他甩开遮在额前的头发，木着个脸点了下头：“你得加油！”

沙楠被他说蒙了：“我、我加什么油？”

“你有多久没练琴了？我可是一直有练，秦笠也有。”

沙楠在心里面翻了个白眼，这家伙真没意思，聊个天都能把人聊哭：“我这不是刚回来嘛，你急啥？”

“我等你们很久了，你们再不回归，我就叛变。我喜欢室内乐。”季颖中盯着舞台，眼睛亮得惊人，“看了盛骅和琥珀的二重奏，我越发坚定，我要把这条道走到黑，不死不休。”

沙楠和秦笠面面相觑，这算发毒誓吗？

“好吧，我加油！”如果不加的话，沙楠感觉自己会落得个众叛亲离。

“你呢？”季颖中死死盯着秦笠。

秦笠苦笑：“如果你们还愿意接受我，我……”

“接受！”一直冷眼旁观的裘逸心里那熄灭了很久的经纪人之火瞬间点燃，忙不迭地插话道，“从前种种譬如昨日死，只要你们肯回归，无论好的坏的，通通接受。”

沙楠被噎了一下：“你把话说清楚，谁是好的谁是坏的？”

裘逸难得好脾气地说道："都好，都好！那就这样愉快地决定了，从这一刻起，咱们全新的红杉林正式成立。"

沙楠小声嘀咕："怎么像是在密谋一场起义似的？"

"对于我来讲，真的就是一场起义。因为起义不仅需要胆量、勇气，还需要决心。"秦笠郑重道，"这一次，不管遇到什么事，都不会再放弃了。"

"我也是。"沙楠轻声附和。

裘逸先伸出手，然后是季颖中，接着是沙楠，最上面是秦笠，四只手叠在一起，四张年轻的脸庞上多了一份毅然的坚定。

裘逸说道："咱们红杉林不敢以Moon为目标，但可以以此为方向。"

"你能再有点出息不？"沙楠嫌弃道。

"这不是有出息没出息的事，而是咱们得务实。盛骅和琥珀实在太难超越了。"

沙楠"嘿嘿"一笑："难超越的不是他们的琴技，而是心灵上的共鸣，瞧见教授看盛骅的眼神了吗……我赌碗兰州拉面，盛骅一定向教授表白了。"

季颖中摇头："十杯星巴克，我赌没有。"

秦笠含笑不语，笑容里带点苦涩。他是过来人，在他看来，盛骅和琥珀之间有股气流在涌动，这时是爱情最美好的样子，我喜欢你，你喜欢我，而我们还没有说破。

沙楠睨了眼裘逸："你参与不？"

裘逸回了句："无聊，庸俗。"这有啥好赌的，他八百年前就知道了。

二楼一个露台的角落里，房楷嘴角缓缓扬起一抹意味深长的笑，在舞台上大把大把地撒狗粮，真是令人头痛呀！

琥珀真没有刻意流露什么，她只是情不自禁。中场休息过去五分钟了，她的腿还在抖，不只是腿，她的手，她的心都在抖。下台后，她故意没有和盛骅坐到一起，也尽量不看他。她不敢靠他太近，她怕自己会忍不住想拥抱他，亲吻他。他们排练过无数次，可是哪一次都没有这次契合。这种契合不只是琴技、对音乐的诠释，还有他们的一呼一吸、脉搏的一起一伏，包括心中厚重的情感，都是一样一样的。就像在十米跳台，两个人一起起跳，曲体、翻转，就连入水时压下的水花，从侧面看过去都是宛若同一人做出来的。

她演奏的时候，眼中没有舞台，没有观众，没有灯光，只有他和音乐。

以前，她都是独奏，无从比较，以后，也许还会独奏，也许还会和乐团合作，也许还会和别人来个三重奏、四重奏、五重奏……但是不会再有人像他这样，带给她音乐上的高度、广度、厚度，还有情感上的激荡、和鸣，只有他、只有他……琥珀命令自己赶快打住，不能再想下去，下半场即将开始，是什么曲目？哦，《邀舞》《此情可待》……

“琥珀？”

琥珀猛地抬起头，羞红着一张脸看着站在她面前的盛骅。

盛骅拧了拧眉：“你没事吧？”

“没有，我很好。”琥珀挺直了背，坐正，咳了两声，来控制自己加速的心跳。

盛骅打量了她两眼，说道：“下半场……”

“我会好好拉的。”琥珀连忙表决心。

盛骅默默地站着，琥珀不好意思地一笑：“抱歉，你继续说。”

“下半场的第三首乐曲《云雀》，我想改动一下，由你来独奏，我来伴奏。”

“为什么？”琥珀呆住了。

“我觉得小提琴独奏比二重奏更能表现出乐曲的灵魂，当然如果你认为自己还不能胜任独奏，我们可以不改动。”

“我、我可以的，可是……这是我们两个人的二重奏，怎么可以……”琥珀不知该说什么好。

盛骅笑了：“二重奏又没有什么硬性规定，什么曲子该怎么演奏，很多二重奏音乐会上，演奏家们也会安排一两首独奏曲的。”

这些琥珀是知道的，但这首是《云雀》啊，绝无仅有的小提琴高音E弦上的颤音名曲，旋律明快欢腾，音色清越出众，高超的颤音绝技一气呵成，她曾经……琥珀的呼吸不由得加重，指尖冰凉。

一只温暖的手掌包裹住她的手：“不要担心，我在呢！”

“好，我……试试看。”琥珀回给他一个勇敢的微笑。

下半场开始！两个人合奏的《邀舞》视频早在网络上传播开了，这次是现场版，大剧院的音响好，氛围好，观众很安静，聆听起来更能体会到乐曲的浪漫、梦幻和美好。沙楠悄声说好像窥见了爱情。

《此情可待》本身是一首经典影片的主题曲，旋律缱绻悱恻，音乐一响起，满满的电影画面，满满的回忆，听得人的心都化了。

这两首中间没有间停，一首结束，另一首跟着开始。就在所有的观众以为第三首也会这样时，琥珀突然把琴从颈窝处拿下来，扭头看向盛骅。盛骅从钢琴前站了起来，走上前，轻轻地拥抱了下她，然后面对观众，轻轻地鼓起掌来，观众怔住，相互看看，不明所以地跟着鼓起掌来。盛骅风度翩翩地弯了弯身，以示感谢后，再次回到钢琴前。

琥珀缓缓举起琴，他微笑地看着她，一个有力的击键，欢快强节奏的伴奏响起。小提琴跟着进来，连续四个强音，离弦、揉弦、占弓、跳弓……

热闹的山林里，几只云雀飞上枝头，它们时而高声歌唱，时而飞掠如风，时而嬉戏追逐……听到这儿，观众恍然大悟，这不是二重奏，而是小提琴独奏。可是钢琴伴奏同样精彩，它并不处于从属小提琴的地位，让人感觉，这么明快中气十足的乐曲，两者是密不可分的。

琥珀嫣然一笑，即使是伴奏，盛骅也是世界上最好的伴奏。他的光芒，任何人都阻挡不了。又是一个高难度技巧，右手跳弓，左手拨弦，几个音清晰准确，干净利落。盛骅的伴奏更加简练而富有动感。

一曲结束，全场寂静，观众们像是还没从山林中走出来。琥珀仰起头，把琴举过头顶，泪水夺眶而出。她终于战胜了瓶颈、战胜了恐惧、战胜了自己，她做到了。她含着泪，看向盛骅，盛骅已经站起来了，朝她张开了双臂。她跑向他，和他紧紧地拥抱。

在爆发的掌声中，盛骅听到琥珀在耳边轻声说："我爱你，盛骅。"盛骅身子一僵，他失笑地拍拍琥珀的肩膀，真是怕什么来什么。

观众的掌声还在继续，甚至不等演奏家谢幕，就已经有人喊起了："安可！"

琥珀和盛骅再次登场，返场曲是小提琴协奏曲《梁祝》，盛骅再次要求琥珀独奏，他伴奏。他说想看看琥珀这半年来在华音进修，对东方的音乐理解并吸收了多少。"这是考试，我是你的导师。"琥珀嘴角微弯，目光不时瞟向盛骅，原本很忧伤的曲子，她却拉得绚丽烂漫，观众听得欢欢喜喜。

最欢喜的人是谌言和房楷两口子，首场音乐会总算平安而又圆满地结束了，谢天谢地！

琥珀刚下舞台，还没卸妆，就被走进后台的几人围住了。一个是怀特先生，一个是米娅。米娅好久没见琥珀了，都激动坏了。

"我们昨天就到了，我想来看你，可是怀特先生说不要影响你的情绪。小姐，你来华音后，我就开始学中文。现在，我也会说一点点中文了。"米娅眼中闪烁着期待的神色，"你会让我留下吗？"

"这个以后再说。"一旁的怀特生先打断了她，老先生眼中也是一片晶莹，他感慨地和琥珀拥抱，“我的小姐，祝贺你。”

“谢谢怀特先生。”

最让琥珀意外的是，兰博先生也来了！她脱口而出：“兰博先生，你怎么会在这儿？”

兰博先生耸了耸肩：“我说过，你的任何一场音乐会，我都不会错过。当初，你说来华音进修，我觉得你太任性。我错了，幸好你来了华音。今天的音乐会，演奏流畅生动，感觉就像在现场创作的音乐一样。”

“这一切是因为我遇到了我的导师——盛骅先生。”琥珀骄傲道。

兰博先生点点头：“是的，今晚我们都感受到了他给予你的能量和勇气。琥珀小姐，你的演奏又上了一个新的台阶。接下来，我会很期待你的十周年音乐会，希望那时能再次看到盛骅先生。”

“一定会的。”琥珀肯定地道，目光快速地巡睃了一圈，盛骅呢？

盛骅此时也遇到了一位朋友，胡子拉碴，眼袋很重，像是熬了几夜一样，上身穿了件皱巴巴的夹克，下面大概是条制服裤，很肥大。

“临时决定来的，来不及回去换衣服，运气还不错，竟然有空座。”

运气不错……盛骅笑，也只有刘队会这样想。

“中间没睡着吧？”

刘队头摇得像个拨浪鼓：“那个法国的小姑娘把琴拉得那么欢，就像一群鸟在我头上叫个不停，能睡吗？”

不知道琥珀听着这样的评价会是什么表情，盛骅莞尔。

刘队举了举手里的一瓶二锅头：“鲜花、气球什么的我没那个脸拿着，红酒不懂，于是，我就给你带了这个。”

盛骅接过二锅头看了看：“我还是头一回收到这样的礼物，谢啦！改天请你吃饭，就喝这个酒。”

刘队看着他，有点瞧不上：“这酒很烈，你喝得来吗？”

“喝不来你还送我？”

“你喝不来，我喝得来啊！”

“哈哈，看来真要请你吃上一顿了。”

“必须的。”刘队重重地拍了下盛骅的肩膀。

盛骅嘴角的笑一凝：“老师的案子有进展了？”

刘队咂了几下嘴：“柳向栋今天来自首了，他说江闽雨来排练前几天，他托人从外面买了几瓶斐泉带回家，让江闽雨排练时带过去喝。他一直不说，是没往这方面想，直到我们向他询问斐泉的事，他才感到事态严重。考虑再三，还是来自首了。”

“他这个时候来自首是想澄清自己，还是觉得你们快接近真相，他想转移你们的注意力？他想保护谁？”

刘队朗声大笑，戳了戳额头：“这弹钢琴的手指灵活，脑子转得也不赖啊！”

盛骅无语地看着刘队。刘队收起笑：“我们问他从哪里买的斐泉，他支支吾吾说不上来。其实即使斐泉是他买的，可江闽雨出事时，他真的在南方出差，他要是下个药，药性也早过了，所以他没有下药的嫌疑，但我们还是限制他出境了。他估计是急了，也心虚了，他来自首，是想试探我们查到了多少。这说明，他知道是谁下的药。”

“他交代了？”

刘队露出一个复杂的神情：“都没怎么审，他就交代了，交代得风马牛不相及。他说他是许维哲血缘上的父亲，因为许维哲是替补，他担心我们怀疑上许维哲，会影响到他的前程。他是公众人物，是优质偶像，不能有一点点污点。”

盛骅瞠目结舌："这怎么可能？"

"是呀，我们查过了，许维哲不仅和柳向栋没有血缘关系，和周晖也没有，他是周晖收养的一个孤儿。"

盛骅的呼吸蓦地一窒。

庆功会一直闹腾到午夜才结束，红杉林那四个都喝醉了，还是房楷叫了车把人一个个地送走。怀特先生和米娅回了酒店，后面Moon的亚洲巡演，两个人不敢争主角，但希望能助谌言一臂之力。怀特先生觉得在谈合同方面他比谌言的经验要丰富。米娅则是想方设法要留在琥珀身边，不然这生活助理的薪水拿得名不正言不顺。谌言也多喝了几杯，是房楷背回家的。到了家，她拍拍晕沉沉的头，才想起盛骅和琥珀来："他俩回去了吗？"

房楷脱下被汗浸湿的衬衫，没好气道："不回去，难道睡大剧院啊？"

"谁送他们回去的？"谌言不敢坐着，一坐起来，满屋的家具都在晃动。

"他俩又没喝酒，当然是自己开车。"

谌言"咯咯"地笑了起来："你说他俩会不会去游车河？"

"为什么要游车河？"

"开心啊！"

房楷一晚上都没瞧出盛骅哪里开心了，盛骅淡定得很，别人过来祝贺，他就端起装着水的酒杯示意下，连水都不碰。琥珀呢，一晚上都在看盛骅，谁和她说话她都是答非所问。今晚，两个人不会擦出什么火花吧？

琥珀直到下车，人还是恍恍惚惚的。夜很凉，院子里的槐树叶落了一地，月光可以笔直地从树枝间穿过，照得地面上像落了一层薄霜。

两个人站在院中，相互看看，像是要说点什么，又像是觉得就这样默然相对也很好。时光安静地从两人身边流淌过去，静谧又温柔。

最后还是盛骅说道：“不早了，休息吧！”

“你听到了是不是？”琥珀直视着他，问道。

盛骅的胸口从平静到怦然起伏，到压抑的深呼吸，再回归平静，他点了下头。他不舍得欺骗她。

“太好了，不然我现在还得再说一遍，说实话，这会儿真没勇气。”琥珀大大咧咧地坦白道。

盛骅哭笑不得：“这些话自己知道就好，不用说出来。”

琥珀瞪大眼睛：“不说出来，你以为我是一时激动，不是出自内心，怎么办？”

盛骅举手投降：“我知道了，我听到了。现在去睡吧！”

“你没有什么要对我说的？”

好像是要说点什么的，可是……盛骅轻声道：“你能让我缓一缓吗？”

“当然！”琥珀没有咄咄逼人的意思，“啊，你不会是第一次被人表白吧？你不要紧张，我也没什么经验，没关系，以后我主动一点好了。”

盛骅抚额，她还真是善解人意。

“你不好意思说，我也不介意。你说过音乐是用来表达自我的一种方式，我在你的琴声里听到了你的心声。”

这……这是赖定他了？都不给个拒绝的余地，盛骅目瞪口呆。

琥珀说完这些，快快乐乐地回屋睡觉了。今晚，音乐会很成功，她又成功地向盛骅表白了，一切就像天空中的满月一样，再圆满不过。

盛骅却在院中站到发丝都被夜露打湿了。一点左右，还接了个房楷的电话，不知是好奇过度，还是兴奋过度，声音故意压得很低，却还是透着股揶揄味：“在床上吧，没打扰你吧，一个人还是两个人？”

“说人话。”盛骅冷冷道。

“咯，咯，我老婆不放心，让我打个电话问问你们安全到家没有？”

“多谢关心。”

“喂，别那么高冷好不好，你不会回家就洗洗睡了吧？什么都没做，什么都没说？”

“做什么，说什么？”

“花前月下，牵个手，对个眼，接个吻，唱个歌，诵个诗，说你是我此生最美的遇见，我……”

盛骅挂断了电话，人家说中年油腻男，真是说对了。

琴房的灯早已熄了，琥珀想必已睡熟了。盛骅在琴房门口犹豫了会儿，还是轻轻扭动门把手走了进去。不用开灯，闭上眼睛他都知道琴房的布局。琥珀住进来后，除了那张沙发床，其他地方都没动。她也许有点任性、娇气、傲慢，可是她也懂事、礼貌，懂得尊重。

盛骅摸到沙发床前的椅子，轻轻坐了下来，等视线适应了黑暗，这才低头凝视着琥珀。其实看不太清晰，但能感觉到她睡得很沉，脸颊应该是红扑扑的。这阵子虽然练琴辛苦，压力也大，可是她的气色反而比以前好，可能是因为音乐让她感到愉悦。

房楷说的“此生最美的遇见”不知是个什么东西，不过盛骅不喜欢动不动就用“最”这个字眼，因为明天的变数太多了，实在难以预料。一旦用上“最”，好像就画上了个巨大的休止符，再没有下文了。如果可以，他不要成为她最美的遇见，而他也情愿不曾遇见过她。没有遇见，也就不会心动，想走就走，走得了无牵挂；没有遇见，也就没有害怕，害怕她这样，害怕她那样，害怕得恨不得日日夜夜陪伴着她；没有遇见，也就不会像此刻，单单是看着，连喘气都是撕裂一般的疼。

他不是第一次被人表白，但这是他第一次如此与爱情接近。他不了解爱情，也没想过去了解。

刘队问他："你说谁给了柳向栋那样的误解？"除了周晖，还能是谁！从许维哲的年龄上倒算，在二十多年前，柳向栋应该和周晖一起过，那时，她和江老师应该离婚了。因为这样，周晖说许维哲是他的孩子，他才会深信不疑吧！难怪柳向栋说起许维哲，总是那么的欣慰、骄傲。可是周晖为什么要这样骗他？一个人做任何事都是有目的的，她是想敲诈他的钱，还是想让他为自己办什么事？柳向栋就没想过，她为什么选择独自一个人把儿子养大，却不选择在那时嫁给柳向栋呢？柳向栋也许想到了，但他不愿往深处想，他被有一个这么优秀的儿子带来的惊喜给冲昏了头，或者是他甘愿被她骗着。尽管他现在有妻有女，有家有业，可他的内心深处最爱的还是她。这是爱情吗？

房楷和谌言之间应该是真正的爱情，可是那么曲折，那么辛酸，人到中年才苦尽甘来。

还是不要相爱，就这样吧，在可以一起的日子里好好地在一起，分开后，思念浅浅的，时间一长，就遗忘了。

盛骅颤颤地伸出手，快要触碰到琥珀脸庞时又飞快地缩了回去。最后，他只在琥珀的额头上轻轻印上一吻。

琥珀，对我要求不能太多，因为我真的给不了。

琴房的门再次被关上后，沙发床上本该熟睡的人翻了个身，嘴角在黑暗里高高地翘起。

"怎么了？"电话里的声音带着被惊醒后的不安。

许维哲连忙说道："没什么事，就是很久没有联系，问候一下。"

那边过了半晌才彻底清醒了："如果没什么事，还是不要联系了。还有，也不要再汇款过来。你现在是钢琴家，如果被那些记者知道你在街上流浪过，被福利院收留过，不知道会编出多少故事来。你琴弹得好，不需要靠这个出名。”

许维哲不是第一次被这样劝解了：“不联系，不汇款，不代表就没存在过。”

“存在也不需要刻意宣扬啊！”

“我知道了。”

“你以后会经常在国内吗？”

“嗯，重心会向国内倾斜。”

“国外不好吗？”

“好，但是……有人去福利院打听我了？”许维哲听出了一丝端倪。

那边迟疑了下，叹了口气：“前几天有人拿着你的照片过来询问，你是被收养后才改的名，他们也不知你原先叫什么。你现在比小时候只是长开了点，变化不大。但是时间过去那么久，福利院里的老职工都退休了，你在福利院待的时间又短，很多人都没印象，他们也没问出什么来。”

是不长，半年都不到，倒是在街上流浪了有一年。白天上街乞讨，晚上在城中村找间破屋蜷一夜。他不记得是怎么来到这座城市的，好像有记忆后就在这儿了。有人说他是被人贩子拐来的，后来人贩子被抓了，他刚好在外面玩，就一个人开始了流浪。也有人说他是因为受不了父母家暴偷偷跑出来的。照理说一个四五岁的小孩独自在街上流浪是很引人注意的，可是他神奇地被忽视了。一个人活了下来，没冻死，也没饿死。他出门乞讨，因为年龄小，每天都收获颇丰。有个老流浪汉看他十指修长，想教他偷窃，他不肯。他也不是有什么是非观，就是不喜欢，不想做。他喜欢一大早跑去公园，那儿有人练嗓，还有人拉琴，二胡、手风琴，都有人拉。他在那儿能一待就是半天，风雨无阻。也就是在那里，他被福利院的一个阿姨看到了，阿姨将他带了回去，给他洗澡，换上干净衣服，端上热乎乎的饭。他说不出自己的具体年龄，也不知道自己来自哪里，叫什么。于是他就留下来了。他很喜欢福利院，那儿有一架脚踏的风琴。阿姨弹的时候，他就托着下巴蹲在那儿听。有些曲子阿姨弹过两遍，他就能自己爬上去，在键盘上弹出来。大家夸他是音乐神童，不知怎么就传了出去。有一天，福利院来了个女子，让他弹琴给她听，然后她哭了，说他弹琴的样子和她丈夫一模一样，他们有一个孩子，那孩子被保姆偷走了。她说她叫周晖。她没有带他去做亲子鉴定，但她很快就办好了收养手续，让他叫她妈妈。他很乖巧地由她牵着手走了，她说她要给他找世界上最好的老师，弹世界上最好的钢琴。

“问出什么来也没事，我现在过得挺好，别人也没办法怎么大做文章。”许维哲宽慰阿姨。再过两年，阿姨也要退休了，那时候，记得他在福利院待过的人真的就没有了。

阿姨笑了：“我在网上看到你弹琴了，哎呀，我也不知怎么形容，真的很好很好。幸好你当时被你妈妈带走，不然就太可惜了。”

两个人又聊了几句，便说了再见。阿姨从不主动和许维哲联系，许维哲和她联系也少，但是不管过多久，那种熟稔亲切的感觉一直没变。有一次被周晖得知了他和阿姨有联系，周晖便责问他那个破福利院有什么好留恋的。

他想，可能是每个人都需要知道自己的来处吧！

凯尔的房间还亮着灯，还有音乐从门缝里传出来。许维哲推门进去，电脑开着，邮件闪个不停，手机里的信息也是不断。凯尔抬头看了他一眼，又忙不迭地继续回邮件了。许维哲看了下，有品牌代言、杂志封面的邀约，还有商业活动、公益活动的邀请，凯尔已经分门别类地密密麻麻写了两张纸。

凯尔回完邮件，这才有空给自己倒了杯水，说道：“今晚估计睡不成了，事情太多。人家说中国的市场大，我没想到会如此之大，粗略排了下，你的行程可以排到后年了。”

许维哲瞧他的神情不像很开心的样子：“你要不要找个助理？”

“我忙得过来，就是……”凯尔顿了下，含蓄道，“我担心会影响到你，你是钢琴家，你需要时间来提高琴技。”

“嗯，演奏才是我的主业，在保证我练琴的时间之外，你看着安排吧！”

凯尔这才笑了：“对了，上次那个腕表公司又给我打电话了，这次他们想邀请你和向晚一起来拍广告。还有几家杂志，想让你和向晚一起拍摄封面，是新年首刊。”

“怎么回事，我和向晚又不是什么双钢琴组合。”许维哲蹙起眉头。

“他们都瞧中了你和向晚的市场潜力吧！”

许维哲走到电脑前：“昨晚音乐会的评论在哪里看？”

凯尔打开一个网页，许维哲扫了一眼：“国外的呢？”国内的评论已经被他的粉丝全面覆盖，通篇喝彩声，然后就是“帅啊，美啊，舔屏啊，我要给男神生猴子啊”，谁要是提一句盛骅和琥珀那场音乐会，要么是无人理睬，要么是被喷得体无完肤。

凯尔解释：“我们音乐会没有在网络上现场直播，最多有人上传几个小视频，国外的乐迷不一定刷得很及时。”

“我知道，我要看的是琥珀那场音乐会的评论。”

凯尔看他很坚持，只得打开了网页。评论谈不上铺天盖地，可是也很热烈了，看来有很多乐迷在网络上同步观看了这场音乐会。关注室内乐的本来就是资深乐迷，那评论都是把乐曲拆开来，一小节一小节地分析，很多乐评都是长篇大论，有褒有贬，中肯的是大部分。三言两语的也有，几家音乐杂志这次毫不吝啬地给了赞语，像“盛骅和琥珀展示了令人目瞪口呆的才华”“钢琴和小提琴的碰撞，产生了巨大的火花”“这场音乐会是艺术、诗歌和完美的技术”，其中就有《留声机》的。评论里还有两位音乐大师，一位是盛骅的恩师邓普斯大师，他说盛骅虽然人离开了舞台几年，但他的心一直在，他是为室内乐舞台而生的天才演奏家。就当他是偏心吧，大家一笑而过，也不反驳了。还有一位是梅耶大师，他说琥珀的演奏从没让他失望过，他期待日后维乐和她的合作。一石激起千层浪，乐迷们陡然发现，琥珀又是那个被称为小提琴女神的演奏家了，不再人人喊打，不再无人问津，好像也不是那么难以接受，人家有实力、有才华是真的，之前那些消息都是希伯那个渣男的一面之词，当不了真。于是，大家便盼着琥珀能和盛骅来欧洲举办音乐会，也让他们感受下现场的盛况。

“后面的都差不多，还看吗？”凯尔小心注视着他的神色。

许维哲把视线从屏幕上移开：“不了。”这些足够了。他沉默了一会儿，说道，“腕表公司和那几家杂志，你都应下吧。我欠向晚一个人情，这次一并还了，以后就不要和她扯一起，免得被商业绑架。”

“这几家时间有点急，都答应了，我们回英国就要推迟了，这样会影响你的新年音乐会。”

“不会影响的。新年音乐会，尽量和巴黎爱乐合作。”

凯尔忙在纸上备注下。音乐低声流淌着，贝多芬的《F大调第五小提琴奏鸣曲（春天）》，小提琴、钢琴二重奏。不知谁演奏的，小提琴家没进入状态，缺乏精气神，很散漫，小提琴演奏和钢琴的声音不是那么协调，有点违和……就像这个秋夜，气温很凉，可是人的内心却很燥热。

第十四章 水中的魅影

Moon的亚洲巡演，谌言和怀特先生使尽了全力，正式开启也在一个月后了，一共八站，第一站是新加坡，最后一站是东京。拜网络直播之功劳，一切才这么顺利。每一站都是高级别的音乐厅，前期宣传也做得非常好，每场演出谈不上一票难求，但也几乎是几天内票就预售一空。

在这一个月内，盛骅和琥珀主要是练琴，顺便还接受了法国大使馆的邀请，在中法两国一起举办的一个活动上演出了两首曲子。另外还有兰博先生的一次电话采访，主要聊了下亚洲巡演，没有聊很私人的东西。其他的邀请都让谌言婉拒了。

米娅顺利地留在了华城，怀特先生给她租了个小公寓。她一般是在公寓里学习中文，然后随时等待琥珀的电话召唤。盛骅不允许她有事没事去小院串门，他和琥珀要专心练琴。米娅和盛骅接触不多，盛骅也没对她有多凶，可她不知怎么有点怕盛骅。盛骅说一，她绝不敢说二。琥珀怕她一个人在外面孤单，介绍了红杉林给她认识。很快，她在红杉林那里找到了自己的存在感，自动自发“沦落”成了他们的小助理。她每天都抢在他们之前到琴房，打扫屋子，给他们买早饭，甚至还会帮他们保养乐器，提醒他们昨天练了哪首曲子，有哪些错误要改正。沙楠都喊她田螺妹妹，米娅猜测不是什么好话，不应声。季颖中是个闷葫芦，话很少。米娅喜欢秦笠，秦笠有耐心，不管她中文说得多蹩脚，他都会认真地听，并搞清楚她的意思。处久了，偶尔米娅也会和秦笠单独出去吃碗面喝杯奶茶什么的。米娅告诉秦笠，她很茫然，也不知这样留下来对不对，琥珀现在有盛骅，好像不需要她了。秦笠说琥珀不是一个虚伪的人，如果真不需要，她会直接讲的。米娅想想也是，又高兴起来，说：“有一天小姐不需要我了，我就给你们做助理，我不想回法国，我现在很喜欢中国，喜欢华城，喜欢红杉林，喜欢你。”秦笠笑了。

红杉林这次真的是发愤图强，裘逸也给力，不知找了什么路子，重新和华城之恋签订了演出合同，还是每周的周五。

第一次演出，盛骅和琥珀恰好出发去新加坡。那天，华城降温了，还下了几分钟的雪粒子。天灰沉沉的，空气浑浊得很，像是在酝酿一场大风暴。谌言和怀特先生提前两天就飞去新加坡了，米娅这次和琥珀同行。她有些不适应这骤冷的天气，候机的时候问琥珀，是不是华城的冬天像北欧一样冷，琥珀看向盛骅，盛骅想了想，说是不一样的冷。

米娅扭过头，这算回答吗？琥珀又和盛骅头挨着头说话了，也不知哪来那么多的话说。以前琥珀出去开音乐会，和那些伴奏的演奏家除了排练时会交流，平时很少说话。因为他很帅吗？长相是英俊。米娅记得自己以前还把他误认成韩国人，说他整过容呢，还好他不知道，不然那脸还不知冷成什么样。米娅百无聊赖地看着前方的大屏幕，上面在播放一则腕表广告，看了两眼，米娅连忙喊琥珀，指着屏幕：“看，是许维哲先生！”米娅的胳膊垂了下来，哦，还有向晚，两个人扮演的是情侣？

米娅后知后觉地发现，来华城后，琥珀好像一次也没提过许维哲。许维哲最近也在华城。以前，他只要去欧洲都会先去看琥珀。欧洲也是很大的，很多时候，他都要特地转机过去。看到米娅，他会温和地一笑，说：“米娅小姐，你好！”

琥珀看向屏幕，如释重负道：“这个广告终于出来了，不知道他们还会不会向怀特先生要违约金？”

“应该不会。”盛骅扶了扶眼镜。许维哲最近的出镜率很高，又是杂志，又是电视，地铁、机场，一抬眼就能看到他的巨幅代言照片。他还在各大音乐高校一堂接一堂地上大师课。房楷私下调侃，说许维哲要从四面八方把他压得没有翻身的可能，他回以无所谓的一笑。谈热度，许维哲现在在国内是红得发紫，不亚于一线明星，而他，还是原来的盛骅，声名没高，当然也没低。

“我也觉得不会。”广告还是采用了微电影的形式，不过剧情改了，不是个悲剧。向晚比她有镜头感，巧笑倩兮，和俊逸温和的许维哲牵手走在海边，如果沙楠看见，一定会夸张地说，这画面拿过来就可以当壁纸用。

米娅斟酌了半天，还是小心翼翼地问了：“小姐，你和许维哲先生现在不再是朋友了吗？”

许维哲也问过这个问题，她当时没有回答他。

“我们没办法做朋友了。”

“为什么？”

“我们之间有竞争，我们现在是对手。”琥珀俏皮道。

米娅越发糊涂了，许维哲和琥珀之间差别很大，怎么竞怎么争啊？琥珀一笑，没再解释。其实别人是拿盛骅去和许维哲比较，她和盛骅现在是一个组合，于是，她就把自己也代入进去了。但这不是她和许维哲做不了朋友的原因，很多的事发生了，他们只能背道而驰，越走越远。

“你能接受吗？”盛骅准备每一站都调整下曲目，有时是更换其中一首，有时是上半场或下半场全部换掉，总之每一站都会给人一种崭新的感觉。

琥珀没有看盛骅递过来的曲目单：“你决定就好。”

盛骅把曲目单卷成一个筒，敲了两下她的头：“小懒瓜。”语气里的宠溺连他自己都没发觉，一边的米娅眼睛瞪得溜圆，这人真是盛骅？

琥珀理直气壮道：“我们是搭档，还是……”她眼睛滴溜滴溜转了一圈，看到竖着耳朵的米娅，把欲出口的话又不甘心地吞了回去，“反正你说怎样我就怎样，砸了全是你的事。”

小姐这还撒上娇了？米娅无法平静了。

“行，那你不要反悔！”盛骅眨眨眼。

琥珀十分笃定：“我才不会呢！”

还是大意了！

站在新加坡维多利亚剧院的候场区，琥珀忍不住剜了盛骅一眼，他又来大剧院的那一套了，临时起意，又要求她把重奏改成独奏，不是一曲，还是两曲。不知道他是不是伴奏伴上瘾了，哼，太任性。

接下来的几站，盛骅越发离谱，在泰国的一站，他直接让她无伴奏小提琴演奏，还好，炫技色彩不是很浓。到了韩国，他要求高了，让她无伴奏演奏帕格尼尼的随想曲。李斯特几首以速度著称的钢琴曲就是根据帕格尼尼的小提琴曲改编的，可想而知帕格尼尼也不是“善类”。

她一个人站在舞台上，拉得天昏地暗、山河失色，他慵懒地倚着柱子，闲得像在看窗外的风景。

演出结束，谢幕走进休息室，她拉着脸不愿理睬他，他还在那儿说，看，观众那满足的样子像中了大奖。

很久以后琥珀才明白，盛骅就像一个写作的人，他在一个个地埋伏笔，那些伏笔都是为了能让她早日独自勇敢地面对舞台。只是她那时不懂，以为他像一个严格的导师，对学生来一次次的抽查考试，而她尽力去完成，她想他以她为傲。

去东京的班机上，谌言实在没忍住，把盛骅堵在了洗手间的外面。

“爱德华为了爱情连江山都不要，你这些真不算什么。但是你能给我个实话吗，你是不是准备东京演出结束，就解散Moon？”

“你怎么又老调重弹了？”盛骅摸了摸鼻子。

谌言咬牙切齿道：“你当我傻啊，二重奏组合有像你这样的吗？你看你都差不多退到幕后了。”

“我也有上台演奏。”

谌言冷笑：“是有，那是伴奏。你看评论没，通篇都是琥珀如何如何，有提你的吗？”

“有啊，人家不是讲中国的室内乐有了质的飞跃，这里面就有我的功劳。”

谌言翻了个大大的白眼：“你就往脸上贴金吧！昨天有个记者拍照，明明你也在旁边，他却只给琥珀拍了独照。”

“这又怎样呢？现在的琥珀站在舞台上，是作为Moon二重奏里的成员之一，并不是独奏家，她的璀璨就是Moon的璀璨。”

“很快就不是了。”

盛骅目光放柔了：“嗯，她进步很大，她的十周年独奏音乐会会如期举办。”

谌言突然意识到什么，她难以置信地看着他：“不要告诉我，你仓促成立Moon，就是为了让她再一次回到舞台上，做她的小提琴女神？”

盛骅勾了勾嘴角。

“你还有一点自我吗？你可是盛骅啊，是肖邦钢琴大赛资深评委，是音乐教育家，是天才钢琴家，室内乐演奏家。”谌言痛心疾首。

“谌言女士，你只看到我照亮了她，却没有看到她也同样照亮了我。”

“她照亮了你什么？”

“你不会明白的。” 盛骅温柔的目光穿过机舱的甬道，落在浅睡的琥珀身上，千言万语仿佛凝聚在其中。

“不行了，我要一个人静一静。”谌言摆摆手，走了两步，她又折回来，问道，“她的十周年音乐会后呢，你们要继续二重奏吗？”

盛骅心中一揪，过了一会儿才徐徐点头：“当然！”

谌言睨着他：“你要是敢骗我，我让房楷削了你。”

“知道，你家老公是天下第一大杀手，我怕了你们两口子行不行？”

“不管怎样，比你强。”谌言指了指太阳穴，“你这儿和常人结构不同。”

盛骅倚着门笑了很久，忽然，飞机遇上了一股气流，颠簸得很厉害。琥珀被惊醒了，看到盛骅不在座位上，惊慌地四下寻找。

盛骅几步跑过去：“我在这儿！”。

“你去哪儿了？”琥珀把手伸过去握住他的。

“我站起来走了走。”

“嗯！”等他坐定，琥珀把头斜靠在他的肩上，又闭上眼睡了。

坐在后排的谌言和怀特先生不约而同地看向对方，又不约而同地把目光移开了。

到达东京时，天已经黑了。白天应该是个晴天，从机场出来，看到天空是幽蓝的，月色很好，可以清晰地辨认出很多星座的位置。和韩国比，东京不算冷，街边看不到积雪，一路上随处可见五彩缤纷的灯光，很是壮观。盛骅告诉琥珀，在日本，到了冬天，很多地方都会举办大型的灯光活动，从十一月开始，到来年的四月结束。

“我们刚好赶上了。”琥珀激动地看着车外的美丽灯饰。因为是最后一站，心情没有那么紧张，琥珀也有闲情逸致看风景了，像个小女生一样，每看到一处特别的灯饰都要欢呼一声。

“听说日本的烤肉也很有名，特别是牛肉。”

盛骅有一些无力，不就陪向晚吃了一次烤肉嘛，有必要隔三岔五地提一次，好像他犯了多大错似的，怪不得人家说女生的心就是那海底针。

“我们明晚结束后去吃？”这句话她是压着音量说的，只给他听到，坦荡荡地表示这是她和他的约会。也不知这个念头她有了多久，难为她忍到这时才说。约会——她表白之后，两个人就忙着准备巡演了，还真没约过呢！不过，他有承认他们现在是恋人关系吗?

盛骅很想和她好好地探讨下这个问题，可是看着她急切而又期盼的眼神，还是作罢了。

“如果明晚演出很顺利……”

“肯定顺利。”琥珀不允许任何人的质疑，哪怕是盛骅。

第二天的演出，盛骅没有做任何改动，是按照原先定下的曲目演奏的。演奏十分精彩，技巧无可挑剔，每个音都能让观众感受到两个人对音乐强大的驾驭能力。只是向来演奏时表情不是很多的盛骅在演奏到下半场第二首曲子时，突然紧闭着双眼，双唇紧抿，脸色苍白，像在尽力忍受着什么，但他指下的节奏丝毫不乱。琥珀担心地看着他，当他睁开眼时，又恢复了正常，朝琥珀微微地一笑，好像刚才只是受到了音乐的感染，一时情绪太激动。可是，他们演奏的是《邀舞》啊，不该这样吧！

“你还好吗？”站在更衣室门口，琥珀担心地打量着盛骅。

“我很好，”盛骅揶揄地挤了下眼睛，“绝对不会耽误出去吃烤肉。”

“烤肉回华城也可以吃。”琥珀看他的脸色还是不太好。

盛骅拍拍她的头：“感觉不一样的。放心吧，快去换衣服。”

琥珀半信半疑地去了更衣室，盛骅这才把自己更衣室的门关上，他扶着椅子坐了下来，当后背贴上椅背时，他感觉到里面的衬衫已然湿透。

本该是演出后的盛大庆功宴，因为是最后一场巡演，谌言和主办方决定放到明天，于是，两人知会了谌言一声，便放心地溜了。谌言是日本通，给两人介绍了一家好吃却不贵，而且离他们入住的酒店还不太远的烤肉店。店名听起来很像中国魏晋时期文人雅士聚会的场所，叫松山亭。店内装饰高雅古朴，桌子与桌子之间用帘子隔开，营造出让人安心的独立空间。食材高级也新鲜，特别是摆盘，很赏心悦目。琥珀拿着筷子说，都不忍下筷了。

牛肉果真名不虚传，烤得外焦里嫩，好吃到爆。两人还点了一道寿喜锅，是用最高级的霜降牛肉熬的汤，鲜香，浓厚而温和。琥珀就着汤锅，吃了满满一大碗米饭。她正嚷嚷着说撑得不行时，帘子被人一掀，两人以为是服务生，扭头一看，是个中年男人。

“抱歉，走错了。”男人说的是英文，一副很生气的样子，放下帘子前，还朝琥珀瞪了一眼。

琥珀眨眨眼睛：“他认出我了？”

盛骅端起一碗汤，慢慢地喝着：“可能是今晚的观众之一。”

“你有看到他的眼神吗？好像我做了什么不可原谅的错事。”

“你做了吗？”盛骅饶有兴味。

琥珀不好意思地一笑，说道：“大概是我去年五月以日本地震频发为由取消了十场音乐会吧！”

“这确实很过分，”盛骅放下汤碗，“我替你去向他道个歉。”

“你干吗？我那不是有苦衷嘛。”琥珀忙抓住他的手。

“哈哈，骗你的，我去下洗手间。”

盛骅掀开帘子，一抬眼就看到刚才那个走错的中年男子好像还没找到地方，背朝这边，站在走道的尽头。他扬眉自嘲地一笑，走了过去。

“岛本医生，这么巧？”

岛本医生转过身，眼角眉梢的每一缕细纹都仿佛在斥责，他已经愤怒到了极点。

“如果我不专程来找你，你肯定不会主动去找我。不，从开始安排行程，你就故意把日本放在最后，你担心被我看出你病情急剧恶化从而要求你中断你的演出，是不是？”

盛骅一脸无辜：“绝对没有，这些都是经纪人安排的。其实，我想过和你联系的，这不是行程太紧嘛，出版公司的山口先生和其他朋友的邀请，我都拒绝了。”

岛本医生脸上写着“我绝不相信你说的每一个字”：“今天晚上，你在演出时，是不是在短暂失明后感觉到万针刺心的疼痛？”

盛骅嘴角轻轻翘了起来：“是不是医生做久了，眼睛都可以代替CT了？”

岛本医生本来只是猜测，一听这话，脸色立刻灰暗了：“原先做手术，我还有百分之多少的自信，现在，我一点都没有了。盛骅，趁自己还意识清明，你可以给自己设计墓碑了。”

盛骅垂下的手一颤，他握紧手克制住，用平静的口吻说道：“是我拖久了，它比我想象中强悍凶猛，真是一日千里。不过，我想做的事已经做完，接下来，失明、瘫痪、掉发、消瘦什么的，很吓人，我可能还是要麻烦岛本医生。”

“你做好准备了？”

盛骅闭了闭眼睛，突然有种莫名的感觉涌上心头，让他想大声号哭出来，当他再睁开眼的时候，他已经把那种感觉深深地掩埋了。

“这个没办法准备的，来了就接受吧！”

烤肉店的生意真好，一拨人结账出去，又有一拨人进来，服务生端着装满食材的托盘急匆匆地从两人身边经过。

“她就是你当初放弃治疗的原因吗？”岛本医生问道。

盛骅没有否认：“是不是很优秀？”

“音乐会很精彩。”岛本医生痛惜地叹了口气，“你最好在一周内把所有的事情处理好，赶快过来住院，不然……你就不是走着上飞机，而是躺在担架上身上插满管子被抬上飞机，然后我只能尽量减轻你的疼痛，拉长你的倒计时。”

“好，我争取。”

岛本医生不喜欢他这样的回答，但是，一百步都让了九十九步，最后一步也由着他吧！盛骅是个意志坚强且理性的人，不会因为别人的只言片语动摇。

岛本医生走后，盛骅等到自己情绪彻底稳定才走进包间。

街道上的树不是很茂密，但是一个接一个木制的花坛里种满了绿植，这么冷的天气里，长势很旺盛。街道两边都是年代久远的老房子，看上去却不破败，维护得很好。大部分做了餐馆，不知为何，却没有什么热腾腾的食物香气飘出来。鼻息间只有清冷的空气，有一些干燥。

“我们走走，好不好？”这边打车很方便，琥珀不太想着急地回酒店。她怕盛骅不同意，又加了一句，“现在算初冬吧，和巴黎比，东京一点也不冷。”

盛骅替她把大衣领竖起来，围巾扎紧：“巴黎的冬天很冷吗？”

街上汽车还很多，却开得不快，人行道很宽敞，不时有散步、遛狗的人与他们迎面相遇。

“巴黎这时候应该已经下过几场雪了，我花园里的树木叶子也掉光了。不过塞纳河不会结冰的，河的两边没有车道，都是舒适的小酒馆和一流的博物馆。我们以后去巴黎，可以去小酒馆喝一杯红酒，可以去卢浮宫看凡·高的画，可以每周一去跳蚤市场淘淘艺术品。周末应该都有演出的。等演出结束，我们开车去别墅看玫瑰和香槟。”琥珀把自己说激动了，眼睛倏地晶亮。

“是不是那种远处有森林、湖泊，草坪修剪得很好，门口还有着几棵两个人都抱不住的大树，树冠如盖，阳光很好的时候，在树下摆张桌子，铺着针织的布巾，喝下午茶。锡兰红茶配刚从厨房里端出来的核桃饼？”有一团温柔的火焰在盛骅眼中升起。

琥珀笑得腰都直不起来：“你大概要失望了，我家那小别墅，可不是唐顿庄园。”

“哦哦，你说的是巴黎，不是伦敦。我为什么要去巴黎？”

盛骅的脸棱角分明，琥珀觉得怎么都看不够。

“怀特先生告诉我了，很多音乐厅邀请我们去演出。我们不仅要去巴黎，还要在欧洲巡演，还要去美洲，把世界上所有的国家都走遍，还要参加比赛，把室内乐所有赛事的第一名都包揽了。”

盛骅心中深埋的那种莫名的感觉快要压制不住了，仿佛就要喷涌而出。

“真是远大的志向。”

"其实很小，就是你在哪里，我就在哪里。我巴黎的公寓很大，我把最大的房间给你做卧室，里面的窗户正对着花园。"

她比着手势，开心地说个不停，两眼的目光如月光下湖面的波光流转，一直映到了他的心里。

"你怎么不说话？"琥珀说得口都干了，红绿灯都过了四个了。

"我想听你说。"盛骅的声音低软柔和。

琥珀脸一红，小声地问道："盛骅，我们现在是男女朋友吗？"

看，人家原来并没有想当然。

"是与不是有区别吗？"盛骅的眼底荡漾着笑意。

"如果是，你现在应该会吻我。"

花坛里的绿植在夜风里翻着浅绿的浪，一种撼人的生命律动，像一首夜曲，婉转缠绵，他和她在渐冷的街头慢慢走着，仿佛可以走到天长地久，感觉世界上没有比这更美好的事了。

可惜他还是没有吻她，只是将她拥在怀里，叹息道："女孩子要矜持点！"

"还是节奏太快，你没缓过来？"琥珀羞窘地问。

"恋爱是件神圣的事，也需要仪式感。"

"哦！"

这大概就是世界上最遥远的距离，你就在我怀里，我知道你爱我，可是我却不能告诉你，我同样深爱着你。

庆功宴是在上午十一点举行的，琥珀发现，似乎Moon二重奏比怀特先生讲的还要火。主办方请了一部分媒体记者，但当天签到的媒体记者很多是从欧洲过来的。不仅如此，日本古典音乐界的众多名家也纷纷到场，有些还是特地从外地飞回来的，他们不是一个人，同行的有他们的朋友，还有琥珀曾经见过和没有见过的演出商和赞助商们。这些人也没有像谌言以为的那样眼里只有琥珀，没有盛骅，他们对事物的分析精确、到位，大家心知肚明琥珀曾经遭遇了什么，半年不到的时间，就重回观众的视野，重回原先的巅峰，不，比原先又高了几个台阶。这一切，离不开一个人——盛骅。有一种感觉，好像和盛骅搭档，新人会一鸣惊人，旧人则会咸鱼翻身。他可不是什么吉祥物，至于原因，不言而喻。

众人一拨接一拨地上前和盛骅寒暄，盛骅得体而又优雅地回应着，不失礼貌，又保持着距离。目光微微一转，看到出版公司的山口正和琥珀说着什么，琥珀一脸的惊愕，他把酒杯放在桌子上，说了声“失陪”，穿过人群，走了出去。

大厅里今天摆放的鲜花太多，花香里夹杂着酒香，味道太浓郁了，让他有点不舒服。出了门，走几步，便是音乐厅。他并不是很迷恋舞台，不然当年不会说退出就退出。只是……他看看自己的手，看看舞台上的钢琴，可能他比自己所以为的还在意这个舞台吧！

一串高跟鞋踩着地面的声音由远而近，不用回头，他也知道是谌言。

“就知道你躲在这里。”谌言没有进来，站在门外，“别人为了革命事业粉身碎骨，你是为了爱情倾家荡产。”

又来了！盛骅哑然失笑，转过身来：“谁又给了我们谌女士脆弱的心灵无情一击？”

谌言睇着他：“刚刚山口宣布了，他们出版公司将为琥珀的十周年音乐会提供全部赞助。我听房楷和我提过，你当时答应把《肖邦作品全集》给他家出，其中一个条件就是他们将给你的音乐会提供赞助。”

盛骅慢悠悠道：“房楷没告诉你吗？我当时答应他们，是想帮他一把。”

谌言语塞，过了一会儿，叹了口气，说道：“盛骅，你别怪我心眼小，有时候，喜欢一个人真的不能百分百。像我现在对房楷，就不会像以前那样傻爱，我更爱自己。这样，万一有什么事，受的也是轻伤。”

“怎么，你怕我被骗？”

谌言要被气昏，感觉像好心被人当成了驴肝肺。

盛骅大笑：“放心吧，我骗人还差不多，别人骗不了我的。”

“好，好，你是聪明人，你是智多星。喂，琥珀接下来是十周年音乐会，你接下来有什么计划，一厅的人都在等答案！”

“我想找一个没人认识的地方好好休息一阵。”

谌言像听到了一个天大的笑话：“你休息得了吗？”

“想休息肯定能休息得了。”

谌言没有听出盛骅笃定的回答中隐含着的无尽忧伤。

演出商和赞助商无不震惊于盛骅接下来的计划，一般人不是应该乘胜追击，扩大战果吗？怎么是见好就收？不过盛骅也不是第一次，可能音乐家们就是这么随性，他们从不在意名利，做什么都是跟着感觉走。还好有琥珀的十周年音乐会可以弥补一点遗憾。琥珀现在的演奏，融合了东西方的风格，感情比以前更饱满，这肯定是受了盛骅的影响。

琥珀不知道自己是怎么回的酒店，她呆呆地一个人坐了很久。她不想去疑神疑鬼，可是脑子里却控制不住浮现出一个画面：盛骅毫不留恋地从她身边走过去，将她独自留在舞台上。她会是下一个向晚吗？昨晚他们才说好一起去巴黎、一起去欧洲、一起走遍全世界，哦，他没有答应她。

米娅已经收拾好了行李，还有两小时，她们就要出发去机场，飞华城。

“琥珀，我们是不是很快就要回巴黎了？”米娅问道。

琥珀看向她，米娅好像很怅惘。刚喜欢上华城，刚和红杉林几个人熟识，这一分开，下一次不知什么时候才能来华城。真正激动的人是怀特先生。

“应该是吧！”

“其实我们可以不忙着回巴黎的，音乐会前期工作怀特先生一个人就可以了，你在华城也能练琴啊！”

琥珀摇摇头，她以前对兰博先生说，十周年音乐会要开十场，场场曲目不同，那不过是她找的一个托词。但至少要开三场，三场要各有特色，要找钢琴家来伴奏，还有找乐团合作，人家有没有档期，选择哪些曲目，地点放在哪里……她必须回巴黎的。她有一个冲动，真想取消十周年音乐会。可是今天来之不易，她不能。她只能独坐在这里，却不能和盛骅、怀特先生说什么，因为他们都没有错。她也没有错，她就是很难过。

去机场时，琥珀还是和盛骅坐了同一辆车，但她一路上都没和他说话。办理登机手续时，谌言把他俩的位置安排在一起，她也默认了。她是在赌气，但她舍不得和他分开。

飞机起飞以后，她拿了本杂志随手翻着，她感觉得到盛骅在看她，很专注。

“也许你的年纪不算大，但是你是一位成熟的演奏家。你不能养成太过依赖别人的习惯，不然，你就不能独立感受音乐。你的十周年音乐会，每段节奏、每个音符，都是属于你的，不能在里面看到别人的影子。”

盛骅尝试着和她讲道理，她反驳道：“是你，就没有关系。”

盛骅强调：“有关系，我比别人更能影响你。”

琥珀倔强道：“这不是什么坏事，我愿意。”

“我不愿意。我希望我的搭档，是一位可以让我尊重、敬佩、欣赏的，和我不相上下、平分秋色的演奏家，而不是站在我身后的附庸品。”

两个人久久地对峙，谁也不退让。

如果可以自私点，或者是他们真正地确立了情侣关系，琥珀心想，自己就可以任性地要求他以男友的名义过去陪伴她，只是陪伴，不要过问音乐会的事。可惜她现在没有这个权利，也开不了这样的口。无力和无奈的感觉让她口不择言：“我真是恨死你的冷静、你的理智了。你简直就是个机械做的人，每一个步骤都很精准，永远不会因为什么人、什么事而失控。”她把杂志愤怒地塞回去，闭上眼睛，不让他看到自己突然被泪浸湿的样子。

许久后，她听到盛骅轻轻叹了口气，说道：“回到华城后，我要腾出时间，把二重奏的作品集赶出来。一个月前就该交稿了，山口先生没有催促，但我也该自觉。你看到的，我才编了几首，有的忙呢！”

这个理由分量太轻，她拒绝接受。她拉过他的手，在他的掌心写道：“真的不是想离开我？”

盛骅在她的掌心写道：“永远不。”然后，她感觉到他捧起她的手，轻轻吻了吻。

她羞涩地把头转向一边：“我会好好地准备音乐会，我、我会比你更优秀的。”

“好！”

她又在盛骅的掌心写道：“每天都要和我联系，一交稿，就来巴黎看我。”

“好！”盛骅的嗓音沙哑了。看她睫毛翘翘、眼角弯弯的样子，应该是原谅他了，真是好说话。

盛骅不禁深吸一口气，这口气像刮到了嗓子，一时间，疼痛一下子蔓延到了心脏，他默默地咬牙忍着。

这些年，很多很多的事，他都是这样忍受着，承受着。他觉得到了这儿，已经是到达了他身体上、精神上的极限，他为自己而自豪。但可以料定的，还是人生吗？

刘队又一次招呼也不打地找上了他，这次没有带酒，也没有提他的巡演。两个人就在胡同口见的面，刘队开了辆灰扑扑的黑车，都没下车，只是把副驾驶座那边的车门推开，眼睛一瞟。

盛骅上了车，他大刀金马地坐着，目光犀利地打量着盛骅。盛骅尽可能淡定地说道：“说吧，这次又是什么消息？”

刘队眼神里是露骨的纠结：“没啥消息，我就是来确定一下，几年前，你在纽约演出时，是不是发生过车祸？”

盛骅双目一凛，一瞬间，外面所有的声音都消失了，这个状况维持了足足十秒之长，也就在十秒内，他感觉到自己被一股像《星际穿越》里的滔天巨浪给卷走了。他已经开不了车，只能请刘队送他去了墓地。他没让刘队进去，请他在车里等着。他没来得及买花，空着两手，一步一步拾级向上。前几天华城下过一场小雪，这两天气温回升，雪都化了，台阶上有一点打滑。他走得很吃力，不是因为台阶，而是腿根本就迈不动。

才几个月，江老师的墓碑就被风雨摧残出沧桑感了，墓碑上的照片也模糊了。盛骅完全没有意识到自己突然就泪流满面，他伸手摸了摸冰冷的墓碑，说道：“老师，你是不是早就预感到了，所以才坚持要我跟着邓普斯大师，所以才坚决远离舞台？我不怪老师，因为老师能做什么呢？遇见谁不遇见谁都是命运所决定的，我们都身不由己。什么是命运？命运是一个剧本，本来故事很简单，很简短，可是为了增加收视率，编剧就不停地加人物、加情节，于是就有了我们狗血的人生。命运还是一条道，不长，一眼就能看见终点，不管你喜欢不喜欢，不管你绕多远，最终还得回到那个终点。老师，请允许我感慨一下，我知道我敌不过命，我会坦然接受。只是……没有只是了！老师，安息吧，以后见了面，还让我做你的学生，好不好？那时候，我们一定要抗争到底，绝不能受命运的摆布。”

盛骅抬起头，看了眼后排的一个无字墓碑，他站立了很久，直到日光西斜，这才离开。

刘队冷得坐不住，绕着车不知转了多少个圈了才看到盛骅。两人回到车上，他张了张嘴，挤出一句废话：“你还好吧？”

盛骅目视着前方，摇摇头。他是人，不是无坚不摧的神。此刻，他脆弱到了极点。

这个世界上，有多少人能快意恩仇，有多少人能直抒胸臆，有多少坏人有恶报，有多少有情人终成眷属？有的，不过是别人编织出来的江湖传说，实际上，太多时候，我们都是这么无力、无奈、无助地忍受，哭泣。

刘队表示理解：“换了谁，都要崩溃，真的是城门失火，殃及池鱼。还好你现在没啥事。唉，可惜咱们现在证据确凿，却还不能把她怎样。她是美国国籍，现在定居在伦敦，按照国际惯例，咱们只能求助国际警察相助，烦啦，一堆的手续。”刘队直挠头。

“所有的疑点都搞清了？”

“嗯！”

盛骅突然转过身来，声音空洞得像来自寂寥的深渊：“刘队，我能拜托你一件事吗？”

第十五章 玫瑰的癫狂

●● ○

一连几天的小雨，冷得人骨头里都能挤出水来。

琥珀就是在天刚放晴的那天回巴黎的。红杉林的全体成员，还有书记、徐教授、房楷两口子……和她有过交集的人好像都来送行了。《爱乐》杂志的记者不知从哪儿得知了消息，早早赶到机场堵住了她。谌言上前阻拦，琥珀却同意接受采访。

“琥珀小姐，你离开西方古典音乐圈很久，这次复出就是十周年音乐会……”

琥珀礼貌地更正：“我不是复出。”

记者笑了：“我是指你再次登上西方的古典音乐舞台。”

“我是离开了那个舞台一段时间，但我一天都没有离开过音乐，我只是在寻找以更好的方式表达音乐。”

“是你和盛骅教授的二重奏吗？听说连苛刻的乐评家都说你们的演奏达到了无与伦比的艺术境界。”

“我没有看乐评，但能够遇到盛骅教授，是我此生最幸运的事。”

记者一愣，《爱乐》是一家专业性很强的杂志，登个八卦消息合适吗？可是不往下问，好像也不对。记者选择了一个含蓄的方式：“对于你来讲，盛骅教授意味着什么？”

旁观的沙楠受不了地对季颖中说道：“换了我，我就一针见血地问他们现在是不是在谈恋爱。”

“你不懂。”

“你懂？”

“我不懂就不吱声。”季颖中甩开他搭上自己肩膀的手臂，往旁边挪了一下。沙楠翻了个白眼，无奈地在嘴上做了个拉拉链的手势。

“盛骅教授对于我来说是一个非常重要的人，可以说是我的伯乐，我的灵魂知己，我的导师，我的朋友，我的搭档，我……”此生的至爱。

房楷幸灾乐祸地和谌言耳语：“老婆，一定是盛骅那个那个啥，就翻脸不认人，逼得人家小姑娘只得在大庭广众之下昭告天下，这下他想不负责任都不行。”

谌言嗔怪道：“别瞎说。”以一个女人敏锐的直觉，她明白琥珀这是心里面没底才来这么一招。她不懂了，盛骅爱琥珀都爱成那样了，琥珀还要怎么有底？难道直接去扯证？

采访一结束，送别的、和琥珀同行的，很自觉地都闪了，让琥珀和盛骅再独处一会儿。琥珀一脸的破釜沉舟，似乎是要告诉盛骅：对，我就是故意的，故意让别人猜测我们的关系。盛骅自始至终都是微笑着看着她，就像在看一个喜欢恶作剧的孩子，很包容，很宠溺。

“我又不和你计较，你紧张什么？”

琥珀冷哼一声，脸红了。这两天，她变本加厉地折腾盛骅，一会儿要看电影，一会儿要出去吃火锅，一会儿要一起去买糕点。钩着他的手臂，在胡同口来来回回地走。还跑去2003吃了一顿饭，当着文杰的面，和他手牵手。想听什么曲子，就让他弹什么曲子，还不准他编曲。除了睡眠，其他时间他都要听她的安排。盛骅都好脾气地顺着她，顺得她觉得自己好像真是一个恶劣的人。

“我就是心里面发空，不知为何，好像以后就再也见不到你似的。”琥珀也不隐瞒，如实地说。

盛骅低头凝视着她，眼神深邃得像没有星辰的夜空。

“地球就这么大，我能去哪里？”

琥珀玩着他大衣的纽扣：“再不大，也分东西半球呢，中间还有个大西洋。”

盛骅被她可怜巴巴的语气给逗乐了：“你还是要忙起来，一忙，就不会想这想那的。”

“还是会想的，不过，我不会和别人说罢了。我现在真巴不得明天音乐会就结束了。”

“这话真不像是个演奏家说的，你的使命呢？你的职责呢？”

琥珀嘀咕：“都这个时候了，还说教。”

盛骅失笑地刮了下她的鼻子：“别让米娅着急，快进去吧！”

琥珀朝旁边瞥了下，米娅正和秦笠道别，也是一脸的依依不舍。华城到底是个什么神奇的地方，怎么能轻易就让人这么眷恋呢？

她无奈地朝安检处走去，都站到黄线上了，突然扭头抢过米娅提着的拎包，从里面拿出一条折叠得整整齐齐的围巾，朝盛骅跑了过去。

“我本想留着，可惜颜色太暗了，以后给我买条颜色鲜亮的。”她展开围巾，踮脚给盛骅围上后，歪着头笑。

盛骅抚摸着羊绒围巾的纹理，心里填塞着的对命运的不甘、无助、愤懑、伤心，一点点碎成了粉末，消失在了空气中。其实上苍也没有那么冷酷无情，至少把她带到了他的面前。

“我以为你扔了。”

“是扔了，但是后来我又捡回来了。”都下了飞机，走到廊桥的半截了，鬼迷心窍地又折回机舱捡了回来。是那时她就对他产生了好奇心吗？她才不承认呢，大概就是日行一善吧！

“就让它替我陪着你吧！”

“这好像是我的围巾……”

“我捡到的，就是我的。”琥珀“咯咯”笑着走了。过了安检，她转过头，高举着两只手朝他直挥，“盛骅，再见！”

盛骅扬起笑意的脸上突然没有了任何表情，他贴着裤管的手指不自觉地抽动着。

人的一生要经历很多次别离。有的别离，一别就是天人相隔；有的别离，一别便是老死不相往来；有的别离，被命运戏弄，距离很近，却终生擦肩而过。

他在心中轻轻地念叨：再见，琥珀，希望余生还能再见！

他慢慢地转过身去，在他身后的不远处，许维哲提着乐谱箱和凯尔正匆匆朝安检处走过来。看到盛骅，许维哲一怔，便站住了。凯尔蹙了蹙眉，告诉他，他们快赶不上飞机了，他说，就几句话，不会耽误的。凯尔无奈地先过去安检，他笑容可掬地招呼道：“盛教授是过来送机的吗？”“是的，送琥珀回巴黎。”网络上，两人的支持者都大战过几百回合了，两个人却还没有这样面对面地说过话。还好《爱乐》的记者已经走了，不然给他拍到这张照片，还不知要配个什么标题呢，仇人相见？巅峰对决？盛骅忍俊不禁。许维哲现在应该是回欧洲准备排练圣诞、新年音乐会，也是琥珀的这架航班吧！谌言前几天告诉他，许维哲这次是巴黎爱乐乐团唯一合作的钢琴家。明年的格莱美颁奖礼之后，他的名次可能要进入前十了。这下国内的乐评家更要把他捧成前无古人，后无来者了。谌言很是不敢苟同，然后又叹了一句：后生可畏啊！

盛骅倒没有什么特别的感受，许维哲也没有炫耀之色，只是带了点戒备。时间的关系，他长话短说："盛骅教授觉得琥珀适合室内乐吗？"

盛骅反问道："你觉得呢？"

许维哲浅浅一笑："你可能没看到，西方乐评家们对于琥珀的十周年音乐会，用的是'凤凰涅槃、王者归来'的标题。舞台上容得下两位王者吗？"

"有点挤，看来日后我们需要更大的舞台。啊，谢谢你对我的赞誉，我觉得你现在发展得也不错。"

许维哲眼角抽搐了一下："《圣经》里有一句话，我想送给你——上帝欲让谁灭亡，必先让其膨胀。"

"好的，共勉之。"

这时广播里传来提醒许维哲赶快登机的声音，许维哲并没有奔跑，而是保持着风度，优雅而又高贵地走向安检口。

盛骅扭过头，眯着眼打量着他。许维哲其实也不是个被命运青睐的人，他能得到今日拥有的一切，要比别人多付出百倍的努力，可惜了……但他不愿同情他、祝福他。这不是妒忌、羡慕，或者恨，最多当他是个陌生人，他的不幸或幸运，是他的命。

命运——一个让人无力、无助又无奈的词语！

走出机场，阳光有点刺眼。盛骅用手遮着额头，看着起飞的飞机。眼前一花，正在攀高的飞机突地从他的视线里消失了，接着是漆黑一团。他闭上眼睛，知道不是自己眼花，而是又失明了。耳边听到一辆疾行的车响起刺耳的刹车声停在他身边，司机破口大骂："你眼瞎啦，没看到车吗？”

他迎着声音转过头，充满歉意道：“对不起。”

又是一辆车停了下来，喇叭按个不停。

司机愣住：“呃，真是个瞎子？”

这次失明的时间有点长，而且地点不太好。疯了，那种万针齐刺的钻心般的疼痛也来了。呵——他的病知道琥珀今天走了，不用再抑着，于是疯狂发飙了。发飙吧，该知道的都知道了，该做的事也做好了，他现在很轻松，是狂风暴雨，还是和风细雨，想来就来吧！车子好像越来越多，喇叭声响得他分辨不出该向前还是向后，额头开始渗汗，他僵在原地不敢动弹，心跳如鼓。

其实并没有那么勇敢，他对于这个世界并不留恋，可是琥珀在，如果可以，他想尽可能留下来，哪怕是几乎不可能的一点希望。他扭头对车子里的司机求助道：“我的眼睛好像出了问题，你能帮下我吗？”

这是巴黎吗？琥珀扭头看米娅，米娅也是一脸惊呆的样子。塞纳河还在，卢浮宫也在，香榭丽舍剧院也在原地，可是满街身穿黄背心、手持黄色气球的像潮水一样涌过来的大军是怎么回事？

开车的怀特先生一脸严峻，车速如蜗牛爬行。

“政府加征燃油税后，原先只是出租车司机罢工抗议，后来是要求提高最低工资，现在又增加了要求总统下台，名目越来越多，示威游行的人也越来越多。一到周六，就穿上黄背心上街。”

琥珀想起自己离开巴黎那天，出租车司机就好像罢工了。

“政府没有和工会谈判吗？”在巴黎，示威游行是常见的事，琥珀没有很紧张。

“有，但是没什么用。”外面在下着小雨，天色昏暗。雨中，警察也出动了。人群一阵骚动，有人向警车扔了什么，一个戴着防毒面具的警察从车里下来，朝着人群放催泪瓦斯。有人在哭，有人在大声谩骂，沿街的一家店铺的橱窗被砸开了。

琥珀和米娅惊恐地瞪大眼睛，这才意识到事态有多严重。

怀特先生低骂了几句，急打方向盘，准备掉头。前面的路肯定堵死了，只能想办法绕道。米娅害怕道：“许维哲先生的车还在后面吗？要不我们下去和他们拼车吧，他们车大，男人多，会安全点。”

许维哲和琥珀都在头等舱，两个人的位置在甬道的两侧，讲话不方便，两个人就打了声招呼。出了机场，她上了怀特先生的车，许维哲好像是一辆七座的大车来接的。在机场大道上，两辆车是同一个方向，一前一后。但现在，那辆大车不知什么时候已经和他们分开了。

“不会有事的，他们只是对政府有意见，不会伤及无辜。”

琥珀话音刚落，米娅突然抱着头大声尖叫起来。前方，“黄背心”们躲过瓦斯袭击，开始反击。有的手里是棍棒，有的是手持弹弓，还有人把怒火向沿街的店铺发泄。一家接一家的店铺被砸开，有一个“黄背心”手里拿着个长长的管子奔向停在街边的汽车，只听“轰”的一声，汽车升起一团大火，熊熊燃烧起来。接着，他又奔向下一辆。

“该死的，他们疯了！”怀特先生失声道，后面的车堵成了长龙，根本掉不了头，“小姐，我们赶紧下车。”

三人推开车门，仓皇地朝街边跑去。没走多远，感觉到背脊一热，回头一看，他们的车也成了个火团。如果再晚一步……琥珀后怕得瑟瑟发抖！

点火的那人像是感知到了他们的恐惧，朝他们得意地狞笑着，手里的管子慢慢举高，对准了他们。下一刻，他们面前的一辆汽车冒起几尺高的火束。米娅瞪大眼睛，声嘶力竭地叫了起来，惊恐之中，她看到了卡在车流中的许维哲的那辆大车，她拽着琥珀朝那边奔跑。

火光还是朝她们飞了过来，其实不是火光，而是燃烧汽车爆发出来的火星。琥珀闻到了一股呛人的焦味，不知是衣服的还是头发的。“你的后背，你的后背……”米娅下意识地松开手，不知什么时候，琥珀的后背已经烧出了一个大洞，火还在向外蔓延。米娅想用手帮她拍灭火，手伸到半空中又被烫得缩了回来。她着急地四处张望，想看看有没有水。满眼都是燃烧的汽车和已经失去理智的“黄背心”，米娅放声大哭。

琥珀可能是吓的，她感觉不到烫，也叫不出来。

盛骅，才离开你不到几小时，我就开始想你了，你知道吗?

这时，一个人影像一阵风一样从马路对面跑了过来，手里一件被水浸湿的大衣一下子把琥珀紧紧裹住。琥珀这才感到后背的灼痛，她抬起头，与许维哲四目相对。

“上车！”许维哲扶着她走向大车。

米娅跟在后面，抖得话都说不顺畅：“你、你的背，不，是你的、你的手，不，他的手、手……”

许维哲的半只手臂也被火星溅到了，衣袖像行为艺术家们喜欢的那样，一个接一个的破洞，很大，可以看到里面的皮肤被烧得通红。

琥珀脑中一片空白，她机械地上了车，在后座坐下。车窗外有警车鸣叫着经过，接着，车流开始动了起来。

这个周六事件，被法国媒体称为“黄马甲运动”，是法国五十年来最大的暴乱，堪比2005年的骚乱，共造成六百多人受伤，三人死亡。

怀特先生也不知说什么好了，他和米娅都还好，琥珀和许维哲却成了那六百分之二。凯尔气愤地向怀特先生抱怨说，本来许维哲没事的，是他看到琥珀后背着了火，不由分说跳下车，找了个公共水龙头，把大衣浸湿，他这才被火星溅到。怀特先生只能忙不迭地道谢。

两个人的烧伤，许维哲稍微严重点，但一两周后就差不多好了。许维哲现在每天的行程密得不行，要休息个一两周，让凯尔都快急疯了。所以即使怀特先生很是真诚，他的脸还是黑黑的。

许维哲倒是不在意，他的一只衣袖被医生剪开了，胳膊袒露着。上过药后，医生让他在医院留一个晚上，防止有炎症。他和琥珀坐在走廊的长椅上，琥珀的脸色还没缓过来，白得没有血色。天已经黑了，四周很安静，之前那可怕的暴动好像根本没有发生过。

"谢谢你！"琥珀不适地动了动。

许维哲笑道："我其实也很惊讶，不知自己当时哪来的胆量。都说法国人是绅士，这疯狂起来，一个个都像索马里海盗啊！"

琥珀想起那个场面，不寒而栗："是啊，一个个都像被妖魔附体了。"

"我还是改签的航班，简直就像特地赶着这次暴动过来的。不过，幸好改签了。哎呀，你不要再谢了，我们以前好歹也是朋友。"

琥珀一阵心酸，是呀，以前，他们真的很要好，现在，哪怕坐在一起，中间也像隔着一道高高的墙壁。

"那盆白鹤芋还活着吗？"

琥珀轻轻点了下头："这次没有丢，长势很好。"阿姨挺会照顾花草。

"看来你很喜欢。"许维哲语气突然一变，"琥珀，你能告诉我，为什么我们再也做不了朋友了吗？"

琥珀看着地板："有些事情不需要说得很清。"

"不，我想知道我哪里做错了。"

琥珀扭过头看了他一眼，如果说出来，他们之间连虚拟的友好也没有了。

"真的没有什么可说的，我们……现在这样也很好。"

许维哲一把抓住她的胳膊，差不多是恳求了："如果你真的想感谢我，就告诉我。"

琥珀长长的睫毛颤动了几下："我真希望你没有救我。"这样她还可以给他留个体面。

许维哲的心"咯噔"了一下："有那么严重？"

"我长这么大，只有过两个朋友，一个是你，一个是阿峦。我很想像别人那样，有几个一辈子的朋友，到老了还经常打打电话，约个时间出来喝杯茶，拄着拐杖慢慢地散步，是我奢求了。"琥珀自嘲地弯了下嘴角，"阿峦与我之间的事，我不多说了，现在天下皆知。我和你的关系，谈不上无话不说，但我也没刻意隐瞒过什么。只是有些事涉及一个人的自尊和骄傲，不太好启口，只能缄默，比如我的演出恐惧症，比如阿峦和希伯带给我的困扰。但我想，即使我不说，你也已感觉到了，因为你真的很关心我。大概是去了华音后的一个晚上，我在希伯的社交网站上看到了你和他的合照，是在一个晚宴上，还有虞亚的。后来我问过怀特先生，他说那天是你和法国这边的唱片公司签约，公司为了欢迎你的加入，举行了盛大的欢迎宴会，巴黎古典音乐圈的名流差不多都到场了。希伯外形是不错，但以他在音乐上的成就，还算不上是名流。特别是他跨界做模特，让很多音乐人都看不起他。他怎么会出现在那里？一定是谁以朋友的名义带他过去的，虞亚？不，虞亚眼高于顶，希伯这样的还入不了她的眼。是你！你想知道我到底遭遇了什么，致使我突然取消音乐会，跑到华音去进修。你对虞亚说，希伯是你朋友的男友，很久没有见面了。虞亚向来投你所好，连忙邀请了希伯。你在希伯的面前主动提起阿峦，提起我。希伯应该是忙不迭地就说起了对我的爱慕，为了让他的爱显得高尚纯洁，他把阿峦的品性说得一塌糊涂，这之中，肯定提起了阿峦死之前对他的那个试探。虞亚只当听了个八卦，是个有机会羞辱我的八卦。她回国后，我和她在芭蕾舞剧院前遇上了，她就得意地向我炫耀她和希伯很熟。而你意识到阿峦的死可能和我有关。第二天，你在我的公寓前遇见了怀特先生，他刚签好腕表公司的代言合同。为了掩饰我的演出恐惧症，他决定推荐你。他觉得我们是朋友，你一定会帮助我的。于是，他坦言相告，我的演出恐惧症已经严重到什么地步了。这时，你心里面应该就有了详细的计划。我想你的初衷不是想害我，你只是想让我知道你对我有多好，有多重要，除了你，再没有人会庇护我。这是个好机会，你的计划很周密，绝不会让任何人怀疑到你。你并没有做什么，你只是利用了虞亚对你疯狂的痴恋。你为了来陪我故意对她说谎、放她鸽子，然后让她来跟踪，你当着她的面，对我呵护备至，毫不掩饰对我的情意，就这样，你一点点地点燃了虞亚内心的妒忌之火。虞亚恨不得将我千刀万剐，她找到了希伯，一个出钱，一个出力，协议达成，然后风来了，雨也来了。虞亚并不知我有演出恐惧症，你的下一个计划开始。你拒绝了虞亚的表白，说我很可怜，又被绯闻缠身，又拉不了琴了，我只有你了，你不能丢下我不管。和上一个计划比，这场风雨对我伤害不大，因为那时我已经能拉琴。所以你解释了，说我误会你了。但就是这个解释，才让我对你产生了质疑，让我把所有的事一下子串联了起来。你说，发生了这一切，我和你还怎么做朋友？”琥珀眼里闪烁着晶莹的泪光，她曾经想当什么都没发生过，她做不到。她能做的，就是把这一切嚼碎了，烂在肚子里。

表面看上去，许维哲显得十分平静。他没有反驳，也没有解释，也没什么可抱怨的。他自我调侃道：“如果没有盛骅那个变数的出现，我的计划大概就成功了。”

“还好遇见了盛骅。”

“你爱他？”这是个不需要回答的问题，说出来，更觉着自己可怜又可悲。

“他不值得爱？”

值得！一个男人让人羡慕的品质他都有，英俊的外表，卓越的才华，别人稀罕的舞台，他想来就来，想走就走。这又怎样，许维哲想，他也并不差，可是上天偏袒了盛骅。什么一见钟情、水到渠成，都是骗人的。爱情最娇嫩了，已经这么小心翼翼，一个不慎，还是花凋枝折。也许他就没那个被爱的命，好吧，不强求了。

琥珀走了，他想她应该不会再来了。以后有可能还会遇上，点点头，问个好，便没有交集了。巴黎，这座曾经让他觉得无比浪漫、温情、美丽的城市，在昨晚的几团大火中，再也恢复不到原来的面目了。

许维哲拒绝了凯尔的陪夜，又不是什么重症。但是伤口的灼痛，还是让他彻夜难眠。他倚着床背，想起自己刚被周晖领养的那一阵。周晖那时条件也一般，但在他眼中，天堂不过如此。每天都能洗热水澡，三餐不仅能吃饱，还营养全面。那些餐具、茶具都很精美。他有自己的房间，被子香香的。钢琴放在客厅里，是只给他一个人弹的。他夜里睡着后都能从梦里笑醒。他生怕周晖抛弃他，处处讨好着周晖。很快，他就学会了看周晖的脸色行事。周晖对他其他地方要求一般，唯独弹琴要求严苛。每次上课，都必须做到优秀。一旦达不到，不仅手掌被打肿，第二天还没有饭吃。有一次，她让他只穿着内衣在阳台上站了两个多小时。那时是冬天，外面在下着大雪。他抖得上下牙齿都在打战，第二天就患上了肺炎。肺炎痊愈之后，他再也没有因为琴弹得不好被周晖体罚过，但是他也不再像从前那么喜欢弹琴了。弹琴对于他来讲，是任务，不是快乐。

他在萨尔茨堡遇见琥珀，他诧异于她如此年轻就有如此成就，也诧异她在演奏时不时散发出来的幸福的光芒。怎么会有人这么享受音乐呢？长年累月的练琴，不仅满手茧子，颈窝处也有厚厚的茧，她是自愿的还是被迫的？他忍不住对她产生了好奇，想接近她。上天听到了他的心声，他们成了朋友。渐渐地，他又不甘心了，他想和她更近一点，想成为她身边不可替代的唯一。只是他们之间的距离太大，不管他如何努力，距离始终都在。直到她去了华音，他以为是上天又一次听到了他的心声，原来是上天让他死心。可是怎么死心？爱是说收回就能收回的吗？就连这次来巴黎，他都是想方设法地和巴黎爱乐乐团合作，想方设法地和琥珀坐同一架飞机。

心如刀绞！

许维哲迷迷糊糊地睡着了，醒来后，已经是上午八点。医生过来查房，量了体温，确定伤口没有发炎，又给他重新上了药，便让他出院了。外面还在下雨，幸好有这场雨，不然昨天的大火会更可怕。凯尔打电话过来，说路上有点堵，他可能还要一会儿才能到，让他在病房里等着。

病房里的暖气开得很大，闷得让人热受，他把窗户开了一条小缝，想换点新鲜空气。门“砰”的一下被人从外面推开了，他扭过头，周晖铁青着脸走了进来，然后用力地把门甩上。

“妈妈，你怎么来了？”许维哲还特意叮嘱凯尔不要告诉周晖。

周晖冷笑：“瞧把你能耐的，你还当什么钢琴家，你现在就是一盖世英雄，以后什么蜘蛛侠、蝙蝠侠，都找你来演好了。你不需要演技，本色出演就行。”

许维哲淡淡道：“我没受什么伤，不会影响演出。”

这话一点也没安抚到周晖，她更愤怒了：“我管你受没受伤，我只问你，你是不是忘了谁把你养大了？谁给了你今天的一切？”

又来了！许维哲收回目光，把窗户开大一点。带着水汽的北风扑面而来，他深吸了一口气，才让自己平和点。他尽量平心静气道：“不要听别人夸大其词，我……”

“没有别人，路人拍到了你英雄救美的英姿，现在网上都传遍了。是，人家都夸你德艺双馨，琴弹得好，人品更高尚。你很得意吧？

可是你有没有想过万一这伤再严重点，你以后弹不了琴，那时再高的荣誉给你又有何用？我这些年对你的付出就将付之东流，你怎么对得起我？”

许维哲听不下去了，他不想和周晖争执，可是不出声，周晖不会罢休的。不得不承认，其实他很多方面和周晖很像。

“妈妈，我很感谢你把我从福利院带回家，给了我姓名，给了我不同的人生，虽然我们没有血缘关系……”

周晖大惊失色地捂住嘴：“你知道……”

“是的，我知道你和江闽雨有过一段婚姻，你们的孩子在三岁时就夭折了。他要是活着，年纪要比我大几岁，所以我不可能是你的孩子；我知道你收养我，不是想找个寄托，而是为了报复、刺激江闽雨；我还知道江闽雨的意外，是你在他喝的那瓶斐泉里下了药，不过你只想让他弹不了琴，没想到他会死。”

“不可能！”周晖打死都不愿意相信，“柳向栋不可能背叛我的。”

“是我发现的。我作为替补去大剧院和维乐排练，你陪我一起过去。我看到你飞速地从墙角一只放着空矿泉水瓶的纸箱里拿出一个空瓶子塞进包里。大家都在演奏，没人注意到你。警方调查时，想必只会调看事发当日或前几天的监控录像，不可能调看事发之后的。即使调看，也没什么，你是我的母亲，出现在那儿，是正常的。但我也不清楚你想干什么，我去问了柳向栋。柳向栋是不会背叛你，但如果他以为我是他的儿子呢，告诉我，不算背叛吧！”

周晖用鼻子哼了一声道：“癞蛤蟆想吃天鹅肉，他还真相信。”

“他当然相信，因为你说你当年不是不爱他，而是他没有能力让你留在英国，你才选择了江闽雨。你和江闽雨一离婚，便去找他，和他重续前缘。他当时还单着，后来你说你是离婚女人，配不上他，你坚决地离开了他。他本来就对你又爱又愧，这下更觉得你美好如天使。二十多年过去，你告诉他，我是他的儿子，他怎么可能怀疑你？所以你不管做什么，他都会无条件地帮助你。你要求他推迟一天去南方出差，留下来陪你吃晚饭，他同意了；你问他江闽雨现在是不是还像以前那样演出时爱喝斐泉，他也说了；你提出去他家参观，他很周到地等江闽雨去了剧院才带你过去，还告诉你家里的备用钥匙在哪儿，你随时可以过来。于是，你等他去南方出差，算好药效的时间，在凌晨，趁江闽雨熟睡时，用备用钥匙打开门，把下好药的斐泉放在桌子上。这样，江闽雨起床后，以为是柳向栋为他准备的，便带去了剧院。是这样吗？”

“是，你要告发我吗？”周晖讥讽地一笑。

许维哲疲惫地托住额头：“如果我没有让凯尔找个理由让你回英国，要是任你待在国内，此刻你会怎样？警方现在什么都知道了，此生，你再也回不了国了。”

周晖一噎，随即蛮横道：“回不了就回不了，我才不稀罕。别指望我会感激你，比起我为你做的，你这点不过是九牛一毛。”

“这是头多大的牛啊！”许维哲一脸的感叹，这个表情又把周晖激怒了。

“你不会以为你帮了我这一次，以后就两不相欠了吧？哈，你真是愚不可及。许维哲，你知道我为什么要对江闽雨下药吗？对，我是恨他，我恨他毁了我的梦想，恨他杀死了我的福宝。我对他的死亡不感到意外，我还嫌他死早了。我希望他在床上瘫个十年、二十年，一点点地耗干他。他还算识趣，在汉诺威窝了三十多年，身体很不好，我准备放过他了，就当他是个死人。谁知他竟然不肯死，还抢了你和维乐合作的机会，这让我太恼火了。你明白了吧，没有我，你和维乐合作不了，你在国内的发展没有这么顺利，你的风头也比不上盛骅。”

“盛骅？”许维哲震惊地看着周晖。

“你感觉自己现在挺红的，当年盛骅和向晚的双钢琴那才叫红呢！只是那时人还不知道发挥网络的作用，即使这样，盛骅在国际上也是声名赫赫。如果他平凡一点，如果江闽雨没有对他视若亲生就好了，可惜他运气不怎么样。他是很可怜，无父无母的孤儿，江闽雨不仅对他嘘寒问暖，还亲自教他弹钢琴，还把他培养得那么优秀，这一切该是我家福宝的，凭什么要让他抢去？”

“福宝早已经不在了。”是不是窗子开得太大了，许维哲忍不住打了个冷战。

周晖恶狠狠道：“不是还有你吗？我辛辛苦苦把你拉扯大，你成不了世界第一，至少是国内古典音乐界的首席。我要让江闽雨看到，没有他，我一样能实现我的梦想。盛骅比你出道早，他就是你通向首席之路上的一个障碍。江闽雨是故意的，他故意让盛骅来恶心我，来气我。”

许维哲失声道：“你、你做了什么？”

周晖轻描淡写：“拆除障碍！我花了一大笔钱找了个司机，让他在盛骅去纽约演出时，制造了一起车祸。真好，伤的是头。这不，他立刻就退隐了，乖乖给你让了路。”

“你实在太可怕了，你这是谋杀！”许维哲觉得周晖要么是个神经病，要么是个魔鬼。

周晖镇定自若：“我是为了你才谋杀的。盛骅现在人是看上去好好的，我猜测他脑子出了大问题，不然他怎么会退隐一次，又退隐第二次，一定是恶化了，他也活不长了，很快就要和江闽雨那个死人做伴去了，所以你尽可以大步向前走……”

突然，门外传来重物坠地的“扑通”声，然后“咕噜咕噜”，像有什么在滚动。

许维哲惊出了一身的冷汗，他和周晖对视一眼，周晖的脸慢慢白了。许维哲定了定神，走过去开门。门一开，几个苹果、橙子争先恐后滚了进来，琥珀一脸的惊恐，她的脚边是装水果的纸袋。在她身后，站着怀特先生，手里紧紧攥着手机。屏幕亮着，不知是在通话，还是在干啥。

许维哲喉咙一紧，他屏住呼吸，伸手想去抓琥珀。好像不抓住，他和这个世界就失去了关联。琥珀慢慢往后退去，甩开了他的手。他从没有这样执着过，又把手伸了过去。一阵冷风吹过，他哆嗦了下，耳边又听到“扑通”一声，比刚才的声音更响。他回过头，原先站在窗户边的周晖不见了。

怀特先生越过他跑了过去，他也跟着跑了过去。窗户大开着，他探头朝下看去，周晖俯卧在地上，鲜血在她的身下慢慢溢出，这景象和江闽雨从舞台栽下乐池时是一模一样的。

他没有觉得意外，她活着就是为了梦想，她承受得了梦想破灭一次，承受不了第二次。这一次的破灭是彻底的破灭，她连个恨的人都没有，活着太无趣了。

马克·吐温说：狂热的欲望，会诱出危险的行为，干出荒谬的事情来。

周晖的欲望不是财富，不是强权，也不是来自于肉体，而是对首席之位的梦想。先是江闽雨，再是他，他们都无法帮她实现她的梦想，而她年纪太大了，等不及再去找第三个，她对这个世界太失望，她放弃了。她一定是慎重考虑之后才跳下去的，以后，她该安宁了。

她安宁了，许维哲呢？她可能都没考虑过他吧。她从没把他当成她的儿子，她的儿子只有一个：福宝。许维哲会如何，和她又有什么关系？

医生和护士不断向病房涌来，许维哲和琥珀被挤到了走廊上。他对琥珀说：“你走吧，待会媒体就要到了，你在这里会很不方便的。”

他的手紧紧地攥着她的手臂，这不是他的真心话，其实他很想她能留下来陪他。他没有表面上看上去那么镇定，他很害怕，也说不出怕什么。好像他现在所拥有的一切都只是海市蜃楼，阳光一出来，就会消失了。如果他是一座雕塑，现在这座雕塑，正在开裂，很快就会化成一摊粉末。

琥珀的心早就飞向了遥远的东方，可是许维哲看上去很不好，她有点为难："我……"

"你走吧！我没关系。"他的指尖在用力，琥珀都感觉到疼痛了，"还有，对不起。"

"她是她，你是你。"琥珀还是分得清的。

许维哲短促地笑了声，他命令自己松手。手指一根一根地松开。

"走吧！"他两手紧握，情不自禁地发起抖来。

"我去打个电话，然后再来陪你。"琥珀其实也不比他好到哪里去。

真是个善良的女孩！

"不用了。凯尔快到了。"

琥珀急急地走了，他看到琥珀刚转过身就急忙把手机拿出来，应该是打给盛骅吧，想确定他好不好。真让人羡慕！

"琥珀！"

琥珀回过头，他挥了下手，朝她笑笑。

"没事！"他只是想叫她一声。

他记得琥珀曾对他说过：愿你总能到达希望的终点。现在，他把这句话送给她。

第十六章 新春的旋律

谁说世界不大的，着急的时候，就连电波的传播速度都让人感到很缓慢。

开机呀！开机呀！琥珀急得在屋子里乱转。

关机！打几次都是。琥珀又拨谌言的电话，谌言说盛骅要找个安静的地方好好编曲，让别人不要打扰他。

“哎呀，你不要着急，一个大男人能出什么事？”谌言还觉得她大惊小怪，回过头对房楷说，哪怕是女神，一谈起恋爱来智商也不在线。

房楷酸溜溜道：“没办法，谁让盛骅那么有魅力！”

琥珀都快急哭了，她又打给裘逸，打给沙楠，打给书记，给每一个和盛骅认识的人打，可他们对他的行踪都是一无所知。琥珀想起自己手机里有阿姨的手机号，她打过去。阿姨愣住：“你回巴黎后，我就不在盛教授家做了。盛教授帮我介绍了另一家，工资和以前一样，工作时间也一样，挺好的。”

盛骅就好像穿了件隐形衣，突然之间从人前消失了。琥珀一瞬间仿佛冻僵了，有什么东西堵在心口，让她呼吸艰难。

手机响了，她惊喜地抓起来，是阿姨。阿姨告诉她，她刚刚听现在工作的这家男主人说，盛骅的那套四合院现在挂在网上卖，上面有个联系号码。她把号码报给琥珀。琥珀打过去，接电话的是文杰。

“对，是盛骅委托我卖的，他说以后准备定居国外，院子空着很浪费。卖的钱捐给华音，说要成立一个室内乐的基金。那可是一大笔钱，华音要乐翻了。”

琥珀跑进洗手间，胸腔内上来一股汹涌的呕吐感，却又吐不出来，她只能干呕着。回巴黎前，她就有种不好的直觉，现在，似乎这个直觉是真的。

两天后的午夜，房楷和谌言还在睡梦中，门铃突然“叮叮咚咚”地响了起来。房楷光着脚就跑了出去，打开门一看，才走了四天的琥珀站在门口，冻得脸青鼻红。她抽泣地说道：“求求你，帮我找找盛骅。”

找人只能找警方，房楷带他去找刘队。刘队不作声，冷着脸打量着琥珀。琥珀尽量条理清晰地把她所知道的事说了一遍，刘队还好，房楷和谌言听得瞠目结舌。

“我说他怎么突然戴上眼镜了，是视觉神经受伤了？”房楷说道，“他这几年总是去日本，会不会是去治疗的？”

谌言点点头：“有可能。他就是在日本的时候要我回国做Moon的经纪人的，前一天晚上，他还没这个打算。一定是病情有什么变化，他才突然决定的，他……怕来不及吗？”谌言看向琥珀。

琥珀不接话，她已经失去了语言能力。她感到身体在发生微妙的变化，就好像生命在慢慢地抽离，她坐在这儿，不过是个躯壳。

“我带你们去个地方。”刘队拿起钥匙。

两辆车停在墓园外，刘队带着他们来到一个新立的墓碑前，那碑上什么都没有刻。“这是他前一阵拜托我帮着买的，还拜托我有一天收到骨灰盒，就埋在这儿。不需要放照片，刻个名字就行。那一天，我找他确定是不是在纽约出过车祸。我还把江闽雨案情的来龙去脉说了，向他道歉，因为周晖是美籍，我们暂时不能把她绳之以法。但是他的病情，我真的不清楚。”

“奶奶的，他干吗拜托你，我不是他朋友吗？”房楷怒了，朝着刘队嚷嚷着。

谌言拽住他：“这是重点吗？”

“这就是重点！”房楷挥着拳，“我难道不值得他信任？难道我是个大嘴婆，会到处说长道短？”

“如果你非要这样说，那琥珀不是更值得他信任，他爱她。他这样选择，不过是想体面、有尊严地离开，他不想他最狼狈不堪的样子被我们看到，他想留给我们的还是那个骄傲的、卓越的、潇洒的盛骅。”谌言红了眼眶。

“该死的体面，该死的尊严。”房楷也哽咽了。

“他没有离开。”一直盯着墓碑的琥珀突然出声道，“他可能是病了，但是没有离开。”

刘队摊开双手：“是啊，我没收到骨灰盒。”

房楷和谌言无语，这算安慰吗？

“这个就放在这里吧，留给我和他以后用。”琥珀冷静得可怕，她代盛骅向刘队道谢。但是在上车时，她怎么也抬不起脚，还是谌言在后面托了她一把。车门关上，冷空气被隔绝在外，墓园在视线内慢慢远去，琥珀突然双手捂着脸，放声痛哭。

她想起他在首场音乐会前对她说“对不起”，又说“谢谢你”。他对不起她这么仓促地和他组成二重奏，因为他的时间太少，他不能等她慢慢来。他谢谢她帮他让别人见识了室内乐的魅力。关于室内乐，他还有很多事想做吧！

她想起自己埋怨他太冷静、太理智，问他会不会因为什么人什么事而失控。他要是不失控，怎么会和她组成二重奏，怎么会让她在音乐会上一次次地独奏，怎么会深夜坐在她的床前，久久地凝视着她？他那时心里面一定很难过，他不知道留给他的时间有多久，他不敢回应她的爱，他只能说缓一缓。他只在确定他能做到时才会对她说：不要担心，我在呢！

盛骅，告诉我，现在你在哪里？

琥珀只在华城待了一天，她没有飞巴黎，而是去了柏林，然后坐火车去了汉诺威。汉诺威在下大雪，铲雪车忙个不停，积雪把大树的枝丫都压弯了。看到她，邓普斯大师一愣，便请她进去了。客厅里炉火烧得很旺，大师给她倒了杯热茶，问要不要给她准备客房。她不能打扰大师的清净，婉拒了，说自己只是来表达下谢意。大师也没问她谢什么，轻轻“噢”了一声。喝完茶，她便告辞去了酒店。第二天早饭后，她又过来了，问了大师以前江闽雨的公寓在哪里，盛骅在哪幢教学楼上过课，练琴的琴房在哪里。

大师摇摇头：“雪太大，别出去了，就在这儿待着吧！”他颤颤巍巍地走进书房，拿出两张纸，对琥珀说道，“我用不惯电脑，偏偏他们又爱给我发邮件，我只能打印出来看。这是盛骅昨天发过来的，拿去看吧！”

琥珀发现自己的手在抖，她把手心在裤子上擦了很久才伸手去接。看不出任何感情色彩的电脑字体，看着像论文，难怪大师不喜欢。

“大师：不是我故意要给你发邮件，而是我的眼睛被医生蒙住了，我只能口述后，请别人打出来。有我这样的学生，大师很无奈吧！不仅没有把大师的衣钵发扬光大，还总是让大师很为难。这次，我又要为难一下大师了。这是第三次，事不过三，就到这儿，绝对没有下一次了。天气虽然冷，但是列车和飞机上都很暖和，大师可以出去听听音乐会，看看雪！我推荐一场音乐会，是琥珀的十周年纪念音乐会，我觉得那将会是这两年最值得去听的音乐会之一。真是时光如梭啊，我还记得她小时候的样子，肉嘟嘟的脸，很爱哭，我要哄很久她才肯止住。不过也很乖，能一坐几小时听我弹琴。她还喜欢听我唱儿歌，可怜的我，只会一首《虫儿飞》，只能翻来覆去地唱。那么小的小姑娘，如今竟然也开起音乐会了，还是出道十周年的音乐会，想想真是不可思议。”

琥珀的眼睛瞪得大大的，盛骅竟是小哥哥？周晖好像说他是无父无母的孤儿。

“大师，他父母……”

大师叹了口气：“2003年，SARS爆发时，他的父母都是医生，不幸被感染上，双双离世。他当时被隔离在一幢公寓楼里，接到电话却不能出来见他父母最后一面。等他出来时，他的父母已经被火化了。”

对，他说过他爸爸在感染科，妈妈在呼吸内科，当时应该都在那场防疫战争的第一线。琥珀记得那个夜晚，他接了电话，抱着她痛哭，说了句……琥珀全部想起来了，他说的是：“弦弦，以后我再也没有爸爸、妈妈了！”十五年后，再次遇到她，他说：“你一点也没小时候可爱。”她问：“你怎么知道我小时候可爱了？”他搪塞说，女大十八变……她真的很笨，怎么就没想到呢？就像他说他不能陪她来巴黎，是要给二重奏编曲，她也相信了，还有很多很多的事，他就是不让她知道，他太讨厌了。

“还有两个小时，我就要进手术室了，手术的成功率大于或等于零。我问医生，大于和等于谁的比例大，医生说等于。怎么会有这样实诚的医生，至少也该宽慰一下我。他还让我趁活着，把想说的都说了。我好像没有什么要说的，我没有父母，江老师也不在了，大师你门生众多，我不需要画蛇添足。琥珀嘛……她的人生才开始了一点点，还是不要给她留下浓墨重彩的一笔为好。不过，她很傻。六岁那年和我分开，十五年过去了，她还念念不忘。她曾经对我说，我是个聪明人，知道在什么时候离开是最佳时机。现在大概也是个最佳时机吧，不知道她会记住我多少年。如果可以选择，我不想要这个最佳时机，我宁愿不曾与她重逢，那样，她会慢慢淡忘我，有一天，都想不起我是谁。可惜上天不给我选择的权利。大师，你要是去听她的音乐会，不，你一定会去的。听完了音乐会去后台看看她，勉励勉励她，告诉她，她的音乐会很棒，她是古典音乐界的骄傲。拜托了，大师！”

看到这儿，琥珀闭上眼睛，潸然泪下。这两天，她动不动就会情不自禁地流泪，仿佛只有泪水才能让她撕裂的心稍微好受一点。

大师指着信笺：“这是他给我写过的最长的一封信。他向来理智又内敛，情感很少外露，我想他真的是放不下你。”

是的，只要有一点点可能，他一定都会陪她去巴黎。不能去看她的音乐会，他该是多么的遗憾啊！

她向大师告辞，恳求大师把信送给她。大师同意了，告诉她，他会去看她的音乐会的。

雪终于停了，走在路上，嘎吱作响。所有的房屋、树木都被白雪覆盖了，她找不着盛骅曾在这里生活过的一丝痕迹。没关系，以后让他带她过来，他会告诉她的。她站在教堂前，双手合十。一位牧师走出来，对着她画了个十字，说：“圣诞快乐！”

“圣诞快乐！”今天是圣诞节吗？她都忘了！

教堂里响起悠扬的钟声，她仰起头看着灰色的天空，轻声道：

“圣诞快乐，盛骅！”

琥珀的十周年音乐会如期举行，一共三场，第一场是琥珀的独奏，伴奏由两位著名钢琴家交替进行。第二场是琥珀与维乐的合作，指挥是梅耶大师。第三场是无伴奏小提琴独奏，奇怪的是，琥珀在舞台中央摆放了一架钢琴。她演奏的时候，不时看向钢琴，好像那里坐着一个人似的。这三场，没有一首乐曲重复。这样强势、华丽的回归，让每一个来看音乐会的人都赞不绝口。

就在怀特先生的手机快要被演出商、唱片商们打爆时，琥珀让人大跌眼镜地召开了记者会，宣布自己将加入中国国籍，以后定居华城，在华音进行室内乐的教学。

记者们都蒙了，定居和室内乐教学都可以理解，为什么要加入中国国籍呢？

琥珀说：“每一片叶子都有一个故乡，一百多年前，我爸爸的爷爷漂洋过海来到巴黎，他在这里停留、打拼、努力融入，用单薄的双肩给这座城市添砖加瓦，慢慢地，开枝散叶，有了现在的一大家子。但是他的根始终在故乡，落叶归根，我现在只不过是随他归去。”

记者们你看我，我看你，觉得好像是有点道理，可是又似乎哪里说不太通。不过，这是她的权利，谁也阻止不了。

琥珀本来想说，在中国，只有家人的户籍才可以放在一本户口簿上，她想有一天，和盛骅共有一个户口簿。

有记者问琥珀：“以后是否还会开音乐会？”

琥珀答道：“会的，我永远不会离开舞台。”

这个舞台，她曾经失去过，是盛骅帮她又找回了。她会像珍惜生命一样去珍惜。

琥珀的爸妈很豁达，只要不离开地球，不管她住在东方还是西方，都可以。但是姑姑认为琥珀傻，琥珀笑笑，不多解释。

记者会后不久，夏天来了，琥珀准备动身去华城。米娅坚持要和她同往，她说她是过去给红杉林做助理，裘逸答应给她发工资。琥珀耸耸肩，同意了。怀特先生则进入半退休状态，琥珀只有新年前后两个月回欧洲演奏，他年纪也大了，这样的安排对他刚刚好。

还是从香港转机，这次没有遇到雷雨，一个小时后，又上了飞机，航班按时到达。是裘逸和谌言来接的机。谌言博士论文已经完稿，她也被华音聘请过去执教，上次她大胆尝试让音乐会和网络平台合作了一把，效果惊人。华音特地为她开辟了古典音乐与网络的课程，华音也算是与时俱进了。她对琥珀说，只要Moon一直不解散，她就一直是Moon的经纪人。琥珀抱了抱她，她悄悄道，她和房楷准备要孩子了。

华音给琥珀安排的公寓还在原来的外教楼，是原先盛骅的那间。红杉林集体陪琥珀逛超市，把一应生活用品全买齐了。沙楠他们三个正式毕业了，裘逸在外面给他们租了琴房和公寓。他们每个周五在华城之恋演出，已经有了固定的乐迷，他们还被邀请参加了今年的音乐节，夹在那些电子乐队中间，也算小清新。米娅现在天天和他们在一起，像个管家似的，吃饭、穿衣什么都管，这下解放了裘逸，他便把精力放在推广红杉林上。

琥珀一周只能抽两个晚上去红杉林给他们做音乐指导。她在华音的课程很多，她把盛骅以前的导聆课又开起来了，一个月还要上两节大师课，她的室内乐课排得很密。华音要求学乐器的学生必修室内乐，琥珀都是上大课。在课上，她会播放她和盛骅的二重奏视频，这时候的她，神情总是很生动，语调也很轻柔。

最郁闷的是宋书宁，以前是盛骅压着他，现在来了个琥珀。唉，青出于蓝而胜于蓝。

琥珀在华音早就不会迷路了，有时在周末，她还会独自出去转转。去大剧院听听音乐会，到2003吃个午餐，去那个偏僻的唱片店淘淘宝。有一次她还摸到了那个面店，点了一碗，看了看，实在没勇气下咽。她也去过四合院了，大槐树还是那么茂盛，邻居家的那对鸽子也没有逃走，来拍照的游客和以前一样多。她有钥匙，她从文杰手里把这套四合院买下了，现在这里是她的家。她没有进去，盛骅不在，她一个人会感到孤单。她给阿姨打了电话，请她还像以前一样过来帮着打扫。

入睡前，听着手机里盛骅弹奏的《童年》，勉强能减轻一点孤独。

日子过得充实，不知不觉间又到了新年。盛骅没有任何消息，但在华音，在红杉林，他好像一直都在，大家轻易地就会说盛骅如何如何。可是琥珀还是很不安，在漆黑的深夜，她感觉到她的信心像沙漏里的沙子一样快要漏尽了。

有一天，琥珀接到向晚的电话，向晚提出想要和她见一面。向晚现在在中国发展得还可以，演出机会很多。她这次是受邀来青台演奏的，她先转道过来见琥珀。琥珀不知道她们之间有什么可谈的。

向晚看上去有些憔悴，眼睛下方都有眼袋了。

“你好像还好？”向晚很意外。

“嗯，就是忙，课多。”

向晚笑了：“你和学生差不多大，你上课他们听讲吗？”

“不听会挂科的，我很严厉。”

向晚的笑僵住了，讷讷道：“和盛骅一样严厉吧！”

琥珀不喜欢她的语气，说得好像盛骅曾经和她有过什么似的。

“你不要这样敌视我，虽然我和盛骅合作过，但他从没真正接纳过我。即使他处处照顾我，放慢脚步，我还是很累，很辛苦。一开始，他在演奏时还会即兴创作，我根本接不住。后来他就中规中矩地演出，一场音乐会下来，我几乎脱力得都走不下舞台。我好几次想和他讲我们解散吧，可是双钢琴里还有谁比他更优秀？我矛盾得很，直到他在纽约出了车祸，我终于下定决心。我私下和别人接触，他应该是知道了。出院后，他先提出解散，他说他想全力从事室内乐教学。我又羞又恼，还有点愧疚，我说好，但他必须答应我一个条件，除了我，他不可以再和任何人组成二重奏。他答应了。但是他食言了，我责问他时，他说他没想到自己会遇见你。”

“你想告诉我什么？”琥珀很迷茫。

“没有什么，只是想说就说了。”向晚站起身，像完成任务似的长长地舒了口气，“我不知道他到底发生了什么事，依他的能力，再难也会迎刃而解。”

有些事是能力范围之外的，只能奢望奇迹。

向晚问起许维哲，琥珀来华音后就没和他再联系。周晖当着他的面跳楼自尽，又为他制造了盛骅的车祸、给江闽雨下药，虽然他并不知情，但从情感上、良知上，他很难接受。凯尔处理得很及时，没有把事情泄露出去，怀特先生也没有落井下石，但是许维哲还是没能参加和巴黎爱乐乐团合作的新年音乐会。后来，也没听说他再上台演奏过。这种感觉琥珀是深有体会的，她很幸运，遇到了盛骅，让她重新找到了演奏的动力，希望他也能遇见另一个盛骅，不然打不开心结，他就会永远离开舞台了。

向晚皱眉：“怎么回事，现在男人们很流行玩失踪？”

琥珀无语。

新年，琥珀回巴黎参加巴黎爱乐的音乐会，在机场遇到了阿亦。她还是出国进修了，不过不是去巴黎，而是美国的伯克利。那是一所名校，她很努力。她没有和琥珀打招呼，在她心里面，认定了是琥珀害死了她姐姐。琥珀不觉得遗憾，硬要说遗憾，那就是没有沙华音了。沙楠的迷妹很多，他今天和这个约，明天和那个约，他说只是朋友，不是女朋友。季颖中还是没有逃脱学姐的“魔掌”，过年准备见家长了。秦笠和米娅好像有那么一点点意思，想明朗，还有很长的路要走。秦笠有心结，但米娅说这是他重情。重情的男人现在很少的。唉，情人眼里出西施。

这年的春天，谌言终于怀上了，房楷满学校地发红鸡蛋。书记说别人都是生了之后，还要生的是个小子才发红蛋。房楷手一挥，豪迈道：“我们家男女都一样，等生了，再发一次。”书记指着他：“这是个傻爹。”

这一年的夏天又出现了七彩祥云，女生们嘻嘻哈哈聚在窗前，大喊着：“我的盖世英雄来了！”

琥珀仰头看着，书记和谌言站在不远处怜惜地看着她。谌言说：“有人说，这世间最深沉的爱，莫过于你离开以后，我活成了你的样子。她现在所做的事，都是盛骅以前做的，还有他想做却没有来得及做的，她是用这样的方式来思念他。”

“盛骅还是没有消息？”书记问道。

“坏消息没有，好消息……哦，有一个，刘队还没有收到骨灰盒。”

书记背着手踱到琥珀面前，咳了一声，琥珀用询问的眼神看向他。

“不要对着太阳看，很伤眼睛的。”

琥珀笑了笑：“书记，你信上帝吗？”

书记沉吟了一下，说道：“我不信这些的。但是我们国家有个伟人对他的妻子说过——我一直是个坚定的唯物主义者，但是对于你，我希望有来世。”

“他们应该很恩爱。”

“嗯！”

窗边，看云彩的女生们突然哼起歌来，哼的是首老歌：

如果没有遇见你，我将会是在哪里？

日子过得怎么样，人生是否要珍惜？

也许认识某一人，过着平凡的日子。

不知道会不会，也有爱情甜如蜜。

任时光匆匆流去，我只在乎你，心甘情愿感染你的气息。

人生几何能够得到知己，失去生命的力量也不可惜……

琥珀专注地听着，过了许久，书记听到她幽幽地说：“如果这一生等不到盛骅，我也向上帝祈求，希望来世让我如愿。”

书记鼻子一酸：“你家的上帝是个好上帝，不会这么残忍。什么事最好都在这辈子解决，来世太远了。”

“只要能等到，不怕远的。”阳光下，琥珀一双眼睛里溢满了泪水。

盛骅，知道吗？你已经离开我快两年了。

谌言在大年初一生了个小姑娘，六斤多一点，粉粉嫩嫩的，房楷稀罕极了。

红杉林也在春天迎来了演奏生涯上的转机，他们正式告别华城之恋，进剧院演出了。是那个春巢的小剧场，对于他们来讲，刚刚好。琥珀想给他们拉拉人气，决定作为嘉宾演出。

这两年，琥珀登台的次数有限，以至于在欧洲，她的新年音乐会门票半年前就要开始预订。在国内，她会在华音的新年音乐会上演奏一曲，固定曲目《爱的致意》。学生问：“这首曲子是描写爱情的，教授这么喜欢这首曲子，也是和爱情有关吗？”琥珀摇头：“不，和复仇有关。曾经我想在音乐会上把这首曲子作为开场曲目，被拒绝了。我是个记仇的人，每年拉一次，提醒自己曾经被拒绝过。”学生大笑：“那人是谁啊？”

是一个走了很久很久的人，久得她感觉沧海都变成了桑田。

演出这天，裘大经纪人和沙楠他们仨一样，也是一身挺括的礼服。他喜极而泣道：“弦乐三重奏是室内乐里的活化石，我终于把这颗化石焐出了蛋。”

琥珀不知该怎么回应。

裘逸眼一瞟，瞧见沙楠在朝台下的观众抛飞吻，他斥责道：“注意点形象，你现在可是演奏家。”

沙楠撇嘴：“说得你好像是个正经人似的，昨天和某某明星约会，才被狗仔队拍到了照片。”

“她给我家代言，我是在和她谈合同。她借机炒作一下，真的就是真的，假的就是假的，我懒得和她计较。”

沙楠晃晃脑袋：“真没心动？我瞧着她身材很火辣的。”

裘逸怜悯道：“那就叫火辣了？你好好演奏，改天带你出去见见世面。”

沙楠一指天花板：“看，牛在天上飞。”

“怎么可能？”

“吹的呗！”

被这两人一闹，原先的一点紧张情绪也没了。

书记一家也来看演出了，糖球上初中了，个子又拔高了很多，嗓子也开始变声了，瓮声瓮气地喊琥珀：“姐姐好！”

琥珀拉着他的手：“还有一会儿演出就要开始，你怎么过来了？”

“我就是来看下姐姐。姐姐，你今天开心吗？”

“开心啊！红杉林就像是一棵小树苗，我看着他们栽下、成长、成材，以后还会有其他的小树苗，可以长成一片大森林呢！”

糖球很严肃地点点头：“我知道，这片森林就叫室内乐。姐姐……”糖球左右张望着，欲言又止。

琥珀被他纠结的表情逗乐了，和他拉了拉钩：“你想说什么就说吧，姐姐保证，绝不告诉别人。”

糖球支支吾吾：“也没有什么啦！姐姐今晚也会上台拉琴？”

“嗯，最后一个节目。”

“有伴奏吗？”

琥珀一愣：“没有，我是无伴奏演奏。”

“其实有伴奏也挺好听的。”

“在大剧院，最好有伴奏。这种小剧场，可以勇敢尝试下无伴奏的，你听听，是另一种感受。”

“我知道姐姐会拉得很棒，姐姐开过无伴奏音乐会呢，只是……唉，我下去了。”

这是青春期少年的表现吗？琥珀看着糖球蹦蹦跳跳下台阶的背影，失笑摇头。

虽然红杉林是第一次在剧场演出，但表现得像个老江湖。特别是沙楠，拉着拉着，还跑到了观众席和观众互动起来。选择的曲目又是旋律比较欢快的，整个演出气氛很好，掌声笑声都很热烈。当琥珀上台时，观众还不太适应，蓦然一静后，才开始鼓掌。

琥珀也不适应，她在华音演奏时，舞台中央永远有一架钢琴。这次是无伴奏，一个人站在舞台上，不是紧张，是孤寂。明明不大的剧场，在她眼中就像是荒凉的旷野，她一个人在行走着，陪伴她的只有她的影子。

琥珀准备的是巴赫的无伴奏小提琴曲《恰空》，倒是和她此刻的心境很符合。她把小提琴架在颈窝处，另一只手缓缓举起琴弓。突然她整个人剧烈地一震，寒毛直竖，她听到了《邀舞》的前奏，钢琴伴奏。

是错觉吗？她侧耳倾听，没有，绅士们走向淑女。这击键的方式和音的处理，还有旋律……琥珀屏息凝神。

小提琴的声音响起……第六至九小节，淑女婉言拒绝……第十四至十六小节，在绅士的坚决要求下，她同意了……第二十四至二十五小节……他们聊得很投机，相见恨晚……

这时，琥珀身后充作背景的幕布缓缓拉开了，像大变活人一样，露出了一架钢琴。当琥珀看到钢琴后面的那个人，她双臂一垂，眼泪“哗”地流了下来。

她告诉所有人，他只是病了，有一天一定会回来。她的主观意识无比坚定，可是她的潜意识已经支撑不住了，这个世界上没有那么多的奇迹。一年，两年，再严重的病情应该也缓解了，除非……

一半绝望，一半希望，每天来来回回，但她仍然咬牙撑着，因为等待已经成了她生命的全部。

上帝听到了她在午夜的哭泣。

在第三年，她终于等到了他。

下面的观众站起来鼓掌，沙楠还吹起了口哨，叫道：“教授，介绍下你的搭档。”

盛骅从钢琴后面走向她。怎么介绍？她有点生他的气，怨他的不告而别，怨他的欺骗，怨他的失踪，但怎么舍得和他生气呢？她好不容易才等到了他，她想开口说话，却又害怕声音会有异样，她只能双眼眨都不眨地凝视着他。这个世界上怎么会有这样的一个人，让你如此喜欢，如此挚爱，爱到没有别的要求，看着他好好地站在你身边，就觉得满天都是灿烂的阳光。

琥珀的视线模糊了，她的手被一双温暖的大手执起。

“我来介绍吧，她叫琥珀，我叫盛骅，我们六岁相识，十五年后重逢。我们现在是恋人，以后是爱人、家人。”

哪有这么简单，他还是她的导师，她的灵魂知己，她的引路人，她的……还有，这三年，你在哪里，发生过什么?

不要急，岁月悠长，这些留着以后慢慢说……第一年，他都在昏迷；第二年，他苏醒了，可是肌肉萎缩、四肢僵硬，他用半年的时间复健，半年的时间重新在钢琴上找弹琴的感觉；到了第三年，他恢复得差不多了，就急忙回国……他是走得有点久，可是不能埋怨。能够活下来已经是个天大的奇迹。岛本医生说还有他强烈的求生欲望，在他昏迷的那一年中，医生都快放弃了，他却挺过来了。怎能不拼命地挺住呢？不然再让琥珀等个十五年，他死不瞑目。

“我们都是恋人了，这个时候你发什么呆，你不应该吻我吗？”琥珀哭得两肩直抽，委屈得不行。

盛骅轻笑地揉了揉她的头发：“你倒是一点没变。”

“你不会又要缓缓吧？”

盛骅的目光一柔，郑重地捧起她的脸，慢慢地俯下身，她闭上眼睛，感觉到他温软的唇先是落在她的眼睛上，然后是鼻梁，最后定格在唇角。

“天啦，像浪漫电影！”

“是啊，观众把手都拍红了，不管是熟悉的，还是不熟悉的，都替他们高兴。他们说才初春呢，外面的叶子刚冒了点小芽，剧场里已经是春意浓浓，连空气都是甜甜的。”

这是巴西里约热内卢的一个咖啡馆，午后客人不多，竟然有三张东方面孔，一聊，都是中国人。其中一个女孩和一个中年男人聊了起来，不知怎么就聊到了红杉林的首场音乐会。

“后来呢？”一直在旁边倾听的另一个年轻俊逸的男子插嘴问道。

“他们很快就结婚了，办了两场婚礼，一场在中国大剧院，一场在香榭丽舍剧院，都是二重奏音乐会。人家说一票难求，他们的是求也求不到。还好他家经纪人体贴，现场录制了唱片，给大家弥补了一点小遗憾。两场婚礼的收入他们都捐给了华音那个室内乐基金。现在华音有好几支室内乐乐队，我刚刚说的那支红杉林在这次四年一届的墨尔本亚太国际室内乐比赛里拿了金奖。哈哈，他们两个现在还是以执教室内乐为主，有时以二重奏在外演出，也给音乐大赛做评委，都是夫妻档，记者们最爱采访他们。在二重奏音乐会上，他们各自会来首独奏。乐迷们说，听他们一场音乐会，就像听三场音乐会，不管票价多高，都值得。哈哈！对了，你们听过室内乐吗？”

女孩摇摇头，年轻男子站了起来，说道：“我先走了。”

世界也太窄了，他从欧洲到美洲，巴西在南美洲的东部，虽然被上帝厚爱着，无沙漠，无冻土，四季如春，气候怡人，可是巴西人喜欢的是足球，是桑巴舞，并不热衷古典音乐，他却能在这里听到他们的消息。

有一点妒忌，还有点心酸，毕竟那种神仙眷侣般的生活，他真的渴望过、向往过，但释怀了。他配不上琥珀，他的爱让她受到了深深的伤害。盛骅和她才是志同道合，音乐于他们，是信仰，是理想，是使命，也是传承。于他，不过是生计，是功利，是手段。所以他输得理所当然，心甘情愿。周晖曾经处心积虑为了首席之位搅动得古典音乐界一次次风云变幻，简直就像个笑话。

什么是首席？在公司里，排在第一位置的执行官叫首席执行官。在乐团里，排在小组第一的乐器手，叫首席乐器手。在芭蕾舞里，独舞的舞者叫首席舞者。

首席就是第一。

周晖心里的首席是国内古典音乐界的第一，盛骅的首席是让更多的人喜欢上室内乐，琥珀就没想过首席，她本来就是首席。他心里的首席是想有一天能成为琥珀的唯一所爱，这点和虞亚很像，只不过虞亚想要的是他。但虞亚比他执着，他像个逃兵，在事情发生后抛下一切逃之夭夭。怎能不逃，那一路血迹斑斑，代价太惨重了，重得他无法正视。

虞亚对他不离不弃，她在邮件里写道，她比以前还要爱他。以前，她当他是高高在上的星辰，现在是“同是天涯沦落人”吗？呵——

他看向前方，前方是大海，还有巍峨的耶稣山。他不知道他是怎么来到这个世界上的，父母是谁，他同样不知道要去哪里，他就是一直走，不能停留。停留，会让他情不自禁陷入回忆，会想起自己快乐过的、憧憬过的、喜欢过的，那会让他更难受。有一天，如果可以平静、从容地面对过去，那么他就停下脚步。会继续上台演奏？大概不会了，有些事可以翻过去，有些事永远翻不过去。也许会去做个调音师，或者做个音乐教师，找一个平凡的女子，生个漂亮的孩子，然后教他识谱，弹琴。那种生活应该会很平静，也很快乐，因为那是他为自己而活，不再是为了谁。

会有那么一天吧？

他站在山岩上，眺望着耶稣山上张开双臂的耶稣，轻声问道。

山脚下，大海翻滚着波涛，拍打着岩石，发出震天的响声。

（全文完）

后记

昨夜星辰昨夜风

昨夜星辰昨夜风，画楼西畔桂堂东。身无彩凤双飞翼，心有灵犀一点通。

心有灵犀，感觉像是心灵相通，是一种默契，是恋情未满时，你知我知，但还没说破。情感专家说，此时是爱的最美时刻。

一个男子怎么能写出这么让人怦然心动的诗句呢?

以李商隐的才情，想必粉丝很多。啊，那个时代，还没有“粉丝”这个词，应该用“红颜知己”比较恰当。李商隐向来追求诗歌的美好意境，没有最唯美、最浪漫，只有更唯美、更浪漫。特别是爱情诗，无论哪一首，真的花团锦簇，让人的代入感很强。

我觉得他是个完美主义者。

李商隐应是多情的，品味也应不俗，不知帅不帅。不过，腹有诗书气自华，像温庭筠长那么丑，不一样让鱼玄机爱得死去活来，杜鹃啼血般写下“过尽千帆皆不是”这样伤心的诗。苏东坡人到中年，因爱吃肉，成了个油腻的大胖子，在被贬谪去海南的路上，多少小娘子为了一睹他的风采沿路守候，论疯狂程度，一点也不亚于现在的粉丝们。

所以男人的长相真没那么重要，当然，如果帅一点就更好了。

李商隐曾经爱过一位叫宋华阳的道姑，她是公主的侍女，陪伴公主到玉阳山修道。不知她是真心向道，还是被逼向道，总之，她就在她最好的年华里陷在了一座荒僻的道观里。而这时，李商隐就住在道观的隔壁。邂逅是自然的，是个雨天，一见就钟情。可惜在那个时代，这样的爱情注定是个悲剧。两人的相爱被公主得知后，李商隐被赶下了山，宋华阳是被赐予三尺白绫，还是被遣送回家，不得而知，反正他们余生再未相遇过。痛苦的李商隐后来写下了那首无限感伤的著名诗篇《锦瑟》。

狄更斯在《双城记》里写道：这是一个最好的时代，这是一个最坏的时代。

真想问下李商隐，是仇恨晚唐这个时代，还是要感谢这个时代？如果不是这样的一个时代，想必他也写不出那么多绚丽的诗篇。其实很多人都是这样，时代造就了他们。如鲁迅先生，如果不是生在民国，他可能就是一个救死扶伤的医生；如肖邦，如果不是波兰沦陷，他漂泊到巴黎，他可能还是会写出《夜曲》、《雨滴》、《玛祖卡舞曲》等等的浪漫主义作品，但《英雄波兰舞曲》、《革命进行曲》这一类激情澎湃的作品大概就没有了。肖邦的性格敏感、细腻、内向，这样的人，最是温和、温柔、彬彬有礼、温文尔雅、体贴周到，可是那个动荡的时代让他成了一个斗士，很多人说他的作品是鲜花加大炮。

晚唐是个让人伤感的时代，这个时期的诗歌趋向于伤感无奈等颓废色彩，喜欢借古讽今·，但很唯美。肖邦所处的十九世纪也是灰暗的。这两个时代，诗歌、古典音乐都有了质的飞跃，但是每一首诗歌、每一首音乐作品的背后，都有一个荡气回肠的故事。

如果可以选择，我想他们可能会选择生活在一个和平的年代，做一个平庸的人，有着平淡的一生。

遗憾，没有如果。

幸好没有如果，我才可以在岁月静好中，八卦着他们的故事，天马行空地写下这样一个和音乐有关的故事。

终于完结了！

如果不是在电脑上码字，而是像以前，每一个字都以笔书就，此刻，我必打开窗户，把笔用力扔出去。

如果外面有风，此刻，我会出去走走，不问方向，跟着路走，向前，左转或右转。

如果身边有友人，此刻，我会拉她一块儿去喝酒。我很少沾酒，所以，一杯微甜的米酒或一杯微酸的梅子酒即可，我不想喝醉，我只想要一种感觉，就像是放空，就像是解脱。

事实上，我一动也不想动，就这么坐在椅子上，像木了，像傻了，其实是力竭了。脑子里再也放不了一个字，很满？不，是定格！

在这一年，有无数次，我都以为自己写不完这本书了，有琐事缠身，也感能力有限。就那样卡在那里，怎么都向不了前。

都不知怎么走过来了，我想我需要一个长长的假期。趁着天气还不太热，出去逛逛，买盆好养的植物，有着碧绿的叶子，开小小的花，香气浅浅的，冬天也能坚强地挺过去。然后再买条裙子，长点，把不太纤细的小腿全部遮住。

尼采说：语言尽头，音乐响起。

一切情，不在言语，在音乐里。

听音乐吧，我推荐阿格里奇的钢琴曲，她是一个叛逆的女子，在她的音乐里，岁月永不苍老，爱意永不褪色。

真好！

林笛儿

于2019年5月6日清晨

作者声明：

本故事纯属虚构，如有雷同，纯属巧合！

文中关于古典音乐的相关资料，部分来自于网络，部分来自于公众号“语言的尽头是音乐”，还有上海音乐学院田艺苗教授的几部著作，在此，特别感谢田教授，感谢“语言的尽头是音乐”公众号，感谢上传古典音乐资料的网友。